Edenbichl

für Peter und Laurence

IRMGARD HIERDEIS

Edenbichl

Fremde im Garten Eden

FSC
www.fsc.org
MIX
Papier aus ver-
antwortungsvollen
Quellen
Paper from
responsible sources
FSC® C105338

Zur Autorin

Irmgard Hierdeis studierte Philosophie, Pädagogik, Germanistik und Romanistik, arbeitete als Gymnasiallehrerin und Herausgeberin einer Literaturzeitschrift. Neben wissenschaftlichen Arbeiten zum Thema „Mädchenbildung" und einer kommentierten Übersetzung der Werke von Poullain de la Barre veröffentlicht die Autorin seit 1983 Gedichtbände, Erzählungen und Romane. Dafür wurde sie mehrfach mit Preisen ausgezeichnet. Sie lebt am oberbayerischen Ammersee.

Bibliografische Information der Deutschen Nationalbibliothek:
Die Deutsche Nationalbibliothek verzeichnet diese Publikation
in der Deutschen Nationalbibliografie; detaillierte bibliografische
Daten sind im Internet über https://portal.dnb.de/ abrufbar.

I

Über den dichtgedrängten Dächern breitete sich das Abendrot aus. Es war kalt geworden, überraschend, denn noch am Heiligen Abend hatten alle vergeblich auf Schnee gewartet, auf einen Winteranblick, ohne den der Heilige Abend nicht wirklich heilig war.

Ein profanes Grün in den Gärten, karibisches, buntes Leuchten in den Hecken.

Und dann, kurz vor Silvester, doch noch Schnee! Warum nicht gleich? Warum jetzt erst, wo die Weihnachtsstimmung schon beim Teufel war, man schon überlegte, wie man den nadelnden Baum bald wieder loswerden könnte.

Besser jetzt als gar nicht, kommentierten die positiv Denkenden.

Also zogen die Kinder ihre Schianzüge an und werkelten mit der dünnen Schneeschicht, bis ein gebrechliches Schneemännchen im Garten stand.

Ella Hofmann sah aus dem Fenster, beäugte die zwei Töchter ihrer Nachbarn gegenüber, die den Rasen nach Schneeresten absuchten. Ein dürres Gestell hatten sie bereits direkt hinter der Gartentüre plaziert, mit einem Gebiß aus Kieseln und einer Karottennase. Es sah ihrem Nachbarn auf der anderen Seite, dem zahnlosen Huberbauern, ähnlich. Daß es noch solche Mundhöhlen gab, im 21. Jahrhundert, wo doch jeder krankenversichert war und sich neue Zähne auf Kosten der Kasse machen lassen konnte. Nicht so der Huberbauer, der alte Meckerer. Lieber brockte er sich Brot in den Kaffee, matschte die Kartoffeln zu Brei und mümmelte Hackfleischsoße, als daß er zum Zahnarzt gegangen wäre.

Wenn er den Mund aufmachte und seine dunkle Höhle präsentierte, dann stieß er Laute aus, die bedrohlich wirkten, wei_ sie zu seinem zornigen Gesicht paßten. Aber auch das harmloseste Wetter kommentierte er »grantig«, eine angeborene Eigentümlichkeit des bayerischen Charakters, die zu einem gestandenen Mannsbild ganz einfach dazugehörte. So wurde das meist freundliche und zähnebleckende Lächeln der Parteikandidaten auf den Wahlplakaten eher negativ bewertet. Der hat's nötig, so zu grinsen, der Depp! Warum sollte man so einen harmlosen Abgeordneten wählen? Ja, früher, als der Erhard mit Zigarre im schiefen Maul oder der Adenauer ernst vor seinen Rosen stand! Das waren noch wählbare Mannsbilder! Und gar der streitbare FJS! Wenn der auf einem Plakat gegrinst hätte! Mit der Faust auf den Biertisch hauen, das war nach Huberbauers Geschmack.

Ich mag gar nimmer wählen gehen, nuschelte er, es gibt keine echten Mannsbilder mehr! Und dann lassen sie sich auch noch von einem Ostweib rumkommandieren! Na, mia gangst, i need!

Wenn er sich so am Gartenzaun verbreitete, gesellten sich manchmal zufällig vorbeikommende Spaziergänger dazu, nickten ernst, gaben zustimmende Kommentare, die dann zunehmend in die Flüchtlingsfrage mündeten und sich über das Häuflein Afrikaner ereiferten, die man in einem baufälligen Gasthaus untergebracht hatte.

Ha, braucha mia de Eritreer bei uns da? Braucha ma dee?

Geh ma weida mit denen Nega, is ja scho wie im Urwald, wenn man einkaufen geht. Wenn das der Franz Josef noch erlebt hätte! Der hätt sie alle heimgegeigt!

Lebhaftes Nicken des Huberbauern und der Spaziergänger.

Ja, nix ist mehr wie früher!

Ella hörte von ihrer Terrasse aus zu. Sie hatte keinen Ehrgeiz, sich an den Klagen zu beteiligen. Es wäre ohnehin sinnlos gewesen, war sie doch eine der »Neig'schmeckten«, der nicht im Ort und nicht einmal in Oberbayern Geborenen, und also zählte sie nicht, mochte sie hier auch zwanzig und mehr Jahre wohnen, das spielte keine Rolle.

Auch daß sie Dialektforscherin war, mit Spezialgebiet: Vermischung des Schwäbischen mit dem Oberbayerischen, war für die Nachbarn völlig bedeutungslos. Schließlich beherrschten sie den Dialekt schon, und die arme Irre katalogisierte ihre Wörter, Sprichwörter, Redewendungen und Schimpfwörter – wozu? Braucha mia dees?

Das war nichts anderes als akademischer Schnickschnack, oder wie es auf Bayerisch hieß, Krampf, den die Steuerzahler finanzierten.

Braucha mia a solchene Krampfhenna?

Wenn schon studiert, dann sollten sie in die Schule gehen und den Kindern Rechnen und Rechtschreiben beibringen! Aber dazu sind sie sich zu gut! Sie fuhren hin und wieder – aber nicht jeden Tag wie andere, ordentliche Arbeiter – nach München oder nach Augsburg an die Uni. Und was machten sie da? Hockten wahrscheinlich in den mit Steuergeldern beheizten Bibliotheken und jubelten, wenn sie wieder einen bodenständigen Ausdruck in einem alten Schmöker ausgegraben hatten.

Und gar der Ehemann dieser Ella! Was der machte! Ein Nestbeschmutzer! Der grub noch Übleres aus als seine Dialekt-Frau. Aufs Dritte Reich hatte der sich spezialisiert! Nach Verbrechen der eigenen Landsleute grundelte der! Verbieten sollte man das! Von Steuergeldern! Der lebte von Steuergeldern, unterrichtete sogar an der Uni. Was der den Studenten wohl erzählen mochte über ihre Groß-und Urgroßväter? Kein Wunder, daß die Jugend jeden Respekt vor ihren Ahnen und Eltern verlor.

Unser Vater, hörte man jetzt die Helga Rutzbichler, war bei der Wehrmacht, da hat er nach Rußland müssen und sich den Arsch abfrieren. Und dann, als er endlich aus der Gefangenschaft heimkam, ja der Adenauer, den sollt man heiligsprechen! – da kamen die Nestbeschmutzer daher und machten Ausstellungen mit Bildern, wo Soldaten angeblich Zivilisten umgebracht haben.

Jeder weiß doch, wie man solche Fotomontagen herstellen

kann, erklärte ihre Freundin Hildegard Töpfert, die sich als selbsternannte Deutschlehrerin um einen Afghanischen Familienvater verdient machte, indem sie ihm die Hausaufgaben für den Sprachkurs schrieb.

Die versammelten Spaziergänger steckten die Köpfe zusammen.

Plötzlich sollen die Vaterlandsverteidiger alle als Mörder dastehen, ereiferte sich Erwin Prinzpuchler, ehrenamtlicher Pfarrhelfer und vertraut mit allen Interna des Ortes.

Und da sind wir wieder bei dem Herrn Professor, der sich an solchen Ausstellungen beteiligt hat und Ansprachen hält bei der Eröffnung.

Daß er sich nicht schämt. Wo war denn sein eigener Vater oder Großvater in Krieg? Da sollte man vielleicht auch mal nachforschen. Und dann steht er vielleicht auch als Mördersohn da, der Klugscheißer, meldete sich der Huberbauer wieder.

Haben die eigentlich Kinder? fragte Melanie Druckseder, dritte Vorsitzende des Hausfrauenvereins, von ihrem Mann Melanche genannt, weil sie aus der Pfalz stammte und stolz war auf ihre Herkunft aus einer Weingegend, im Gegensatz zu den Bierdimpfeln, die in Oberbayern den Ton angaben.

Doch, wußte der Nachbar von oberhalb, der Eberhard Gronseider, seines Zeichens pensionierter Finanzbeamter, einen Sohn haben sie, der war die letzten zwei Jahre im Weilheimer Gymnasium, vorher war er im Internat, irgendwo in England.

Die können sich so was leisten, so die neidige Helga.

Und wo ist er jetzt? fragte Hildegard

Angeblich in Amerika, wo er studiert., wußte der Eberhard.

Billig ist das nicht, stänkerte Helga wieder.

Was die mit ihrem Geschreibsel verdienen mögen. Den ganzen Tag am Schreibtisch, meins wär das nicht, sagte Melanie – und man glaubte es ihr.

Aber es bringt was, scheint's, kommentierte Helga.

Erst vor ein paar Wochen war ein Bild von ihr in der Zeitung, und das neue Buch von ihr, ein Schimpfwörter-Beitrag irgendwo, wußte Eberhard.

Wie, irgendwo, wollte der Huberbauer wissen.

Halt nicht in Bayern, so Helga.

Daß die Preißn sich lustig machen über uns, das sieht ihr ähnlich, mischte sich jetzt der Michael Glaubitzer ein, der bisher nur zugehört hatte. Er wählte bisher, zusammen mit 12 Freunden aus dem Kriegerverein, zuverlässig die Bauernpartei.

Aber zum Einkaufen fahren sie nicht in die Stadt, jeden zweiten Tag fahren sie zum Gärtner, jedenfalls im Sommer, erzählte die aufmerksame Nachbarin Ingrid Rubenbauer, Mutter der beiden Töchter, von denen noch die Rede sein wird.

Die fressen halt Grünzeug, wählen wahrscheinlich auch die Grünen, vermutete Hildegard.

Die Grünen machen unsere Landwirtschaft kaputt, nuschelte der Huberbauer.

Was die sich einbilden!

Volkes oder Druckseder Erichs Stimme.

Selber nicht eine Kuh vom Ochsen unterscheiden können, aber groß das Maul aufreißen!

Dies die Stimme der Bauernpartei.

Das können sie, die Preißn, vermeldete Helga.

Aber die sind gar keine Preißn. Sie kommt aus Cham, ziemlich weit hinten, heute Oberpfalz, und er, mit seinem sanften G'schau, der ist ein Vilshofner, jedes a ist bei ihm ein o, da orgelt er im Maul sein niederbayerisches Gebräu rum, berichtete Ingrid, die Nachbarin von gegenüber.

Wenn er überhaupt was sagt, sagte Melanie.

Stimmt. So ein stiller, grad recht für so ein grobmäuliges Bayerwaldweib. Nicht einmal Vorhänge kann sie nähen, meldete sich Nachbar Huberbauer wieder zu Wort.

Hat aber auch wieder sein Gutes! Ingrid lächelte fein.

Jetzt lachten alle.

Sie haben von den Schnüffeleien der beiden Nachbarstöchter gehört.

Verena und Carmen, so die Namen der Rubenbauer-Zwillinge aus dem Nachbarhaus gegenüber, hatten eine lukrative Einnahmequelle für sich entdeckt.

Ihr Kinderzimmer ging auf die Straße hinaus und gewährte, besonders im Herbst und Winter, wenn die Bäume kahl wurden, ungehindert Einblick auf und in das Nachbarhaus, in dem Ella und Max wohnten. Daß es keine Stores vor ihrem großen Wohnzimmerfenster gab, war allgemein bekannt.

Die hocken da wie in Holland! Melanie, die zur Tulpenblüte mal mit dem Omnibus in der Nähe von Amsterdam war, wußte das. Dort gibt's auch jeden Abend freie Sicht auf die Familien beim Essen; sie haben das Licht an und die Vorhänge offen.

Wahrscheinlich haben die zwei das in Holland gesehen, und weil es praktisch ist und man keine Vorhänge nähen muß, machen sie es halt auch so.

Irgendwie schamlos, kommentierte Vater Rubenbauer, als seine Frau ihm die Nachbarn zeigte, die da im vollen Licht ihrer Lampe Zeitung lasen.

Die Zwillinge hatten sich längst das alte Fernrohr vom Opa aus der Dachbodentruhe geholt, lupften ihre Stores ein bißchen zur Seite, gerade so weit, daß man die Mündung des Rohrs durchstecken konnte, und dann glotzten sie gierig auf ihre beiden Nachbarn, die hin und wieder zur Kaffeetasse griffen und dann wieder die Zeitung vor sich ausbreiteten.

Da! schrie auf einmal Verena. Da! Jetzt puhlt sie in ihren Zähnen! Ekelhaft! Schau selber!

Carmen nahm das Fernrohr in die Hand und zielte auf Ellas Mund.

Pfui Teufel, so sind sie, die so vornehm tun, ahmte sie ihren Papa nach. Keinen Anstand!

Laß mich jetzt wieder! Vielleicht sehen wir den Alten noch beim Nasebohren!

Aber soviel sie auch glotzten an diesem Sonntagvormittag, sie sahen nur noch, wie beide (auch der Mann, dieses Weichei), den Tisch abräumten, das Tischtuch ausschüttelten und dann aus dem Wohnzimmer verschwanden.

Verena und Carmen wußten, daß die beiden sich jetzt an ihre Computer setzten, denn im ersten Stock war ihr gemeinsames Arbeitszimmer. Das hatten sie vom Huberbauer, der von seinem Schlafzimmerfenster aus direkt in das Arbeitszimmer sehen konnte. Aber anscheinend hatte er nichts Berichtenswertes entdeckt. Verena und Carmen überlegten, wie sie es anstellen könnten, in Huberbauers Schlafzimmer zu kommen.

Aber sie hatten eine andere Idee.

2

Eberhard Gronseider wachte aus seinem Mittagsschlaf auf. Sein Herz klopfte, er merkte, wie ihm der Speichel aus dem Mund troff, er sah einen nassen Fleck auf dem Kissen, und sein Hemdkragen fühlte sich feucht an. Sein ganzer Körper vibrierte unter einem unsichtbaren Stromstoß. Mühsam versuchte er seinen Oberkörper aufzurichten. Er hatte Mühe, seine Zähne auseinander zu bringen. Seine Lippen fühlten sich geschwollen an.

War das so ein Schlaganfall, der seinen Vater halbseitig gelähmt hatte? Der jetzt nur noch lallte und keinen Satz mehr zustande brachte. Der im Pflegeheim vor sich hin dämmerte und seinen Sohn kaum noch erkannte, wenn der am Sonntagnachmittag nach ihm schaute.

Vater unser, der du bist im Himmel! Eberhard fiel nur dieser Satz ein, der ihm mühelos gelang. Nein, kein Schlaganfall. Er war noch einmal davongekommen. Aber mit dem Herz stimmte etwas nicht, das hämmerte immer noch.

Es war Zeit, sich endlich aus dem Mittagsschlaf zu befreien. Vielleicht war das doch nicht so gesund, wie sein Hausarzt, der Doktor Thomas Reindl, ihm versprochen hatte.

So ein Nickerchen schadet bestimmt nicht, im Gegenteil. Man wacht dann erholt auf und bewerkstelligt den Rest des Tages mit mehr Energie.

Was sollte er, der Pensionist, mit Energie? Wo doch die Nachmittage sich dehnten, so daß er vor Verzweiflung sogar schon einen Brief an seine Schwester in Frankreich aufgesetzt hatte. Aber das Kuvert lag noch unbeschriftet auf seinem immer aufgeräumten und weitgehend leeren Schreibtisch. Auch das war neu seit seiner Pensionierung. Früher hatte er regelmäßig Unerledigtes aus dem Büro mit nach Hause gebracht, schon um nicht am Abend mit Inge ihre Lieblingsschlagersendungen anschauen zu müssen. Was die für einen Musikgeschmack hatte! Wieso hatte er das nicht früher bemerkt? Mit 25 Jahren war man halt noch blöd, ein halbes Kind, sah die schönen, blonden Locken, das ausgeschnittene T-Shirt, die engen Jeans. Und freute sich, daß alle Äußerungen mit einem lachenden Kommentar veredelt wurden, mit dem Zusatz: Mei, bist du lustig! Und so g'scheit!

Und jetzt saß er seit 40 Jahren einsam in seinem Arbeitszimmer, das er sogar von der Steuer absetzen konnte, als er noch im Dienst war. Nicht einmal das war noch möglich. Eine teure Musikanlage versüßte ihm die Stunden.

Wozu denn das noch? Inges Protest.

Er gab ihr nicht mal Antwort, kaufte sich gleichzeitig Sonderangebote klassischer Musik dazu, und jetzt hatte er, wohlgeordnet nach Komponisten, eine beträchtliche CD-Sammlung.

Er kam sich gebildet und bedeutend vor, wenn er die Zeitung zur Hand nahm und dazu Vivaldi hörte.

Auch ein neues Schlafsofa hatte er sich gekauft. Inge schaute griesgrämig, wenn sie alle heiligen Zeiten einmal sein Zimmer betrat. Aber meistens hatte er seine Ruhe. Sie war mit allerhand Ehrenämtern beschäftigt und hatte, weil sie seit ihrer Geburt in Edenbichl lebte, Verwandte und Schulfreundinnen in reicher Anzahl. Er hatte »eingeheiratet«, in ein früheres Bauernhaus mit beträchtlichem Grundbesitz. Längst war das Haus modernisiert, sogar mit einer Solaranlage auf dem neuen Dach. Ihre beiden Söhne arbeiteten in Frankfurt, inzwischen waren sie steinreich geworden, weil sie spekuliert und gewonnen hatten. Sie hatten sich ein Haus in Bad Homburg gekauft, lebten zufrieden in zwei Stockwerken und fuhren nur noch selten in die Bankerstadt, weil sie das meiste zu Hause von ihren Computern aus erledigten. Immer noch waren sie unverheiratet, und, wenn man ihren lockeren Äußerungen glaubte, wollten sie das auch weiterhin bleiben.

Aber brav kamen sie an Weihnachten nach Hause und brachten aus den Feinkostgeschäften alle möglichen Leckereien mit, die es im sparsamen Haushalt von Inge und Eberhard das ganze Jahr über nie gab. Inge konnte sich nicht abgewöhnen, ihnen ständig in den Ohren zu liegen, daß es jetzt wirklich an der Zeit wäre zu heiraten. Beide waren lieb zur Mama, küßten sie auf die Wange und stimmten oberflächlich zu. Ja, Mami, das kommt schon noch, gut Ding, weißt schon! Und dann lachten sie zusammen.

Er verstand gut, warum die beiden mit ihrem Single-Dasein zufrieden waren. Schließlich versuchte er nach Jahren der erzwungenen Gemeinsamkeiten jetzt endlich in der Pension auch so eine Art Single-Leben in seinem behaglich eingerichteten Zimmer.

Aber so, wie er sich jetzt fühlte nach dem abrupten Ende des Mittagsschlafs, so konnte es nicht bleiben. Er mußte gleich einen Termin bei Dr. Reindl machen, möglichst ohne daß Inge davon etwas mitbekam; sonst hieß es gleich wieder: das liegt an dem Bier, das du jeden Abend trinkst, ich sag's dir ja immer wieder, aber du hörst nicht auf mich. Und so weiter. Er kannte die Litanei schon auswendig.

Inzwischen war es 16 Uhr, da konnte er noch anrufen. Die Sprechstundenhilfe gab ihm gleich für den nächsten Vormittag einen Termin. Er freute sich, weil er Privatpatient war. Da ging das alles ohne längere Warterei.

Als er sich bequem in seinem Schreibtischsessel niederließ, war schon fast wieder alles wie früher. Er schob eine CD mit einem Mozart-Klavierkonzert ein und nahm sich den Wirtschaftsteil der Zeitung vor. Nach dem Abendessen wollte er heute mal wieder zum Stammtisch gehen und seine Kumpel vom Männergesangsverein treffen. Seit seiner letzten Bronchitis war sein Baß brüchig geworden, und er ging nicht mehr zu den Chorproben.

Er hatte gerade einmal die Überschriften gelesen, da läutete das Telefon. Auf seinem Schreibtisch stand der Nebenapparat, und man brauchte nur auf ein Knöpfchen zu drücken, dann konnte man mithören, was vom Wohnzimmer aus gesprochen wurde. Er drückte das Knöpfchen.

Was er allerdings zu hören bekam, ließ ihn erbleichen.

3

Hildegard Töpfert kam von einem Spaziergang mit ihrem Dakkel nach Hause. Sie wischte dem Hund sorgfältig die Pfoten ab Es gab ja immer noch Umweltsünder, die Salz streuten vor ihren Häusern. Ihren dunkelbraunen Mantel hängte sie in die Garderobe, den selbstgestrickten Schal legte sie sorgfältig zusammen und verstaute ihn in der ersten Kommodenschublade.

So, sagte sie freundlich zu ihrem Waldi, jetzt koch ich mir erst mal einen Tee und mach es mir mit dem Bistumsblatt gemütlich. Der Hund folgte ihr ins Wohnzimmer, wo er gleich mit aufs Sofa sprang. Der Wasserkessel brummte, draußen war es bereits dämmerig, und die Dampfheizung verbreitete eine angenehme Wärme.

Ach, haben wir's gut!

Waldi sah verständig zu ihr auf. Auch ihm ging es gut neben seinem Frauchen.

Hildegard goß heißes Wasser auf ihren Teebeutel, verrührte zwei Stück Zucker und gab einen Teelöffel Rum dazu. Jetzt war der Tee genau so, wie sie ihn mochte und wie Heiner, ihr verstorbener Mann, es mißbilligt hätte. Alkohol schon am Nachmittag! Ja, dachte sie, er war schon streng mit mir, halt typisch Lehrer. Drei Jahre war er jetzt schon tot.

Ihr ging es gut, das durfte sie nicht laut sagen. Von einer Witwe wurde erwartet, daß sie trauerte, möglichst lange dunkle Kleider trug und jeden Tag auf dem Friedhof nach dem rechten sah. Das alles hatte sie brav erledigt. Aber jetzt würde sie mehr an sich denken. Obwohl, da war noch dieser Afghane, für den sie, wie ausgemacht, regelmäßig die Deutschhausaufgaben erledigte, die er beim Sprachkurs in der Kreisstadt vorweisen mußte. Der selbst ernannte Flüchtlingsbetreuer, ein pensionierter Kollege ihres Mannes, hatte sie vor ein paar Monaten für diese Aufgabe gewonnen:

Wir müssen ihm helfen, sonst bekommt er keine Aufenthaltsgenehmigung.

Hildegard fragte sich, ob die Lehrer des Afghanen nicht eine gewisse Diskrepanz zwischen seinem mangelhaften Deutsch und den fehlerlosen Hausaufgaben bemerkten. Oder war das Ganze nur ein gut gespieltes Theater, bei dem jeder wußte, was da vor sich ging?

Ihr konnte es egal sein. Heiner hätte so etwas nie und nimmer gemacht, da war sie sich sicher. Hausaufgaben für einen Faulpelz? Das hätte er mit Entrüstung abgelehnt. Vielleicht hatte sie sich gerade deswegen dafür engagiert.

Sie nippte von ihrem Tee mit Rum.

Im Bistumsblatt gab es weiter keine Neuigkeiten, die sie interessiert hätten. Sie warf es in den Papierkorb. Am liebsten hätte sie es abbestellt. Aber das wäre schon fast gleichbedeutend mit dem Kirchenaustritt. Die katholische Presse mußte man als guter Katholik unterstützen, sie mochte so banal sein wie sie wollte. Ihre Tochter dachte da anders.

Habe ich da was falsch gemacht mit der religiösen Erziehung? Oder war das jetzt einfach der Geist der Zeit, einer Zeit, in der die Kirche immer weniger zu melden hatte?

Wo blieb Renate denn überhaupt? Hätte sie nicht schon längst zu Hause sein müssen? Ihre Tochter hatte sich für den Beruf des Vaters entschieden, sie war Lehrerin in der Nachbargemeinde.

Der Nachmittagsunterricht war doch längst vorbei. Ob sie wieder mit Kollegen ausging? Es waren hauptsächlich Kolleginnen, bis auf den Rektor. Der war leider nicht verheiratet, so daß Hildegard immer im Alarmzustand war, Renate könnte sich in ihn verlieben. Dann würde sie ausziehen, und Hildegard müßte allein leben. Davor hatte sie Angst. Sie war jetzt auch schon über Sechzig, da konnte alles mögliche passieren. Wozu hatte man eine Tochter, wenn sie einen dann doch im Stich ließ?

Einen Sohn hatte sie zwar auch, aber der zählte irgendwie nicht. Außerdem lebte er ein paar hundert Kilometer von ihr entfernt, weit im Norden und mit Dingen beschäftigt, die sie nicht verstand. Was auch sollte sie sich unter einem Programmierer vorstellen? Aber er verdiente gut, hatte sich eine Eigentumswohnung gekauft und kam nur sporadisch heim, das letzte Mal zu ihrem Geburtstag im Juli. An Weihnachten war er auf Barbados, sie fragte gar nicht mehr, mit wem. Nie erzählte er von Freundinnen, auch seiner Schwester nicht. Er wußte, daß sie alles irgendwann mit der Mutter besprach, und von den Ermahnungen, doch bald eine Familie zu gründen, hatte er genug. Um auf andere Gedanken zu kommen, schaltete sie den Fernsehapparat an. Eine aufgedonnerte, offenbar amerikanische Schauspielerin erzählte gerade ihren lauschenden Freundinnen von ihrem letzten Rendezvous, das hieß heutzutage Date.

So ein Quatsch. Sie schaltete den Apparat wieder aus und griff in den Korb, der neben dem Sofa stand. Bis Renate heimkam und sie das Abendessen für sie beide machte, würde sie noch ein paar Runden stricken. Warme Wollsocken, schon vorsorglich für einen nächsten Geburtstag gedacht. Vielleicht würde sie Inge damit überraschen; die hatte offenbar vergessen, wie man Stricknadeln überhaupt hielt. Dabei hatten sie doch die gleiche Handarbeitslehrerin, eine stille und geduldige Klosterfrau. Hildegard war, zusammen mit den meisten Mädchen ihres Jahrgangs, bei Klosterfrauen in die Schule gegangen, eine solide Mittelschulausbildung, sogar mit Hauswirtschaft und Kochen. Das hielt man früher für die beste Heiratsempfehlung.

Und heute?

Da wollten sogar die Mädchen Singles bleiben, keine Kinder, keine Verpflichtungen, keine Verantwortung. Unwillkürlich schüttelte Hildegard den Kopf. Sie verstand das nicht. Mit Freuden hatte sie ihre Bürostelle aufgegeben, als Heiner sie heiratete. Wie viel schöner und befriedigender war es, in einer eigenen Küche schalten und walten zu können, zu bestimmen, was die

Familie zu essen bekam und welche Vorhänge sie auswählte. Sie kochte mit Leidenschaft, und die Familie war die ganze Schulzeit der Kinder über immer vollständig beim Essen zusammengesessen. Sicher hatte das auch damit zu tun, daß ihnen schmeckte, was Hildegard auf den Tisch brachte.

Und jetzt war es Zeit, daß sie in die Küche ging und das Abendessen für Renate und sich machte.

Als sie die Salatsoße anrührte, ging die Haustüre.

Hallo, Mama!

Renate brachte die kalte Winterluft mit in die Küche.

Es hat heute etwas länger gedauert, wir hatten noch Konferenz wegen eines Schülers, der straffällig geworden ist.

Was hat er denn verbrochen?

Er hat offenbar große Mengen Computerzubehör geklaut. Der Ladenbesitzer hat ihn erwischt und festgehalten, bis die Polizei kam. Dann mußten sie ihn aber laufen lassen, fester Wohnsitz und minderjährig, das übliche.

Renate sah ihrer Mutter über die Schulter.

Hm, Tomatensalat! Sehr fein! Ich zieh mich nur schnell um, dann bin ich gleich wieder da.

Renate nahm zwei Treppen auf einmal, ging ins Bad und dann in ihr Zimmer, das sie bewohnte, seit die Eltern das Haus gebaut hatten; da war sie drei Jahre alt, und ihr Bruder Gerhard fünf. Renate schlüpfte in ihren Jogginganzug und in die gefütterten Hausschuhe und lief die Treppe abwärts.

Ich decke schon mal den Tisch!

Hildegard schnipselte gerade abschließend Petersilie auf den fertigen Salat. Wurst und Käse kamen auf den Glasteller, das Körnerbrot auf das Olivenholztablett, ein Weihnachtsgeschenk des Feinkosthändlers, bei dem sie vor den Feiertagen eingekauft hatte.

Das hat aber heute lange gedauert, bemerkte Hildegard, als sie den Salat auf den Tisch stellte. Vier Stunden für ein aufmüpfiges Bürscherl, alle Achtung.

Na ja, meinte Renate, wir sind hinterher noch auf ein Bier ins Baderstüberl.

Das ganze Lehrerkollegium? wollte Hildegard wissen.

Ach, Mama, jetzt frag doch nicht so unschuldig. Weißt es eh schon.

Was soll ich wissen?

Hat nicht Tante Inge am Telefon letzthin davon geratscht? Daß sich der neue Rektor für mich interessiert.

Aha, tut er das denn?

Renate nahm sich bedächtig von dem Salat.

Ja, das tut er.

Und du? Interessierst dich auch für ihn? Das nennt man jetzt offenbar sich interessieren. Bei uns damals hieß das anders.

Wie denn, Mama?

Verliebt, verlobt, verheiratet.

Renate lachte.

Davon ist noch lange nicht die Rede.

Und wovon ist dann die Rede?

Also, wörtlich kann ich dir das nicht wiedergeben.

Lieber schriftlich, stichelte Hildegard.

Mama! Jetzt laß mich doch in Ruhe! Ich hab mit meinem Chef ein Bier getrunken, mehr war da nicht. Und jetzt guten Appetit!

Was nicht ist, meinte Hildegard vielsagend, kann ja noch werden.

Renate machte kurz den Mund auf, schluckte dann aber, kaute ihren Tomatensalat und nahm sich ein Vollkornbrot.

Sehr fein, der Salat, lobte sie. Hast ihn wieder mit Senf angemacht, nicht wahr? Wie im Grand Hotel schmeckt das!

Hildegard nickte zufrieden. Das war ein Friedensangebot. Auch sie kaute bedächtig und brachte das Gespräch auf Inges Nachbarn, die zwei sogenannten Wissenschaftler.

Die haben angeblich einen Sohn, der in Amerika studiert.

Ja, und?

Na, ja, das kostet doch enorm viel Geld.

Vielleicht hat er ein Stipendium.

Diese Leute haben Beziehungen nach überall hin. Und dann wohnen sie hier im schönsten Teil von Oberbayern.

Wir wohnen ja auch hier, entgegnete Renate. Was habt ihr nur immer mit den beiden? Sie tun uns nichts, also laßt sie in Frieden. Als wenn wir hier nicht in der EU wären, da kann sich jeder Rumäne bei uns niederlassen.

Das wäre ja noch schöner.

Liest du eigentlich keine Zeitung, Mama? Es gibt keine Grenzen mehr in der EU, da kann jeder wohnen, wo er mag.

Das fehlte grade noch, daß wir hier eine neue Rumänensiedlung bauen müßten! Die sollen daheim bleiben.

Aber wenn wir Leute brauchen, die unsere Alten betreuen, dann dürfen sie schon kommen, die vielen Polinnen, die auch hier im Ort arbeiten. Denk an die alte Rutzenbichlerin. Die Helga ist heilfroh über die Agata aus Krakau, sonst müßte sie ihre Schwiegermutter selber pflegen.

Das ging ja früher schon nicht gut.

Siehst du, und jetzt leben sie so ziemlich im Frieden.

Übrigens, du wirst es nicht glauben, der Professor Doktor sowieso wühlt neuerdings im Ortsarchiv, das sie im Rathaus eingerichtet haben. Man kann sich vorstellen, wonach er da gräbt. Er ist ja angeblich Spezialist für Nestbeschmutzung.

Wie du daherredest, Mama! Sollen wir so viele Jahre nach dem Krieg immer weiter schweigen zu allem, was früher bei uns passierte? Dann sind wir auch nicht besser als die Engländer, über die du immer schimpfst, daß sie für ihre Sünden in den Kolonien bezahlen sollen.

Wir haben genug bezahlt, alle greifen nur immer Deutschland ins Portemonnaie, weil sie wissen, daß die Deutschen wegen ihrem schlechten Gewissen immer zahlen.

Daran kann ich nur erkennen, daß wir was aus der Geschichte gelernt haben. Übrigens, morgen bin ich zum Mittagessen nicht daheim, weil ein Besuch im ehemaligen KZ in Dachau mit der Oberstufe geplant ist.

Das auch noch, seufzte Hildegard und fing an, den Tisch abzuräumen. Als sie gerade spülen wollte, läutete das Telefon. Mit nassen Fingern griff sie nach dem Apparat, um nach ein paar Sekunden des Zuhörens aufs Sofa zu sinken.

Nein, das gibt's doch nicht, das glaub ich nicht!

Was ist denn passiert, rief Renate von oben.

Du wirst es nicht glauben!

4

Florian Meier saß beim Abendessen, zu dem zwei Flaschen Bier gehörten. Er goß sich gerade die zweite Halbe ein und biß in sein Leberkäsbrot. Anna schob ihm das Glas mit den sauren Gurken zu.

Er war zufrieden.

Hier bei ihm daheim und auch im ganzen Ort, da war die Welt noch in Ordnung, da sorgten die Ehefrauen dafür, daß im Haushalt alles lief und die Kinder gehorchten. Seine Kinder waren schon seit Jahren selbständig, lebten aber, wie es sich gehörte, in der näheren Umgebung. Die Lisa hatte in eine florierende Metzgerei mit Gastwirtschaft eingeheiratet, Josef betrieb die elterliche Tischlerei am Ort und würde kommendes Jahr heiraten, und der Kleinste, Annas Liebling, das Jaköble, studierte auf Pfarrer in München.

Er dachte an die Flüchtlinge und überlegte, ob das noch stimmte mit der Ordnung.

Was überlegst du denn, fragte Anna.

Was mit den Flüchtlingen mal wird.

Arme Schlucker, und noch so jung.

Ich hab ihnen mein altes Fahrrad gebracht, sagte Florian. Da sollen sie ruhig ein bißchen rumbasteln. Daß man es ihnen so schwer macht zu arbeiten, versteht keiner. Sollen sie doch froh sein, wenn die nicht so faul rumsitzen. Zum Beispiel die alte Kraus Mathilde, die nach ihrer Hüftoperation nur noch hinkt, die hat sich vorigen Monat erbarmt und einem von den Schwarzen, der bei ihr um Arbeit angefragt hat, den Rasenmäher in die Hand gedrückt. Der hat den großen Garten gemäht, und sie hat ihm 20 Euro gegeben, beide waren zufrieden. Nicht aber ihr Nachbar, der Erwin Prinzpuchler, der alte G'schaftler. Selber hat er bloß ein Handtuch von Garten, und da schielt er neidisch auf die Mathilde. Und da hat er sie angezeigt, nur weil sie barmherzig war und dem Schwarzen was zum Verdienen gegeben hat. Prompt kam die Polizei und hat die Alte verwarnt. Normalerweise müßte sie sogar Strafe zahlen, aber weil die Mathilde so laut geschrien und geweint hat, daß die Nachbarn zusammengelaufen sind und sich vor den zwei Polizisten aufgebaut haben, sagten die dann, wir wollen Gnade vor Recht ergehen lassen. Der Polizeiinspektor oder was er ist, war ja ein Schulkamerad vom Kraus Erwin, dem Sohn von der Mathilde. Das wäre dann schon doppelt peinlich. So kam sich der Heckenbichler Toni human und edel vor, und er stieg mit seinem Kollegen wieder in sein geputztes Polizeiauto.

Die arme Mathilde wollte doch nur helfen, stimmte Anna bei.

Sie hat sich immer noch nicht von dem Polizeibesuch erholt, giftet mächtig auf den Nachbarn, der sie angezeigt hat und versteht die Welt nicht mehr. Ihren Nachbarn, den ehemaligen Polier, als Neonazi ortsbekannt, verstand sie überhaupt nicht. Er hatte sein Haus anderthalb Meter zu hoch gebaut und dafür an die Gemeinde zehntausend Euro Strafe bezahlt, aber ihre Sicht auf den See war deswegen für immer verstellt.

Ich als Witwe, jammerte sie.

Mit Geld kann der jedes Gesetz aushebeln, dieser Militarist mit seinem Bürstenschnitt!

Übrigens redet ihre Freundin Milli jetzt auf sie ein, daß sie den Erwin ihrerseits anzeigen soll. Angeblich stimmt etwas nicht mit der Gartengrenze.

Hoffentlich macht sie das nicht, den Rechtsanwälten ist die nicht gewachsen.

Die Milli hat eine Nichte, die Rechtsanwaltsgehilfin ist, und die hat ihr das vorgeschlagen. Schließlich läßt der Erwin die Zweige seiner Hecke in Mathildes Grundstück reinhängen.

Da könnte man fast alle Gartenbesitzer anzeigen, das ist doch lächerlich, meint Anna.

Warten wir's ab, sagte Florian und biß in eine saure Gurke.

Da läutete die Hausglocke.

Die beiden sahen sich an.

Wer kann das denn jetzt noch sein, fragte Anna.

Du bleib sitzen. Ich schau gleich mal, wer vor der Tür steht.

Mach vorher noch die Kette vor, rief ihm Anna nach.

Aber es war nur Lisa, die weinend mit ihrem kleinen Andreas im Wickelkissen vor ihnen stand.

Jetzt setz dich erst mal hin, trink einen Schluck Bier!

Nein, Papa, ich bring nichts runter.

Sag endlich, was passiert ist, befahl Anna.

Schau her, schluchzte sie, schau auf meine Wange, eine Watschn hat er mir gegeben, der Brutalo.

Meinst jetzt den Sepp, Deinen Mann?

Ja, wen sonst?

Und warum, fragte Anna.

Wegen gar nichts, wegen nichts regt der sich so auf. Schlägt seine Frau, das hätte ich nie von ihm gedacht. Ich laß mich scheiden!

Also, jetzt hock dich erst mal hin, da, trink einen Schluck Bier. Und jetzt erzähl ganz in Ruhe. Weckst mir ja den Andreas noch auf. Ein Wunder, daß der überhaupt noch schläft. Komm her, ich leg ihn einstweilen aufs Sofa.

Also, um was habt ihr euch gestritten?

Um den Eritreer, der immer mit dem Radl rumkurvt.

Mein ehemaliges Fahrrad, erklärte Florian.

Ja, von mir aus, mit deinem Radl. Dann steigt er ab, kommt in den Laden und fragt: »Du Arbeit?«

Und ich denke, daß die Kati Wirnhir krank geworden ist, die sonst bei uns immer putzt, und sag: Ja, Arbeit, komm rein.

Ich hab ihm den Putzeimer in die Hand gedrückt, auf den Boden im hinteren Laden gedeutet und ihm gezeigt, wo er putzen soll.

Die Melanie kommt derweil in den Laden, kauft ihren Aufschnitt und ihr Geschnetzeltes, und als sie die Tür hinter sich zumacht, erscheint der Sepp in seiner blutigen Schürze.

Auch sein Gesicht war geschwollen rot und er schreit mich gleich an, was mir einfällt, einen Schwarzen anzustellen, ob ich denn nicht weiß, daß das verboten ist und daß wir deswegen alle ins Gefängnis kommen können und sie den Laden zumachen und wir arbeitslos auf der Straße stehen.

Wie blöd bist du eigentlich, hat er gebrüllt und mir ins Gesicht gehauen. Ich hab's nicht glauben können. Immer weiter hat er geschrien und den armen Schwarzen beim Krawattl gepackt und zur Tür raus befördert. So eine Gemeinheit. Der kann ja gar nichts dafür.

Da bin ich aus dem Laden in die Wohnung, hab den Andreas genommen und bin zu euch gefahren. Jetzt kann er sehen, wo er bleibt, der Sepp, er hat ja niemanden, der jetzt im Laden steht.

Wahrscheinlich wird er seine Mutter anflehen, aber auf die ist kein Verlaß, die gibt falsch raus und schneidet sich in den Finger. Recht geschieht's ihm.

Florian und Anna hörten schweigend zu.

Anna strich ihrer Tochter über die Haare und meinte, es wird ja nicht so heiß gegessen wie gekocht wird. Wie ich den Sepp kenne, tut's ihm sicher schon leid.

Also, ich finde schon, das hätte er nicht tun dürfen, seine eigene Frau schlagen. Da hab ich kein Verständnis dafür, aber auch schon gar keins. Florians Kommentar

Komm, Lisa, nimm dir auch ein Brot und tu dir anständig Leberkäs drauf. Du hast ja sicher noch nichts gegessen, sagte Anna und stellte einen Teller und ein Glas vor sie hin.

Lisa sah von einem zum andern.

An Essen mag ich gar nicht denken.

Sie wischte sich erneut die Tränen ab.

Also, ich kann keinen roten Flecken auf deiner Wange entdecken, sagte Anna. So fest hat er nicht zugeschlagen.

Das wär ja auch noch schöner, wenn er mich entstellen würde. Da ging ich gleich zur Polizei.

Also, jetzt mach aber mal einen Punkt. Wegen sowas rührt

die Polizei keinen Finger. Das erste, was die zu dir sagen würden: Zeigen Sie mir mal Ihre Verletzung. Und davon ist bei dir überhaupt nichts zu sehen.

Florian stand auf und ging zum Kühlschrank.

Aber es gibt noch seelische Grausamkeit, das ist ein Scheidungsgrund, schmollte Lisa, setzte sich aber an den Tisch.

Florian stellte eine schaumgekrönte Halbe Weizen vor sie hin. Nimm einen g'scheiten Schluck, dann reden wir weiter.

Lisa gehorchte unwillkürlich.

Wetten, daß der Sepp bald kommt und sich entschuldigt, sagte Anna.

Der weiß nicht, wie man das Wort Entschuldigung schreibt, erwiderte Lisa. Der Metzger!

Schimpf nicht auf seinen Beruf, dem hast du zu verdanken, daß du in einem schönen Haus wohnst und keine finanziellen Sorgen hast. Außerdem: Du verkaufst im Laden das Fleisch und die Wurst, also halts Maul, räsonierte Florian

Deswegen mußt du nicht gleich ordinär werden, verteidigte sich Lisa. Ich reiß mein Maul auf, so oft ich will. Ich bin großjährig.

Anna sah eine Katastrophe am Horizont und streichelte Lisa.

Ach, komm, leg nicht jedes Wort auf die Goldwaage. Schau, der Papa hat dir Bier eingeschenkt, und ich mach dir ein Leberkäsbrot. Stärk dich, und dann wird's schon irgendwie weiter gehen.

Florian und seine Tochter sahen schweigend vor sich hin.

Lisa biß in ihr Brot, strich sich Senf drüber und kaute.

Da ging die Haustürklingel.

Na, wer sagt's denn, meinte Florian und ging zur Tür. Man hörte Gemurmel, und dann kamen Sepp und Florian ins Wohnzimmer. Lisa schaute nicht auf und kaute weiter. Anna ging zu Sepp hin und sagte, schön, daß du kommst, bist ein guter Kerl. Setz dich zu deiner Frau und trink auch ein Bier.

Alle waren still, als Sepp einen der schweren Eichenstühle

rückte und sich umständlich an den Tisch setzte. Er nahm einen großen Schluck Bier, wischte sich den Mund und legte eine Hand auf Lisas Arm.

Komm wieder heim!

Anna hatte sich hinter den Stuhl ihrer Tochter gestellt und stieß sie leicht auf die Schulter. Aber Lisa schaute nur auf ihr Leberkäsbrot und sagte nichts.

Geh weiter, ich hab's nicht so gemeint, brachte Sepp heraus.

Siehst du, ich hab's gleich gesagt, der Sepp wird sich entschuldigen, meinte Anne und lächelte.

Wie hast du's denn gemeint, mir einfach so eine Watschn ins Gesicht hauen? Ha?

War doch gar keine echte Watschn, verteidigte sich Sepp. Mir ist halt die Hand ausgerutscht, kann passieren. Ich mein, du stellst, ohne mich zu fragen, einen Asylanten ein, wo du doch weißt, daß das nicht so einfach geht.

So, sagte Florian abschließend, jetzt ist alles geklärt. Ihr habt beide Fehler gemacht. Mama, jetzt bring den Schnaps, wir trinken miteinander ein Stamperl, und dann geht ihr wieder heim. Der Andreas schläft immer noch, ein halbes Wunder, bei dem Lärm hier herinnen.

Anna stellte den Obstler auf den Tisch, Florian goß allen ein.

In die Stille des ersten Schlucks läutete das Telefon.

Ja, Herrschaftszeiten, ist das heute ein Betrieb hier, rief Anna und eilte zum Telefon. Sie hörte schweigend zu, sagte nur gute Nacht in den Hörer und kam bleich zurück an den Tisch.

Ich kann's nicht glauben, was ich da grade gehört habe, einfach schrecklich.

5

Bist jetzt endlich fertig mit deiner Ratscherei? Wo bleibst denn so lang? Soll ich mir vielleicht jetzt das Abendessen selber machen?

Michael Glaubitzer stellte den Fernsehapparat ab, erhob sich umständlich aus dem tiefen Sofa und stellte sich breitbeinig vor Ilse, die von der Garderobe zu ihm her wuselte.

Mei, hat halt gedauert! So ist das bei Konferenzen!

Daß ich nicht lache, Du, die Hildegard und eure Konferenzen! Geratscht habt ihr, und weil's bei euch neuerdings ja nur noch ein Thema gibt, nennt ihr das Konferenz.

Du mußt aber zugeben, es ist schon wichtig, was mit unseren Asylanten passiert. Das geht uns schließlich alle an.

Ja, is scho recht, murmelte Michi, der befürchtete, sich die neuesten Beschlüsse über Hausaufgabenmachen und Einkaufbegleitung anhören zu müssen.

Ich hab auch schon was vorbereitet, dauert nur noch ein paar Minuten in der Mikrowelle.

Mikrowelle! Wenn ich das schon höre!

Geh, Michi, beruhig dich, ich hab die Rouladen ganz normal aufm Ofen gekocht, wie deine Mama. Ich wärm sie doch nur auf in der Mikrowelle, damit es schneller geht. Am Geschmack ändert sich da überhaupt nichts. Da, gieß dir schon mal ein Bier ein, ich hab das Andechser gekauft, das du am liebsten hast.

Michael brummte zufrieden, setzte sich an den schweren Eichentisch und trank einen großen Schluck.

Habt ihr wieder eure Neger besucht?

Sag einmal, wie redest denn du daher? Hast gar keinen Anstand mehr? Das sind genau so Menschen wie du und ich.

Spar dir deine Vorträge. Überleg lieber, was du mir antust, wenn du dich ständig mit den Asylanten rumtreibst. Die andern machen sich schon lustig über mich.

Wer, die andern? Deine Spezln aus der Bauernpartei! Daß ich nicht lache! Ihr seid's am Aussterben, das weiß jeder. Wie viele gibt's denn noch, die hier geboren sind? Oder wo die Großeltern schon im Ort gewohnt haben? Und ich sag dir, das ist sogar gut, wenn die Eingeborenen nicht unter sich bleiben, sondern wenn frisches Blut ins Dorf kommt.

Aha, und am Ende sitzen am Stammtisch lauter Mulatten. Da tät der Hellerwirt bald keine Geschäfte mehr machen, wenn er den Halbwilden sein Bier serviert. Und von wegen Vermischung? Du wärst die erste, die sich aufregen würde, wenn die Lore mit einem schwarzen Bankert daher käme.

Wie kommst jetzt auf die Lore, fragte Ilse erschrocken.

Nur so, damit du kapierst, was du uns da antust.

Was hat denn mein Deutschunterricht mit der Lore zu tun? Die lebt in Augsburg und kennt die Asylanten gar nicht, die hier im alten Wirtshaus leben.

Ist jetzt das Essen bald warm? Ich frag ja nur, weil, wenn du es in den Ofen getan hättest, würd's auch nicht länger dauern als in deiner blöden Mikrowelle.

Ja, Michi, schau her, ist schon alles fertig. Wird dir schmekken, ich hab die sauren Gurken mit eingewickelt, wie mir deine Mama das geraten hat. Und nimm dir anständig Soße! Ich hab sie mit Rahm verfeinert, auch ein Tip von deiner Mama selig.

Michael sah auf seinen Teller, wo Rouladen, Soße und Salzkartoffeln eine wunderbare Einheit von Tradition und gutem Geschmack eingegangen waren. Er wartete nicht, bis Ilse ihren Teller gefüllt hatte, sondern fing gleich an, die Kartoffeln zu zermantschen und sich den bräunlichen Brei in den Mund zu schieben.

Dir schmeckt's, kommentierte Ilse, man hört's. Schling doch nicht alles so schnell runter, hinterher hast du wieder Bauchweh.

Verdirb mir mein Essen nicht durch deine Nörgelei! Sei still und iß! Oder schmeckt dir dein eigenes Zeugs nicht?

Bist heut schon den ganzen Tag so grantig. Hör wenigstens beim Essen auf, dauernd auf mir rumzureiten.

Wer reitet denn auf wem rum? Du hast schließlich angefangen.

Ja, ist schon recht, nur keinen Streit bei Tisch, gell?

Hm.

Michael schmatzte weiter vor sich hin, Ilse seufzte leise.

Wo bleibt denn eigentlich die Lore? Ich dachte, sie wollte übers Wochenende heimkommen.

Bis jetzt hat sie noch nichts Gegenteiliges verlauten lassen, sagte Ilse, sie wird schon noch kommen.

Sie weiß doch, wann bei uns zu Abend gegessen wird, sollte man meinen.

Vielleicht ist ihr was dazwischen gekommen, du weißt ja, wie das bei den jungen Leuten ist. Das war früher auch nicht anders. Dem Johannes sein Chef hat ihm ja nicht mal an Weihnachten Urlaub gegeben. Da hieß es halt, Familienväter haben Vorrang. Aber dahin ist's ja bei ihm noch lang hin, seufzte Ilse.

Michael gab keine Antwort mehr, er nahm sich noch Kartoffeln und säuberte den Teller mit dem Brei. Dann nahm er einen großen Schluck aus seinem Bierglas.

Unsere Lore studiert so fleißig! Letzte Woche hat sie mir gleich zwei Seminarscheine gezeigt, zweimal einen Einser! Und das an der Uni! Wer weiß, was aus ihr noch mal werden wird!

Na ja, meinte Michael abfällig, Politische Wissenschaften, was das sein soll. Brät man für die Politik jetzt sogar eine Extrawurscht an der Uni? Der Johannes ist zwar nur Möbelverkäufer, aber er bringt wenigstens jeden Monat sein Gehalt nach Hause. Bis dahin ist's noch weit bei der Lore. Wie viele Semester braucht sie denn noch? Und was für einen Beruf ergreift man mit so einem komischen Studienabschluß?

So genau weiß ich das auch nicht, gab Ilse zu, aber ich habe Vertrauen zu Lore, daß sie schon wissen wird, was sie mal mit ihrem Studium anfängt, ich meine beruflich. Kann ja sein, daß sie noch in die Politik geht und wir sie dann öfter mal im Fernsehen bewundern.

Öfter im Fernsehen als daheim bei den alten Eltern, mir gangst!

So alt sind wir beide eigentlich auch wieder noch nicht, du bist grade mal ein Jahr in Rente, also mal nicht den Teufel an die Wand!

Ilse räumte die Teller ab, als die Haustür aufging.

Lore! rief Ilse, jetzt sind wir grad mit dem Essen fertig. Aber ich mach Dir noch was, Omelett geht immer!

Ilse hatte die Teller in die Spüle gestellt und kam jetzt langsam auf Lore zu. Unwillkürlich stand ihr der Mund offen.

Also, Lore. Komm rein!

Mami, ich stell dir meinen Freund vor, strahlte Lore.

Inzwischen war auch Michael aufgestanden und ging seiner Tochter entgegen. Aber da erstarrte er.

Auch Ilse hatte es die Sprache verschlagen. Die beiden standen stumm vor ihrer Tochter und deren Begleiter.

Also, fing Lore an, das ist John, er kommt aus Ghana und hat einen Lehrauftrag bei uns an der Uni. Wir haben uns im internationalen Café kennengelernt. Seine Mutter ist übrigens Deutsche, er war auf der deutschen Schule in Ghana. Es gibt also keine Verständigungsschwierigkeiten.

Lore wirkte atemlos, wie sie ihre Vorstellung wortreich begleitete.

Ilse faßte sich als erste.

Willkommen in Edenbichl, lächelte sie den Afrikaner an, bitte nehmen Sie doch Platz.

Sie streckte ihre Hand aus, und John schüttelte sie lächelnd.

Michael sagte mit belegter Stimme, ja, grüß Gott und ergriff die schwarze Hand.

Leider muß ich noch weg, also guten Abend.

Er griff sich Janker und Hut und verließ das Haus.

Wo will er denn so spät am Abend noch hin, fragte Lore.

Brauchst gar nicht fragen, er geht zu seinen Bayernpartei-
freunden an den Stammtisch beim Hellerwirt, wie jeden zweiten Tag. Da politisieren sie und wollen die Zeit zurückdrehen.

John lächelte, und Lore und er setzten sich an den Tisch. Ilse
schepperte mit einer Pfanne herum und fragte: Sie mögen doch
auch ein Käse-Omelett, oder?

Ja, gerne. Johns erste Worte.

Ich hab gedacht, übers Wochenende könnte ich mit John
ein bißchen in der Gegend rumfahren, vielleicht die Tante in
Murnau besuchen und ihm zeigen, wo man im Sommer am
besten Bergsteigen kann. Schilaufen mögen wir ja beide nicht.

Aha, dachte Ilse, er will also zwei Tage hier bleiben. Soll ich
ihm ein Bett auf der Wohnzimmercouch richten, oder? Sie
wollte nicht weiterdenken und hoffte, Lore würde das Problem
lösen. Aber die saß nur da, hielt Händchen mit ihrem Freund
und dachte offenbar nicht an die Probleme, die sich ergeben
würden, wenn der Freund bei ihnen über Nacht bliebe. Was
mache ich nur, wenn Michi heimkommt und damit konfrontiert
wird. Wenn er nur nicht durchdreht. Wenn er nur das Maul hält!

Sie ließ ein großes Stück Butter in der Pfanne schmelzen, goß
dann die Eier-Milch-Mehl-Mischung hinein und streute geras-
pelten Emmentaler drüber.

Ist gleich fertig, sagte sie zu den beiden am Tisch-

Ich zeig John noch mein Zimmer, und bis dahin ist das Omelett gar.

Komm, John, ich zeig dir, wo wir heute Nacht schlafen.

Um Gotteswillen, dachte Ilse, jetzt hat sie es ausgesprochen.
Wenn das der Michi mitkriegt. Der schmeißt ihn raus, nein, so
weit dürfen wir's nicht kommen lassen. Ich muß mit Lore reden.
Wie lange bleiben die da noch oben?

Essen kommen! rief sie ins Treppenhaus.

Ja, wir kommen!

Ilse servierte ihr berühmtes Käse-Omelett und meinte beiläufig zu Lore:

Wenn du fertig bist, möchte ich gerne noch mit dir nach oben gehen und im Zimmer nachschauen, ob alles in Ordnung ist.

Damit hatte sie, so hoffte sie wenigstens, einerseits gesagt, daß sie mit Lore allein sein wollte, andererseits klang es mehr nach einer praktischen Sache, und John würde nichts vermuten. Aber sie mußte Lore unbedingt ihre Meinung sagen, bevor Michi heimkam und der Streit losbrechen würde.

Nach einer Weile legte Lore ihr Besteck zur Seite:

Danke, Mami, hat gut geschmeckt, wie immer. Schauen wir jetzt mal nach der Bettwäsche? Ich bin gleich wieder da, sagte sie, zu John gewandt, und stieg mit ihrer Mutter in den ersten Stock.

Lore, fing Ilse an, ich muß ein ernstes Wort mit dir reden. Das geht nun wirklich nicht, daß dein Freund hier übernachtet, von dem gemeinsamen Schlafzimmer will ich mal gar nicht reden. Das kannst du uns nicht antun. Überleg doch mal, was soll ich den Nachbarn erzählen, wenn die merken, daß da bei uns ein Schwarzer aus und ein geht.

Was? Ich höre doch wohl nicht richtig. Ausgerechnet du, die du immer deine Vorurteilslosigkeit betonst und jedem erzählst, welche Verdienste du dir um die Flüchtlinge erwirbst, ausgerechnet du hast was gegen meinen Freund, nur weil er nicht so weiß ist wie du?

Es geht ja nicht nur um die Farbe. Du kannst hier nicht so tun, als wärt ihr schon verheiratet. Also ich bitte dich, das geht nun wirklich nicht.

Ich bin 22, Mama, ich bin erwachsen, ich habe einen Freund, wir lieben uns. Weißt du nicht mehr, wie das ist? So alt bist du doch auch noch nicht.

Und wenn du 50 wärst, dann ginge das auch nicht, mit einem fremden Mann, noch dazu schwarz, die Nacht zu verbringen. Wir sind hier in einem katholischen Ort, wo noch auf Anstand geachtet wird, das muß ich dir nicht extra erzählen.

Mama, wo lebst du denn? Der Kuppelparagraph ist längst abgeschafft, und wer mit wem schläft, das geht keinen was an. So ist das heute.

Ich möchte das aber trotzdem nicht, mal abgesehen von Papa. Stell dir vor, der will am Morgen ins Bad, und da kommt ihm der Schwarze entgegen.

Ja, der arme Papa. Ich sehe, wir sind hier nicht mehr willkommen. Es ist noch nicht so spät, wir fahren zurück nach Augsburg in unser Studentenheim, da ist man nicht so prüde wie bei euch hier in euerm katholischen Kaff.

Das ist auch deine Heimat!

Das war sie! Meine Heimat ist dort, wo mich Menschen respektieren und nicht durchdrehen, wenn mein Freund eine andere Hautfarbe hat als ich. Gut zu wissen, Mama. Ich geh jetzt runter und sag John, daß wir wieder nach Augsburg fahren. Und so bald werde ich hier nicht mehr aufkreuzen, das schwöre ich dir.

Wutentbrannt rannte sie die Treppe hinunter, Ilse hinter ihr. Das Telefon läutete, Ilse nahm ab und setzte sich auf den Hocker neben dem Telefon.

Nein, schrie sie in den Hörer, nein, das glaube ich einfach nicht!

6

Lore hatte ihre Tasche gepackt und wollte gerade John auffordern, mit ihr zu kommen, da hielt sie inne, als sie sah, wie ihre Mutter bleich und halb ohnmächtig auf das Sofa sank.

Mama. Was hast du denn? Ist was passiert?

Auch John stand auf und sah von Lore zu Ilse. Er konnte sich noch keinen Reim darauf machen, was das alles zu bedeuten hatte: daß Lore offenbar wieder abfahren wollte, daß Ilse bleich auf dem Sofa lag.

Mama, jetzt sag doch was! Wer hat denn gerade angerufen?

Hildegard!

Ja, und?

Der Anbema!

Ist das einer, mit dem du einkaufen gehst?

Ja.

Lore setzte sich zu ihrer Mutter auf den Sofarand. Die Tasche hatte sie wieder im Gang abgestellt.

Am besten, du erzählst der Reihe nach! Was ist denn mit diesem Anbema?

Papa hat ihm doch sein altes Fahrrad vermacht. Das hat er repariert und fährt damit in der Gegend rum. Und jetzt liegt er im Krankenhaus, ist vielleicht schon tot.

Woher weiß denn Hildegard, was passiert ist?

Der Toni hat sie verständigt, weil sie doch offiziell die Flüchtlingsbetreuerin ist.

Welcher Toni?

Der Heckenbichler, der Polizist.

Hat sie noch etwas erzählt, wie es passiert ist?

Nur, der Anbema lag zwischen den Büschen am Sankt Floriansweg, das Radl verbogen auf der Straße.

Da ist er halt mit dem Rad gestürzt.

Nein, sagt sie, ist er nicht. Denn von selber legt ein Schwerverletzter sich nicht in die Büsche, wenn er vorher auf der Straße mit dem Fahrrad stürzt.

Du meinst?

Hildegard jedenfalls sagt, daß der Polizist von einer Schlägerei ausgeht, weil der Anbema eine Kopfverletzung hat.

Das müßte man sich ja so vorstellen, daß jemand den Radfahrer mit Absicht vom Radl stürzen läßt und ihm dann noch einen Schlag verpaßt.

So in der Art, meint Hildegard.

Wer macht denn sowas?

Da könnte ich mir schon einige vorstellen, antwortete Ilse und richtete sich wieder auf. Mich haben sie auch schon in der Reißn, weil ich mich mit denen abgebe. Erst vorgestern lag so ein Zettel im Briefkasten, weißt schon, mit ausgeschnittenen Buchstaben. Ich hab dem Papa nichts erzählt, sonst hätte der durchgedreht und mir am Ende noch verboten, mit den Eritreern einkaufen zu gehen.

Und, was stand auf dem Zettel? Hast du ihn aufgehoben? Das wäre doch sicher für die Polizei interessant.

Nein, ich hab ihn gleich in den Kamin geschmissen und verfeuert. Den sollte keiner finden.

Und?

Was und?

Was stand drauf auf dem Zettel?

Ilse zögerte.

Gemeine Beschimpfung. Mag ich gar nicht wiederholen.

Aber das ist doch jetzt wichtig, Mama.

Dreckige Flüchtlingshure, flüsterte Ilse, das stand drauf.

Lore setzte sich wieder an den Tisch.

Damit hättest du aber zur Polizei gehen sollen.

Daß dann im ganzen Ort rumgetratscht wird? Irgendwas bleibt immer an einem hängen, das ist ja bekannt. Und beim Papa hätt ich keine gute Zeit mehr gehabt. Der ist ohnehin dagegen, daß ich mich engagiere. Ich tu ja fast nichts, gehe nur zweimal die Woche in den Penny mit ihnen, erkläre ihnen, wie die Gegenstände heißen und lasse sie die Wörter wiederholen. Das machen sie auch immer ganz brav.

Wie viele sind es denn?

Der Anbema, der kann am besten deutsch, war auch daheim im Gymnasium, wo er Englisch gelernt hat; dann der Elnaton, ein Büble, der immer lächelt, der Medhane, der hat am meisten Heimweh, sagt manchmal Mama zu mir, und der Dahlek, das ist der größte, bestimmt einen Kopf größer als der Elnaton, der ist auch so etwas wie der geheime Führer, der gerne bestimmt, was gekauft wird.

Du kennst sie ja alle mit Namen!

Ich mach das auch schon ein halbes Jahr, da übe ich die Aussprache jedesmal, und immer lachen sie laut, wenn ich sie beim Namen nenne mit meinem deutschen Akzent. Aber genau so lachen sie, wenn sie die deutschen Wörter hören und nachsprechen. Zum Beispiel bei »Kalbsschnitzel«, da haben sie alle Schwierigkeiten.

Werden sie im Supermarkt genau so behandelt wie die Einheimischen?

Auf jeden Fall. Die Mädchen an der Kasse sind immer besonders freundlich, wenn einer von den Eritreern auf eine Verpackung deutet und zum Beispiel sagt: Fiich! Und Fisch meint.

Na, des is koa Viech! Hat letzthin eine gelacht. A Viech is schon ganz was anders!

Hinterher hab ich versucht, ihnen den Unterschied vorzusprechen, aber das ging im Gelächter unter.

Du hast selber keine Feindseligkeiten bemerkt, fragte Lore.

Nein, nie. Die tun ja auch keinem was, sind froh, wenn man sie in Ruhe läßt. Nur daß sie nicht arbeiten dürfen, das treibt sie um. Aber da kann ich ihnen nicht helfen. Hildegard läßt ihre Beziehungen spielen, um Lehrstellen für sie zu finden. Aber das ist auch nicht einfach.

Sie saßen jetzt alle wieder am Tisch, und Ilse holte den Obstler.

Auf den Schrecken müssen wir was trinken.

Gerade als sie die Gläser erhoben, ging die Haustüre.

Michael kam mit schwerem Gang ins Wohnzimmer.

So, seid's jetzt schon am Brüderschaft trinken? Ich nehm auch ein Stamperl.

Der Anlaß ist eher keine Brüderschaft, bemerkt Lore zu ihrem Vater. Mama hat einen gehörigen Schrecken gekriegt.

So schlimm ist es ja auch wieder nicht, sagte Michael, zu John gewandt. So viel Schnaps hab ich gar nicht im Haus.

Jetzt hör erst einmal zu, bevor du rumgrantelst, sagt Ilse. Es ist was Schlimmes passiert.

So, brummelt Michael, langt's noch nicht?

Der Anbema, dem du das Radl geschenkt hast, liegt im Krankenhaus. Wahrscheinlich Mordversuch oder so ähnlich.

Aha. Das hat man ja kommen sehen, murmelt Michael.

Was hast du kommen sehen? Daß ich nicht lache! Die tun keinem was, meine Buben!

Ach, jetzt sind's schon deine Buben? Hast nicht genug mit deinen zwei eigenen Kindern?

Papa, erwidert Lore, ich glaube, du verkennst den Ernst der Lage. Mit deinen Beleidigungen machst du dich nur verdächtig. Auf welchem Weg kommst du eigentlich heim? Hast du nichts bemerkt? Du mußt doch mindestens den Sanka gesehen haben.

Nix hab ich gesehen, ich bin allein heim, die andern sitzen alle noch am Stammtisch. Aber ich geh heim zur Familie, so sehe ich das.

Willst auch noch für deine Sauferei gelobt werden, stichelte Ilse. Es ist ja schon fast Mitternacht, da macht der Hellerwirt zu. Bestimmt sind deine Spezln auch schon daheim.

Ist mir egal, wo die sind, die Hornochsen.

Habt's euch gestritten?

Michael gab keine Antwort, trank seinen Schnaps und wollte wieder aufstehen.

Bleib sitzen, Papa, wandte sich Lore an ihn. Auch wenn du gehst, bleiben die Probleme.

Ja, Probleme! schrie Michael auf einmal.

Ihr und eure Probleme! Darauf pfeif ich! Mich derblecken alle wegen euern Problemen. Ich muß es ausbaden! Offiziell haben sie mich quasi aus der Partei geschmissen. Und warum? Schaut euch um, dann wißt ihr's! Ich bin nicht mehr Herr im eigenen Haus, so ist es, und so sehen es auch die andern. Durchgreifen! Durchgreifen muß ich. Und damit fang ich jetzt gleich an!

Bevor du dich ins Unglück stürzt, hock dich wieder hin, schrie Ilse. Hier wird's nichts mit Durchgreifen, das kannst du dir sparen. Dein ganzes Leben lang hast du mich mit deiner blöden Bauernpartei schikaniert, Dirndl anziehen, mit den Deppen auf die Wiesn gehen undsoweiter. Immer hab ich mitgemacht, damit du eine Ruh gibst. Jetzt ist Schluß, jetzt wird's kriminell, und da mach ich nicht mehr mit, da kannst du brüllen wie du willst. Du sagst jetzt sofort, ob du was mit dem Unfall oder Mord zu tun hast, sofort, oder ich geh selber zur Polizei!

Lore staunte. So wild entschlossen hatte sie ihre Mutter noch nie erlebt. Immer hatte sie vor dem lauten Vater gekuscht.

Michael haute auf den Tisch.

Ich in meinem eigenen Haus! Ich muß mir das anhören! Verdächtigen täten sie mich, mich ihren Vater und Ehemann! Ist das noch christlich?

Das solltest du dich fragen, erwiderte Ilse, von wegen christlich! Dein ständiges Stänkern gegen meine Eritreer, und jetzt, schau dich jetzt an! Was ist denn daran christlich, einen zu mißachten, weil er zufällig eine andere Hautfarbe hat? Dein Jesus sitzt mit Trachtenjanker und Wadlstrümpf zur Rechten Gottes, so sieht dein Himmel aus.

Zum ersten Mal griff John in die Unterhaltung ein:

Es tut mir leid, daß Sie sich wegen mir streiten. Ich werde Ihnen keinen Anlaß mehr geben. Danke für das Abendessen!

Er schob seinen Stuhl zurück, aber Lore war schneller.

Nein, das lasse ich nicht zu. Es geht ja in erster Linie nicht um dich. Bleib bitte. Wir werden das zu Ende diskutieren. Komm, setzt dich wieder, du siehst ja, meine Mutter ist auf deiner Seite.

Ilse horchte auf. Ach, so war das. Die Lore-Problematik war völlig im Hintergrund verschwunden. Aber sie nickte nur. Schließlich konnte man nicht auf der einen Seite Flüchtlinge verteidigen und auf der anderen Seite den schwarzen Freund der Tochter aus dem Haus weisen.

Und jetzt will ich eine Antwort auf meine Frage, bevor sie dir die Polizei stellt. Hast du was gesehen? Daß du damit was zu tun hast, will ich nicht hoffen.

Gar nichts hab ich gesehen, es war ja Nacht, wie soll ich da was sehen?

Ein kaputtes Fahrrad auf der Straße, das kann man auch bei der spärlichen Beleuchtung in unserm Ort sehen.

Ich aber nicht! Ich bin ja gar nicht heim gegangen.

Aha, geflogen?

Mama! mischte sich Lore wieder ein. Laß ihn halt erzählen.

Da gibt's nichts zu erzählen. Der Hias hat mich mit dem Auto hergefahren, den Theo und den Sepp auch. Ich bin als erster ausgestiegen.

Der Hias! Und der war noch nüchtern? Das erzählst du mir nicht.

Dem sein Auto findet immer heim, auch wenn er selber besoffen ist.

Und da lag kein Fahrrad auf der Straße?

Nein, da lag absolut gar nix. Wir sind ja auch die Hauptstraße gefahren, nicht die Abkürzung. Mit dem Unfall oder was es war, hab ich gar nichts zu tun. Und der Hias auch nicht. Und jetzt schenk uns noch ein Stamperl ein, auf den Schrecken hin.

Wir gehen schon mal voraus, sagte Lore. Danke, Mama, für die Bettwäsche.

Damit war wenigstens ein Problem für den Moment gelöst.

Lore und John gingen die Treppe hinauf, Ilse und Michael blieben schweigend am Tisch sitzen.

7

Nach dem Wetterbericht der Tagesschau schaltete Ella den Fernsehapparat aus. Eine Rezension für den »Schwäbischen Hausfreund« mußte sie noch fertig schreiben. Danach wollte sie im gerade erschienenen Heimatkrimi einer pensionierten Lehrerin aus Edenbichl weiterlesen. Das örtliche Blättchen hatte eine Ankündigung abgedruckt samt Photo der betagten Autorin. Bis jetzt hatte sie nur ein paar lokale Größen wie Pfarrer und Bürgermeister hinter den Wörtermasken entdeckt. Aber wie sie aus der Lektüre des Klappentextes wußte, ging es um einen bisher unentdeckten Kindermord.

Gerade als sie den letzten Satz ihrer Besprechung in den Computer tippte, kam Max ins Zimmer.

Hast du das gehört?

Nein, was denn?

Eine Polizeisirene, jetzt mitten in der Nacht. Was mag da passiert sein?

Du kannst ja mal bei unserer Nachbarin anrufen, die weiß sicher Bescheid.

Max lachte.

So neugierig bin ich auch wieder nicht. Morgen wird sicher im Blättchen darüber berichtet. Wenigstens haben sie dann mal was Interessantes außer den üblichen Nachrichten über gestohlene Fahrräder oder nicht genehmigte Bauten. Ich wollte mir eigentlich noch ein bißchen die Beine vertreten vorm Schlafengehen. Den ganzen Tag war ich nicht draußen. Kommst du mit? Du hockst ja auch schon länger als gesund vor dem Computer.

Ella seufzte.

Na gut, nur noch abspeichern, dann zieh ich mir was drüber. Kannst schon mal ein bißchen Schnee schippen, dann haben wir morgen früh nicht so viel zu tun.

Als sie von der Hauptstraße in ihren Spazierweg einbogen, sahen sie die Lichter eines Sanka und daneben das Blaulicht der Polizei blinken. Eine Gruppe von Leuten stand um die zwei Autos.

Max hielt einen Moment inne.

Sollen wir nicht einen anderen Weg nehmen? Da muß etwas passiert sein, und ich halte nicht gerne Maulaffen feil.

Jetzt haben sie uns aber schon gesehen. Was macht das für einen Eindruck, wenn wir umkehren? Mischen wir uns halt auch unters Volk und schauen, was los ist.

Der Schnee knirschte unter ihren Tritten, als sie entschlossen auf das kleine Grüppchen zugingen. Ein paar Gesichter wandten sich ihnen zu. Sie blieben stehen und bemerkten den Polizisten, der zwar in ein Handy sprach, sich aber nach ihnen umdrehte.

Einen von den Asylanten hat's erwischt, sagte Theo Rutzbichler zu den beiden, jetzt haben sie ihn im Sanka verstaut. Ich bin grad vom Stammtisch hier vorbeigekommen und hab gleich gesehen, daß da was nicht stimmt, weil, nämlich ein kaputtes Fahrrad lag mitten auf der Straße. Dann hab ich den Schwarzen in der Hecke entdeckt und gleich die Polizei gerufen. Und in Nullkommanix war auch schon der Sanka da.

Und da fuhr er auch schon davon, Richtung Krankenhaus.

Der sah nicht lustig aus, fuhr Theo fort, am Kopf hat er geblutet, daß es nicht mehr feierlich war. Ich hab ihn gar nicht erst angefaßt, man weiß ja aus den Krimis, daß man alles so lassen soll, wie man's vorgefunden hat.

Wie kommt denn ein Schwerverletzter ins Gebüsch, fragte Max.

Toni Heckenbichler hatte sein Gespräch beendet und trat zu dem Grüppchen.

Ja, sagte er gewichtig, das ist die Frage! Von allein kann er da nicht reingekrochen sein, unmöglich. Er war ja bewußtlos, als wir ihn gefunden haben.

Da wird ihn halt einer reingezogen haben, meinte Erwin, der

ehrenamtliche Pfarrhelfer, der mit Theo vom Stammtisch nach Hause gepilgert war.

Wer macht denn sowas, fragte Ella. Sie war unter den Männern die einzige Frau.

Wer einen umbringen will, macht so was vielleicht, antwortete Polizist Toni.

Alle schwiegen.

Als erster meldete sich Erwin wieder.

Man muß das Fahrrad auf Fingerspuren untersuchen; denn wer den Asylanten ins Gebüsch bugsiert hat, hat mit Sicherheit vorher das Fahrrad zur Seite gezogen. Was meinst du, Toni?

Ich sperre jetzt erst einmal das ganze Areal ab, nein, den ganzen Weg. Damit hier keiner was verändert.

Willst du die ganze Nacht hier Wache stehen?

Nein, Absperren reicht schon. Da darf dann keiner mehr reinfahren.

Ella und Max würschten gute Nacht allseits und drehten um.

Mir ist die Lust vergangen, noch länger herumzuspazieren, sagte Ella. Komm, wir gehen wieder heim. Das war schlimm genug und reicht für Albträume.

Als sie dann miteinander im Wohnzimmer saßen, holte Max eine Flasche Burgunder.

Trinken wir noch einen Schluck! Das bedrückt mich, wenn auch hier am Ort Flüchtlinge attackiert werden. Bisher haben wir ja immer gedacht, das ist ein Problem in den großen Städten. Ich hab mich übrigens gestern noch mit der Herta Glaser unterhalten, deren Buch du gerade liest. Sie war zufällig auch im Ortsarchiv, als ich mich dort umgesehen habe.

Und, wie ist sie so, fragte Ella.

Was denkst du denn, wie sie ist? Du liest ja grade ihr Buch.

Auf dem Photo sieht sie eher gemütlich aus, wie so eine alte Oma, weißhaarig und mit Knoten. Aber wer schaut schon hinter so ein aufs erste sympathisches Gesicht?

Mir war sie auch sympathisch, antwortete Max. Sie ist gleich aufgestanden, hat mich begrüßt und nach meinen Recherchen gefragt. Dabei habe ich erfahren, daß sie auch auf der Suche ist in den Archivpapieren, auf der Suche nach einem unaufgeklärten Mord oder besser einer verschwundenen Syrerin.

So viel ich weiß, gibt's hier im Ort nur Eritreer.

Nein, kein aktuelles Verbrechen, das, wonach Frau Glaser sucht, ist das ungeklärte Verschwinden einer Sklavin aus Syrien, ein Mitbringsel aus den Kreuzzügen, vor ein paar Jahrhunderten.

Da wird sie sicher lange suchen müssen, wenn sie überhaupt noch etwas findet. Das Buch von ihr, das ich lese, spielt in der Nachkriegszeit und handelt vom Mord an einem kleinen Flüchtlingsmädchen aus dem Barackenlager. Übrigens auch unaufgeklärt. Was mich nicht wundert, wenn man die Polizisten anschaut, die hier Dienst machen. Ich möchte nicht wissen, was da alles unter den Tisch fällt, wenn sich unter den Delinquenten Schulkameraden oder Verwandte befinden.

Übrigens, fuhr Max fort, hat sie sich sehr für meine Recherche interessiert. Sie hat ja fast ihr ganzes Leben hier am Ort verbracht und kennt von früher noch alle ihre Schulkinder, die jetzt als Erwachsene das Leben hier bestimmen. Ob Bürgermeister oder Apotheker, sie waren alle bei ihr in der Schule. Entsprechend ist ihre Sicht auf sie alle. Mir gegenüber meinte sie lachend, sie sähe insofern hinter die Kulissen, als ihr immer zuerst einfiele, welche Stärken und Schwächen ihre Nachbarn als Kinder hatten.

Wonach hat sie genau gesucht?

Eigentlich nach der Zeit unmittelbar nach dem letzten Kreuzzug, als die besiegten Ritter wieder heimkehrten, zum Teil mit reicher Beute. Da könnte man, sagte sie, die meisten unaufgeklärten Verbrechen finden. Verbrechen unter dem Deckmantel der Religion, so wörtlich.

Da habt ihr beide ja so ziemlich das gleiche vor.

Ja, stimmt. Sie hat auch gelacht, als ich ihr sagte, woran ich arbeite und wonach ich suche. Ich hab sie übrigens eingeladen, uns mal zu besuchen. Offensichtlich hat sie sich darüber gefreut.

Am besten, du rufst sie bald mal an, und wir machen einen Termin für ein Abendessen aus. Sonst denkt sie, du hast das nur so dahin gesagt. Kommende Woche würde es mir passen, da bin ich die ganze Zeit daheim und habe Zeit, um einkaufen zu gehen.

Ja, sagte Max, das mache ich gleich morgen. Und jetzt trinken wir, worauf denn, auf bessere Zeiten!

8

Hildegard saß immer noch am unaufgeräumten Abendbrottisch, Renate ihr gegenüber.

Mein Gott, seufzte sie, was hat das nur zu bedeuten? Geht die Hetzerei jetzt wieder los wie zu Anfang der Flüchtlingskrise? Da war die ganze Gemeinde gespalten, und der Pfarrer mußte in der Sonntagspredigt auf die Gegner einreden, um den Frieden wieder so einigermaßen herzustellen.

Noch ist ja gar nicht sicher, ob wirklich ein Verbrechen vorliegt, meinte Renate. Kann sein, er ist einfach vom Rad gestürzt und hat sich dann von der Straße weg ins Gebüsch geschleppt, damit er nicht auch noch überfahren wird. Warten wir halt ab, was die Polizei rausfindet.

Du hast schon recht, antwortete Hildegard, aber die Leute hier werden sich nicht damit begnügen, auf die Ergebnisse der polizeilichen Untersuchungen zu warten. Sie werden machen, was sie immer machen, nämlich Verdächtige suchen und Zwietracht säen. Das kenne ich nur allzu gut.

Wie meinst du das, fragte Renate. Dir hat man ja nichts getan.

So, denkst du? Ich werde dir mal was zeigen, was ich bis heute in einem Kistchen unter Verschluß gehalten habe. Dann wirst du begreifen, daß ich mir allmählich wirklich Sorgen mache.

Hildegard stand auf und ging in ihr Schlafzimmer. Sie kam mit einem kleinen Karton zurück, den sie auf den Tisch stellte. Als sie den Deckel abnahm, sah man eine Anzahl von Zetteln ungeordnet darin liegen. Sie nahm den ersten heraus und legte ihn auf den Tisch, damit Renate ihn lesen konnte.

B l ö d e   N e g e r s a u stand da in ausgeschnittenen Buchstaben verschiedener Größe.

Hör mal, Mama, damit müssen wir zur Polizei, sagte Renate. Ist da noch mehr?

Ja, und immer schlimmere Beschimpfungen. Ich hab's nur einmal kurz gelesen und dann in die Schachtel geschmissen. Du solltest auch nicht davon erfahren, ich wollte einfach abwarten, bis sich die Lage mit den Flüchtlingen normalisiert.

Was soll sich denn da noch normalisieren? Daß sie wieder abgeschoben werden? Daß sie endlich arbeiten dürfen?

Renate nahm die Schachtel und kündigte an: Morgen gehe ich zur Polizei, du hättest das längst tun sollen.

Aber wenn das publik wird, was sie da geschrieben haben? Da kann ich mich im Ort nicht mehr sehen lassen. Deswegen will ich auch nicht, daß du das an die große Glocke hängst. Es gibt genug Leute, die zwischen einer Beleidigung und einer Tatsache nicht unterscheiden können. Und alle werden sich zuerst die Schimpfwörter merken, ob sie gerechtfertigt sind oder nicht.

Die Polizei darf doch damit gar nicht an die Öffentlichkeit, das wäre ja noch schöner. Wenn zum Beispiel der Toni davon etwas ausplaudert, kann er seinen Job verlieren. Außerdem werde ich ihn, wenn ich morgen mit dem Kastl zu ihm gehe, noch einmal extra auf die Geheimhaltung aufmerksam machen.

Das glaubst du doch selber nicht, daß der Toni, und das ist nun mal die Polizei bei uns, daß der dicht hält? Es wäre nicht das erste Mal, daß er sich wichtig macht und mit besonderen Informationen auftrumpft. Ich habe schon meine Gründe, das alles für mich zu behalten. Nein, diese Zettel bleiben hier im Haus. Ich will nicht, daß sich alle über mich lustig machen.

Du weißt, daß ich nicht damit einverstanden bin. Solche anonymen Beschimpfer gehören vor den Kadi, sonst machen sie immer weiter.

Wir werden ja sehen, ob sie nach diesem offensichtlichen Verbrechen noch weiter machen, oder ob ihnen die Courage vergeht.

Noch ist ja gar nichts bewiesen, man muß ja nicht das Schlimmste annehmen.

Hildegard sammelte die Zettel wieder ein und verstaute sie in der Schachtel. Erst einmal werden wir gar nichts unternehmen und abwarten, was bei den Untersuchungen rauskommt. Wenn sie einen Verdächtigen festnehmen, ist immer noch Zeit, mit dem Beweismaterial herauszurücken. Ich jedenfalls werde versuchen, trotz der schrecklichen Nachricht einzuschlafen. Und du, geh auch bald schlafen! Morgen mußt du ja wieder früh raus! Auch Renate stand auf und umarmte ihre Mutter. Nimm dir das nicht so zu Herzen! Momentan können wir ohnehin nichts machen, also gute Nacht.

Hildegard lag noch lange wach und hörte durch die Wand, wie Renate telefonierte. Darüber schlief sie dann doch ein.

9

Im Augenblick des Aufwachens stürzte der Traum wieder auf sie nieder. Herta setzte sich im Bett auf. Ein Gewitter, das hatte sie aufgeweckt. Und im Regen hatte sie gesucht. Aber was? Oder wen?

Oskar war tot.

Sollte sie deswegen jetzt von ihm träumen? Ihn wiederfinden, wohin auch immer er verschwunden sein mochte. Schon zu seinen Lebzeiten hielt er sich verborgen, in all seiner Gegenwart. Wie oft hatte sie verzweifelt gefragt: Wer bist du eigentlich?

Schon das Wort »eigentlich« brachte ihn zum Lachen. Damit löschte er eine Antwort gleich aus. Und dann sein Nachsatz: Wie lange kennen wir uns denn schon? Na, siehst du, deine Frage ist doch wirklich lächerlich. Seit vierzig Jahren sind wir verheiratet, und du fragst noch wie eine deiner Schülerinnen in der Pubertät.

Oskar wußte, wer er war. Keine Frage. In seinem Büro galt er als Gentleman, stets korrekt gekleidet und korrekt im Verhalten; freundlich, aber unverbindlich, ein Mann, den man nur als Chef kannte, ein Mann hinter Glas.

Seit 16 Jahren war er jetzt schon tot, klassisch gestorben am Herzinfarkt, auf einer seiner letzten Dienstreisen. Das Pensionsalter hatte er nicht mehr erlebt. Was er sich alles vorgenommen hatte für die Zeit nach der Arbeit in seiner Speditionsfirma. Eine Weltreise mit dem Schiff! Endlich mal in die Arktis! Mit Schlittenhunden durch den Schnee! Und noch einmal nach Paris, wo sie beide auf ihrer Hochzeitsreise waren.

Herta seufzte. Man sollte nichts aufschieben, dachte sie. Aber gehörten sie nicht zu der Generation der Aufschieber, denen man eingebleut hatte, erst die Pflicht, und dann das Vergnügen! Wie oft hatte sie in den Todesanzeigen gelesen: Sein Leben war

Pflichterfüllung ... das wenigstens hatte sie Oskar nicht angetan, diese postume Verherrlichung der ersten deutschen Tugend.

Herta sah das Hotelzimmer mit den zugezogenen Vorhängen vor sich, sah die Polizei, den Hotelmanager, das Dienstmädchen. Sie waren alle noch einmal aufmarschiert, als sie am Morgen ankam. Immer noch beschäftigte sie dieser Tod. Allein, in der Fremde, war er gestorben. Und im Traum war sie ihm hinterhergejagt, bis das Gewitter sie geweckt hatte. Es war kurz vor Mitternacht. Sie lauschte nach draußen. Ein Auto mit Blaulicht fuhr vorbei. Kurz blinkten die Lichter durch den Vorhang. Sie stand auf. Mit dem Schlafen würde es ohnehin so bald nichts mehr werden. Seit sie allein schlief, wachte sie fast jede Nacht ein oder zweimal auf.

Sie ging in die Küche und holte sich die Mineralwasserflasche aus dem Kühlschrank.»Trink lieber das Wasser aus der Leitung, das ist gesünder!« hörte sie Oskars tadelnde Stimme. Ihre Erinnerung ließ ihn immer noch zu Wort kommen, öfter, als ihr lieb war. Wie sollte sie ihm erklären, daß das Sprudeln sie an die Zeit erinnerte, als sie so gerne Champagner trank. Alkohol war ihr schon lange verboten, wie allen Alten. Was eigentlich war noch erlaubt? Körnerbrot ohne Butter, Salat ohne Öl, nur mit Zitrone, Salz vermeiden, Pfeffer ist schädlich, Gebratenes geht gar nicht, nur ja keine Schokolade, keine Wurst, keinen fetten Käse! Jeder Gefängnisinsasse speiste besser als die Alten in der Vorstellung der besorgten Ärzte.

Herta setzte sich über die meisten Verbote hinweg. Seit ihrer Pensionierung hatte sie zwar ein bißchen zugelegt, paßte aber noch in ihre alten Jeans und Röcke. Gummibund! Das war die Erklärung.

Sie setzte sich an ihren Computer.

Am besten, sie schaute sich ihre e-Mails an. Vielleicht war endlich die Nachricht der Augsburger Staatsbibliothek dabei, daß sie ihre Fernleihebücher im Lesesaal durchsehen konnte.

Sie war immer noch auf der Suche nach der Gefangenen aus Syrien, die man als Kriegsbeute aus den Kreuzzügen mitgebracht hatte und die, laut Ortschronik, von einem Tag auf den andern verschwunden war. Die Herrschaften, die sie gekauft hatten, suchten sorgfältig. Schließlich war so eine Sklavin pures Geld, das man nicht so einfach verloren geben wollte. Aber es gab keine Spur, auch keinen Bericht von einer Flucht. Dieses ungeklärte Schicksal hatte ihr Interesse geweckt. Vielleicht war diese Syrerin doch noch irgendwo aufgetaucht in der näheren Umgebung. Herta wollte sich die alten Fuggerzeitungen einmal genauer anschauen. Dazu würde sie nach Augsburg fahren, denn solche alten Zeitungen durfte man nur im Lesesaal benützen.

Von der Staatsbibliothek war noch keine Nachricht auf dem Bildschirm.

Aber eine persönliche Mitteilung!

max.hofmann@t-online.de

Das war der Historiker, den sie im Gemeindearchiv getroffen hatte. Wann hatte er geschrieben? 23 Uhr 30! Vor einer halben Stunde! Also ein Nachtarbeiter, der bis spät noch vor seinem Computer saß. Aufmerksam las sie den Text:

Sehr geehrte Frau Glaser, nur schnell eine Information. Wie ich soeben auf einem nächtlichen Spaziergang erfahren mußte, wurde einer der jugendlichen Asylanten schwer verletzt aufgefunden. Ich werde morgen im Laufe des Tages noch versuchen, Sie telefonisch zu erreichen. Einstweilen freundliche Grüße und gute Nacht! Ihr M. Hofmann.

Der hatte gut reden! Ihre Nächte waren nicht mehr gut. Ein Psychologe hätte wahrscheinlich »Trauerarbeit« verordnet. Sie gestand sich ein, daß es weniger die Trauer um Oskar war, sondern eine Art Schuldgefühl, das sie nicht näher beschreiben konnte. Dieses Gefühl kam immer wieder, ließ sich auch nicht abschütteln.

Sie hatte sich zu wenig um ihren Mann gekümmert. Aber hatte sie das nicht ständig immer wieder versucht? Offenbar wollte er nicht, daß sie sich mit ihm beschäftigte. Für ihn gab es weiter keine Probleme: sie kannten sich seit dem Studium, sie hatten geheiratet, sie waren einander treu, sie hörten gerne Klassik, sie liebten die Bilder der Alten Pinakothek, sie aßen am liebsten Schnitzel, sie fuhren am liebsten nach Südtirol in den Urlaub. Alles ganz normal, ein Lieblingsspruch von Oskar. Aber was war normal?

Das war eben der Unterschied zwischen ihnen gewesen. Er hatte Wirtschaft studiert und sie zuerst Philosophie und, als sie sich beeilen mußte, weil inzwischen ihre Mutter gestorben war, Lehramt an Grund-und Hauptschulen. Für Oskar war eins und eins zweifelsfrei immer und ewig zwei.

Und für sie? Abgesehen von der Mathematik, die nicht ihre Stärke gewesen war, hatte sie von Grund auf Bedenken, ewige Wahrheiten für verbindlich zu deklarieren.

Immer noch beschäftigte er sie, jetzt sogar im Traum. Hatte sie jahrzehntelang einem Phantom hinterher gejagt? Von Jagen im engeren Sinn konnte keine Rede sein. Längst wußte sie, wie sie sich ihm anpassen sollte: Elegant, aber nicht besonders modisch, auf die Bekannten lächelnd zugehend, aber mit Distanz.

Sie ging die Leute durch, mit denen sie jahrelang Einladungen ausgetauscht hatten. Nein, keine Freunde. Sie wußten nichts von ihr, nichts von ihnen. Oskar kannte ihre Firmen und Bankkonten, das genügte ihm. Und so war das gemeinsame Leben ohne Komplikationen verlaufen. Hatte es sich verlaufen?

Was grübelte sie da vor sich hin? Lauter unausgegorenes Zeug. Oskar war tot, so viele Jahre schon. Und sie rätselte ihm immer noch hinterher.

So sah es aus.

In ihrer neuen Freiheit konnte sie machen, was sie wollte, ohne Rücksicht auf ihn oder auf die Firma, in der er so lange Direktor gewesen war.

Und was machte sie in dieser Freiheit?

Einen Krimi hatte sie geschrieben, und jetzt suchte sie wieder in den Untaten früherer Menschen herum.

Jäh fiel ihr ein, was dieser Max Hofmann geschrieben hatte. Sie stöberte in der Vergangenheit herum, und dabei passierten die furchtbarsten Verbrechen in der Gegenwart, quasi vor ihren Augen. Genügte es, darüber zu schreiben? Oder sollte sie sich auch, wie so viele Frauen ihres Alters, ehrenamtlich um potentielle Opfer kümmern?

Während ihrer Tätigkeit als Lehrerin hatte sich ihr soziales Engagement aufgebraucht. Sie dachte an die vielen Beratungsstunden, die sie in ihrer Freizeit den Problemkindern und ihren Eltern gewidmet hatte – auch an die vielen Mißerfolge dabei. Einigen wenigen hatte sie helfen können, aber was war das schon in Anbetracht der vielen hundert Kinder, die sie während ihrer Zeit an der Schule unterrichtet hatte?

Nein, dazu war sie nicht mehr bereit.

Sie holte sich ein Bier aus dem Kühlschrank und rückte den Ohrensessel ans große Fenster, das sie hatte herausbrechen lassen, weil sie die Sicht auf den See genießen wollte. Damit war es aber seit Jahren nichts mehr. Ihre Nachbarin, die alte Mathilde, die seit Jahrzehnten in ihrem alten Bauernhaus wohnte, hatte sie schon dazu bewegen wollen, gemeinsam gegen den Nachbarn und Sichtverbauer vorzugehen. Aber Streit mit Nachbarn und Geld für Rechtsanwälte auszugeben, nein, das wollte sie auf keinen Fall. Angeblich kostete das Vergehen gegen die Bauvorschrift zehntausend Euro. Inzwischen hatte sie sich damit abgefunden, daß statt des Sees das überdimensionierte Haus des Poliers ihrem Fenster gegenüber zu sehen war. Wenigstens konnte man vom Badezimmerfenster im ersten Stock noch auf den See schauen, ein kleiner Trost.

Wie lange wohnte sie eigentlich schon in diesem Haus? Sie rechnete nach, nahm ihr Hochzeitsdatum als Orientierung. Es waren sicher so an die vierzig Jahre, daß sie damals das alte Haus gekauft hatten. Oskar fuhr jeden Tag in sein Büro nach

Augsburg, in den letzten Jahren mit der Regionalbahn, um seine Nerven zu schonen. Und sie war bis zu ihrer Pensionierung immer an derselben Schule gewesen, erst als Lehrerin, meist für die Klassen drei bis vier, dann die letzten fünf Jahre als Konrektorin, was sie mühevoll fand und anstrengender als einen Vormittag mit den Kindern. Sie hatte zwar reduzierte Unterrichts-Verpflichtung, dafür aber jede Menge sog. Verwaltungsarbeit, die sich jedes Jahr vervielfachte. Diese ungeliebte Arbeit hatte es ihr leicht gemacht, sich aus dem Schuldienst zu verabschieden.

Im Laufe der Zeit hatten sie nach und nach jedes Zimmer in dem ramponierten Haus renoviert und entrümpelt, was anfangs Spaß machte, zusehends aber immer beschwerlicher wurde. Letztendlich hatten sie dann eine Firma mit den Renovierungsarbeiten betraut, und das Ergebnis gefiel ihnen beiden. Neue Fenster, ein neuer Anstrich und innen größere Zimmer, weil ein paar Mauern niedergerissen wurden.

Herta war vollständig zufrieden mit dem Ergebnis. Nie hätte sie gedacht, daß sie jemals in so einem komfortablen Haus wohnen würde.

Sie, das Flüchtlingskind! Die magere kleine Herta mit ihren dünnen Zöpfen! Mutter und Tante hatten Unterschlupf im Meier'schen Bauernhof gefunden, sie halfen in der Landwirtschaft mit, und es gab endlich satt zu essen. Sie ging in die Schule, vier lange Jahre inmitten der feindlichen und wohlgenährten Bauernkinder. Außer ihrer Mutter und der Tante gab es keine weiteren Flüchtlinge im Ort.

Nach dem Halbjahreszeugnis der vierten Klasse bestellte Lehrer Loderer ihre Mutter in die Sprachstunde. Er schlug vor, daß Herta die Aufnahmeprüfung fürs Gymnasium machen sollte. Es gab sogar Erziehungsbeihilfe vom Staat für arme und begabte Kinder. So landete Herta als einzige in ihrer Klasse im Realgymnasium.

Fehlt nur noch die Brille! spotteten die Bauernkinder. Wenn sie später, vom Bahnhof kommend, ihre Klassenkameraden traf, wechselten sie auf die andere Straßenseite, sahen sich nach ihr um und kicherten.

Auch die Meier-Bauern regten sich über Herta und ihre ehrgeizige Mutter auf.

So ein Unsinn, ein Mädchen aufs Gymnasium zu schicken, typisch Flüchtlinge! Immer wollen sie hoch hinaus, mitten im Mist, eine freche Bande, angeblich hatten sie alle Rittergüter daheim. Zum Lachen, sie wollen eben aus dem Lastenausgleich möglichst viel rausschlagen.

Mutter und Tante waren froh, endlich eine kleine Zweizimmerwohnung weit weg vom Meierhof zu finden. Beide arbeiteten wieder in ihrem Beruf; Mutter als Sekretärin bei einem Bauunternehmer und die Tante als Kindergärtnerin. Herta machte Abitur in der Kreisstadt und ging dann mit der finanziellen Unterstützung von Mutter und Tante und einem Stipendium für Begabte an die Universität.

Gleich im ersten Semester lernte sie bei einem Tanztee der katholischen Hochschulgemeinde ihren Mann kennen.

Ihr Examen feierten sie mit der inzwischen allein lebenden Tante in einem Gasthaus am Marktplatz. Es war ein halb trauriges und halb fröhliches Abendessen. Traurig, weil die Mutter das nicht mehr erlebt hatte, und fröhlich, weil Oskar ihre Verlobung und baldige Heirat bekannt gab.

Wie lange das alles her war! Mutter tot, Tante tot, Oskar tot. Sie konnte sich ausrechnen, wann sie an der Reihe war mit ihren 78 Jahren.

Ein paar Jahre habe ich vielleicht noch Zeit, mein nächstes Buch zu schreiben, dachte sie und trank ihr Bier aus. Jetzt war sie wieder schläfrig geworden, löschte das Licht und zog die Bettdecke übers Gesicht.

Morgen würde sie dann...

IO

Als Ella am nächsten Morgen zum Fenster hinaus schaute, war wieder Schnee gefallen. Der Himmel von einem Weiß, das weitere Schneefälle erwarten ließ. Wie gut, daß sie beide heute einen Tag der häuslichen Arbeit geplant hatten und nicht in Bibliothek oder Uni mußten.

Max schnarchte gemütlich vor sich hin.

Sie zog sich nur den Bademantel über und ging die Treppen hinunter in die Küche, um die Kaffeemaschine einzuschalten und Joghurt und Butter aus dem Kühlschrank zu holen. Im Wohnzimmer war es noch dunkel, und sie machte die große Leselampe an, die nur den Eßtisch beleuchtete. Dann holte sie die Zeitung und kehrte den Neuschnee von den Fliesen. Sie hatte sich einen dicken Wollschal um Kopf und Hals gewickelt. Es hatte sicher einige Grade unter Null.

Wie komfortabel, so eine Zentralheizung! Mit Schaudern erinnerte sie sich an ihre Kindheit am Rande des Bayerischen Waldes, als es nur einen großen Ofen in der Küche gab, der mit Holz und Kohle geheizt wurde. Alle anderen Zimmer blieben kalt, das Wohnzimmer wurde nur an Weihnachten beheizt. Eigentlich hatte sie immer gefroren, denn auch die Sommer waren eher regnerisch und kühl. Wer im Bayerwald Urlaub machte – und das waren damals nur eine Handvoll Leute, die sich Italien nicht leisten konnten –, der wußte Bescheid und nahm Pullover und Regencape mit statt Badeanzug und Bikini.

Für Ella war keine Annehmlichkeit ihres gegenwärtigen Lebens selbstverständlich. Sie freute sich an der Wärme im Haus, sie liebte das leise Krachen der frischen Semmeln, sie war glücklich über das Obst, das sie kaufen konnte, über ihre Küchenvorräte, die Kaffeemaschine, den Elektroherd, das weiße Porzellan im Schrank, kurz, über all das, was sie in ihrer Kindheit und Jugend entbehrt hatte.

Gegen den Willen ihres Vaters war sie nach dem Abitur nach München aufgebrochen, mit einem winzigen Stipendium, das gerade mal die Miete des Zimmers deckte. Sie kannte die Probleme, die auf eine arbeitende Studentin zukamen, wenn sie bei fremden Leuten putzte, Nachhilfestunden für reiche Faulpelze gab oder am Abend als Bedienung in einem Gasthaus arbeitete. Manchmal konnte sie es gar nicht fassen, jetzt in einem geräumigen Haus zu wohnen und an Themen zu arbeiten, die ihr auch noch Spaß machten.

Als sie Max getroffen hatte – nach einem arbeitsreichen Tag in ihrem Gasthaus –, da war er schon Assistent und mit dem Verfassen seiner Habil beschäftigt. Sie hatte ihm Gulasch und Bier serviert, er hatte sie nach ihrem Studienfach befragt und zum Ende ihres Arbeitstages in eine kleine Bar eingeladen, wo sie feststellten, daß sie beide aus Niederbayern stammten und sich in München eher fremd fühlten.

Von Anfang an war es eine freundschaftliche Liebe, die sie verband. Max lud sie manchmal in ein Konzert ein, sie gingen ins Occam-Kino und hin und wieder in ihre alte Bar.

Als Ella ihre Doktorarbeit fertig hatte, heirateten sie.

Ellas Eltern richteten halbherzig ein Gasthausessen in ihrer Nachbarschaft aus, die Eltern von Max, beide Ärzte in einer Gemeinschaftspraxis in Vilshofen, kamen mit einem Mercedes angereist und galten seither als Krösusse.

Ella und Max wohnten zuerst in einer Zweizimmerwohnung in Schwabing, ihr Sohn Jonas wurde geboren, sie teilten sich Hausarbeit und Kinderbetreuung, Jonas kam in die Grundschule, wo er durch seine Stimme auffiel. Der Musiklehrer plädierte für die Regensburger Domspatzen, und nach längerer Überlegung stimmten sie zu. Als die Großmutter von Max starb, erbte er gerade so viel, daß sie ein Haus auf dem Land kaufen konnten, ohne sich lebenslang zu verschulden. Jonas wohnte wieder bei ihnen, machte sein Abitur in der nahe gelegenen Kreisstadt und entschied sich dann für ein Studium der Musikgeschichte in den USA. Sie telefonierten viel, und an Weihnachten kam er nach München geflogen, blieb einige Zeit bei ihnen und schaute sich dann nach einer Stelle an einer deutschen Universität um.

Seit vielen Jahren arbeiteten Ella und Max konstant an ihren Projekten und verstanden sich nach wie vor in allem, was ihnen wichtig war.

Was sie bei ihrer Wahl des Wohnorts nicht bedacht hatten, war die Isolation, in der sie sich seither befanden. Ihre Kollegen in München und Augsburg scheuten die Autofahrt zu ihnen, kamen nur an Wochenenden und wollten dann auch zum See oder in die Berge fahren. Für die früheren langen, nächtlichen Diskussionsrunden war keine Zeit mehr. Sie waren auf sich, auf ihren Kontakt beschränkt, und manchmal hatten sie Sehnsucht nach anderen Meinungen, sogar nach Streit und hochkochenden Emotionen. Da sie sich in wichtigen Dingen einig waren, entbehrten sie manchmal die früheren kontroversen Auseinandersetzungen.

Sie trafen zwar weiterhin ihre Kollegen, meist nur auf dem Gang von einem Seminar zu einer Vorlesung, aber viel Zeit verbrachten sie nicht mehr mit ihnen. Ella hatte ohnehin nur einen Lehrauftrag in München; der beschränkte sich auf zwei Wochenstunden, nach denen sie meist gleich heim fuhr oder in der Stadt einkaufen ging.

Ihre frühere Freundin Beate hatte nach Hannover geheiratet und plagte sich dort mit einem Halbtagsjob und einem Teenager. Ihr Mann, auch ein früherer Kollege, hatte einen Ruf an die Uni Hamburg angenommen und war so gut wie nie daheim. Die Telefongespräche verliefen immer gleich: Beate klagte, brach manchmal in Tränen aus, hatte Mühe, ihren Tag mit Haushalt und Arbeit zu organisieren und erkundigte sich selten nach Ellas Befinden.

An ihrem neuen Wohnort Gleichgesinnte treffen zu wollen,

hatte sich als utopisch herausgestellt. Wer sich hier ein neues Haus gebaut hatte, fuhr meistens zeitig früh zur Arbeit und kam erst am Abend wieder heim. Die Frauen, die Ella beim Einkaufen traf, waren entweder von Geburt an hier ansässig oder mit kleinen Kindern beschäftigt.

Vielleicht sollten wir einem Verein beitreten, meinte sie einmal zu Max.

Der aber schüttelte sich nur: Um Gotteswillen, meine Zeit dort mit Geschwätz zu verplempern, nein, auf keinen Fall. Wen sollten wir da auch treffen? Solche Typen wie unsere Nachbarn?

Hin und wieder besuchten Kollegen sie am Wochenende, dann wurde gefachsimpelt, ausgiebig gegessen und getrunken, ein bißchen in der Gegend herumspaziert, und wenn es dämmerte, dann fuhr der Besuch wieder ab.

Gut, daß wir viel zu tun haben und einander nicht langweilen, dachte Ella, während sie Tassen, Teller und Besteck auf den Tisch stellte. Sie hörte, wie Max die Treppen herunter kam.

Hm, es riecht schon wieder so wunderbar! Ich hab Kaffeedurst!

Sie setzten sich an den Tisch, reichten sich Butter und Marmelade und redeten über ihre Tagespläne. Ella schaute in den Garten hinaus. Da entdeckte sie eine Bewegung im Vorhang des Nachbarhauses. Zwei Gesichter schoben sich unter die Vorhangfransen.

Sie stand auf und ging zum Fenster.

Wir haben anscheinend zwei Beobachterinnen im Nachbarhaus, die uns beäugen.

Max lachte.

Das sind die zwei Gören, die ständig zu uns herüberlinsen. Wir sollten sie auch mal begrüßen.

Er stand auch auf und stellte sich zu Ella ans Fenster. Beide hoben ihre Hände und winkten zum Nachbarhaus hinüber. Sofort verschwanden die zwei Gesichter hinterm Vorhang.

Max wandte sich ab und setzte sich wieder.

So sieht der Kontakt hier aus. Man wird bespitzelt, will aber nicht dabei erwischt werden.

Ella lachte.

Das sind Kinder, die sich langweilen und hoffen, daß hier bei uns was passiert.

Max nahm sich Kaffee.

Da können sie lange warten.

Wir sollten ihnen einmal was bieten für ihre billigen Plätze, meinte Ella. Morgen, wenn sie wieder glotzen, dann küssen wir uns, ausgemacht?

Max sah sie an.

Das können wir auch, wenn sie nicht zuschauen, oder?

Und er hob ihre Haare hoch und küßte sie auf den Nacken. Jetzt haben sie wirklich was versäumt, lachte Ella und griff zur Zeitung.

Im Lokalteil eine fette Überschrift:

Verbrechen an jugendlichem Asylanten?

Der Bericht strotzte vor Vermutungen und vagen Beschuldigungen, so daß klar wurde, die Polizei rätselte weiter und hatte noch keine konkreten Hinweise auf den oder die Täter.

Ella wandte sich an Max

Was denkst du denn, wer kommt dafür in Frage?

Ein paar von unseren Nachbarn könnte ich mir schon vorstellen, so böse wie sie über die Eritreer daher reden. Aber so rabiat zu werden, einen halb tot zu schlagen, das halte ich eher für unwahrscheinlich, dazu sind sie dann auch wieder zu feige.

Ella faltete die Zeitung auseinander und hatte das Feuilleton vor sich.

Ich kann mir überhaupt nicht vorstellen, wie man so ein armes Bürscherl attackieren mag. Vermutlich haben die halben Kinder da oben im Flüchtlingsgasthaus schon vorher allerhand durchgemacht.

Wer nur die Parolen der Rechten nachschwätzt, ist halt dumm

und hat keine Erfahrung mit Armut und wirklicher Not, sagte Max.

Und heute rufen wir mal die ehemalige Lehrerin an und laden sie ein, vielleicht für morgen Abend? Wäre dir das recht? Wir könnten eine Pizza machen, das geht schnell. Ich denke, sie ist mehr auf Gesellschaft aus als auf kulinarische Erlebnisse. Ich warte noch bis zehn Uhr, dann rufe ich sie an.

Ja, einverstanden. Anschließend gehen wir miteinander einkaufen und besorgen auch noch Salat und Rotwein.

II

Verena und Carmen saßen schweigend vor ihrem Kakao, schoben die Müslischalen zur Seite und sahen sich an. Heute war etwas passiert, das ihre Absichten erst einmal auf Eis legte. Sie hatten schon einen Plan entworfen, was sie für wie viele Minuten des Beobachtens verlangen würden. Am Sonntag die doppelte Summe, weil da überall, auch bei Ella und Max, ausgiebiger und länger gefrühstückt wurde. Die Freundinnen, die bei ihnen am Wochenende übernachten durften, mußten, wenn sie Fensterplätze einnahmen, tief in ihr Taschengeldbudget greifen. Damit war jetzt erst einmal Schluß. Die beiden Hauptdarsteller hatten sie entdeckt. So eine Frechheit, auch noch fröhlich zu ihnen herüberzuwinken. Die hatten wirklich kein Schamgefühl, wie ihre Mutter einmal beiläufig bemerkt hatte.

Ingrid kam im Morgenmantel zum Frühstück.

Na, ihr beiden, jetzt schmiert euch mal schnell ein Marmeladenbrot, in zehn Minuten müßt ihr aus dem Haus. Also, Tempo!

Nein, Mama, wir haben keinen Hunger.

Nein, wirklich nicht. Wir sind noch satt von gestern Abend.

Ihre Mutter lachte

Das könnt Ihr jemand anderem erzählen, die zwei Wienerle waren wirklich nichts, was auf lange Sicht satt macht. Also, was ist los mit euch? Habt ihr ein schlechtes Gewissen? Habt Ihr mir die Mathenoten der letzten Schulaufgabe verschwiegen?

Nein, Mama, die Ergebnisse haben wir doch noch gar nicht.

Nein, wir haben halt einmal keinen Appetit, so ist es.

Inge schüttelte den Kopf.

Das könnt ihr sonst jemandem erzählen, mir nicht. Ihr habt was angestellt, und ihr könnt sicher sein, ich krieg es raus. Und jetzt Abmarsch, Stiefel anziehen, Mützen auf und Anoraks an!

Folgsam eilten die Zwillinge zur Garderobe. Kein Protest gegen die dicken Stiefel (so klobig, so altmodisch, so uncool), keine Einwände gegen den schnellen Aufbruch. Diese Rangen! Jeden Tag dachten sie sich einen anderen Streich aus, und weil sie zu zweit waren, kamen ihnen die Erwachsenen nicht so leicht auf die Schliche. Eine machte Rabazz, und die andere stand Schmiere. So lief es meistens.

Tschüs, Mama, bis heute Mittag!

Und weg waren sie.

Ingrid war allein, goß sich noch eine Tasse Kaffee ein und griff zur Zeitung, die Klaus, der schon um halb sieben nach München aufgebrochen war, an ihren Platz gelegt hatte.

Jetzt begann der gemütlichste Teil des Tages. Nicht einmal einkaufen gehen mußte sie heute. Sie würde das übrig gebliebene Hühnchenfleisch für die Zwillinge aufwärmen, vielleicht noch Reis dazu. Und wenn Klaus abends heimkam, gab es Suppe und Kartoffelgulasch.

Sie breitete die Zeitung auf dem Tisch aus. Zuerst die Lokalnachrichten!

Der gestrige Unfall wurde in zwei Artikeln kommentiert. Einer der Kommentatoren äußerte die Vermutung, daß es in einer fremdenfeindlichen Umgebung leicht zu Übergriffen kommen könnte.

Fremdenfeindliche Umgebung! Ingrid wurde wütend. Unser Ort ist so fremdenfreundlich wie nur irgendwas. Ein ganzes Gasthaus haben wir für die armen Flüchtlingskinder eingerichtet. Und einige Frauen leisteten täglich Integrationsarbeit.

Am liebsten hätte sie sich hingesetzt und einen Leserbrief an die Zeitung geschrieben. Aber sie hielt gerade noch rechtzeitig inne. Erstens hatte sie nur Realschule und deswegen ständig Komplexe, daß sie es mit den gebildeten Leuten nicht aufnehmen könnte, und dann, überlegte sie, würde sie sich gegenüber den Nachbarn und Bekannten irgendwie festlegen als Flüchtlingsfreundin. Nein, das war keine gute Idee. Sie würde es bleiben lassen. Sollten andere sich dazu äußern, die besser in Rechtschrift und Grammatik waren als sie. Lieber im Hintergrund bleiben, das war ihre Lebensdevise, und die würde sie weiter verfolgen.

Allmählich würde es Zeit, die Zimmer aufzuräumen und endlich die Zähne zu putzen und sich für den Tag herzurichten. Sie fing wie jeden Morgen im Zimmer der Zwillinge an. Die hatten wieder ihre gebrauchten Klamotten auf die Stühle geworfen, statt sie gleich in den Wäschekorb zu legen. Da müßte sie mal wieder ein paar Ermahnungen loslassen. Was hatten sie nur mit den Vorhängen gemacht! Einer hing lose herunter. So eine Schlamperei! Auf dem Fenstersims entdeckte sie das alte Fernrohr. Was hatte das hier verloren? Sie hatte es doch zusammen mit der anderen Hinterlassenschaft ihres Vaters nach seinem Tod auf dem Dachboden verstaut. Diese ewige Schnüffelei der beiden Töchter! In den alten Sachen hatten sie gekramt und dieses schwere Fernrohr aus den Jägerzeiten des Opas für sich entdeckt. Ein Fernrohr!

Ingrid richtete den Vorhang wieder zurecht und sah unwillkürlich aus dem Fenster. Da kam ihr die Erleuchtung. Die beiden spähten ihre Nachbarn aus. Eigentlich wirklich witzig, dachte Ingrid. Aber wenn einer dahinter käme, was die Zwillinge so trieben. Nein, das durfte sie nicht dulden.

Sie nahm das schwere Fernrohr und trug es in ihr Schlafzimmer. Das werde ich gründlich verstecken! Auf dem Schrankboden hatte sie einen Karton mit sogenannter Reizwäsche in schwarz und rot versteckt, die sie nur gelegentlich herausholte. Sie grinste vor sich hin, als sie an deren letzten Einsatz dachte. Und unter diese Wäsche steckte sie das Fernrohr. So, das wäre erst mal geschafft ohne große Ermahnungen. Die würden gukken, wenn sie am Nachmittag wieder ins Nachbarhaus schielen wollten. Die Fensterbretter mußten auch noch abgestaubt werden. Beim Wischen über den Marmor entdeckte sie ein dicht beschriebenes, liniertes Blatt, offensichtlich aus einem Heft herausgerissen. Sie holte ihre Lesebrille und brauchte einige Zeit, um sich einen Reim auf die Namen und Zahlen zu machen, die in kleiner Schrift den Zettel bedeckten. Dann aber lachte sie laut auf! Das war zu komisch! Neben den Vornamen der Schulfreundinnen waren Wochentage vermerkt, dahinter Zahlen. So langsam dämmerte es Ingrid, welche Informationen dieser Zettel enthielt. Die geschäftstüchtigen Zwillinge wollten ihre Fensterplätze vermieten. An Wochentagen nur nachmittags, an Sonn- und Feiertagen vormittags und nachmittags. Das war ja unglaublich. Man hatte gelesen, daß Leute ihre Wohnungen mit Aussicht an Schaulustige vermieteten, wenn Papst oder Königin vorbeifuhren. Aber diese beiden unscheinbaren Nachbarn, die man so selten zu Gesicht kriegte! Was mochten sie bei denen beobachtet haben? Ingrid ging in ihr Schlafzimmer zurück und holte das Fernrohr wieder aus der Schachtel.

Das muß ich selbst erst einmal sehen! Am Ende ist es sittenwidrig, was die beiden da vor offenem Fenster treiben. Gleich kamen ihr pornographische Bilder vor Augen. Nein, daß die so verdorben waren! Eine Unverschämtheit! Und das alles ohne Vorhänge!

Ingrid stellte sich hinter einen Store und ließ für die Linse eine kleine Lücke. So, jetzt würde sie selber erst einmal feststellen, was da drüben los war.

Sie blickte auf den unaufgeräumten Frühstückstisch. Typisch, daß sie ihr dreckiges Geschirr nicht wegräumten! Die glaubten wohl noch an Heinzelmännchen. Wie mochte das erst in der Küche aussehen. Vielleicht sollte ich mal rübergehen und mir zwei Eier ausleihen, wie das früher unter Nachbarinnen üblich war. Da konnte sie dann gleich Küche und Kühlschrank inspizieren. Aber wahrscheinlich hatte diese Frau Doktor nicht mal Eier im Hause. Was mochte die zusammenbrodeln, wenn sie von ihren Büchern mal schnell zu Mittag in die Küche ging. Pfui Teufel, so ein übles Zusammengemischtes! Daran wollte sie lieber nicht denken! Was doch ihre Familie für ein Glück hatte. Hauswirtschaft und Kochen hatte sie schon in der Schule gelernt. Ihre Gerichte bestanden jeden Test, da war sie sicher. Drüben im Wohnzimmer rührte sich nichts. Aus den Fenstern leuchtete das weiße Porzellan, die schwarze Kaffeekanne, der Brotkorb, die Müslischalen. Wie lange sollte sie eigentlich warten, bis da mal jemand aufräumte.

Da! Jetzt rührte sich was! Er, der Herr Professor Doktor sonstwas trat an den Tisch und räumte das Geschirr weg. Anschließend schüttelte er die Tischdecke aus. Da machte er kurz das Fenster auf, und Ingrid beeilte sich, schnell hinter der Gardine zu verschwinden. Wenn der sie entdeckt hätte!

Jetzt bin ich schon genau so neugierig wie meine Töchter, dachte sie. Aber ich kann sie schon verstehen. Wer läßt auch alle Welt in sein Wohnzimmer schauen. Selber schuld waren sie, wenn man sie bespitzelte. Sollte sie das Fernglas und den Zettel vielleicht gar wieder aufs Fensterbrett legen und so tun, als hätte sie nichts bemerkt? Ingrid überlegte eine Weile, aber dann siegte doch ihr pädagogisches Gewissen. Sie räumte das Fernglas wieder in den Schrank unter ihre kostbare Wäsche.

Während sie noch mit dem Gedanken spielte, heute Abend vielleicht in schwarzer Aufmachung im Bett auf Klaus zu warten, ging die Haustürglocke.

Als sie zur Tür ging, merkte sie, wie sie aussah.

Um Gotteswillen, ich bin ja noch im Morgenmantel, und zum Waschen hatte ich auch noch keine Zeit.

Nein, sie würde nicht aufmachen.

Auf Zehenspitzen schlich sie zum Spion.

Die Nachbarin, diese Doktorin mit ihrer Dialektforschung! Was die von ihr wollte, am Vormittag! Da machte man keine Besuche! Ingrid hielt den Atem an.

Sie wartete, bis Ella den Weg zu ihrem Haus wieder zurückging. Am Ende hatte sie was gemerkt und wollte sich über ihre Töchter beschweren! Allerhand! Selber keine Kinder, aber auf den anderen rumhacken! Das ließ sie sich nicht gefallen. Die sollte nur wiederkommen! Dann würde sie was erleben. Die Erziehung ihrer Kinder war schließlich allein ihre Sache, das ging niemanden was an, und solche kinderlosen Rentenschmarotzer schon überhaupt nicht! Die sollte nur erst mal selber ihren Frühstückstisch sauber machen und nicht ihren Mann für Haushaltstätigkeiten einspannen. Da sah man ja, daß sie keine Lebensart hatte, und keinen Anstand. Den Haushalt sich aus der Hand nehmen lassen vom eigenen Mann! Wie blöd mußte die sein, mit all ihrem wissenschaftlichen Geschwafel. Von so einer blöden Kuh würde sie sich nichts gefallen lassen, aber auch schon gar nichts. Die sollte nur wieder läuten, dann würde sie ihr gleich die Meinung sagen, aber so, daß sie das nie vergessen würde.

Fröhlich und wutgestärkt marschierte Ingrid ins Bad, stellte sich unter die Dusche, wusch ihr Haar, schminkte sich sorgfältig und war jetzt bereit für den Kampf mit Ella.

Aber die Türglocke blieb stumm.

12

Inge Gronseider telefonierte schon den ganzen Vormittag. Seit sie die Zeitungskommentare zu dem nächtlichen Verbrechen an ihrem Schützling gelesen hatte, fand sie keine Ruhe mehr. So hatte sie nur halb hingehört, als Eberhard sich verabschiedete und das Haus verließ. Wohin wollte der gleich wieder, so früh am Morgen? Sie hatte es vergessen.

Zum zweiten Mal wählte sie die Nummer von Hildegard Töpfert. Vielleicht wußte sie inzwischen mehr.

Es dauerte eine Weile, bis Hildegard den Hörer abnahm.

Ich war im Garten, hab noch Schnee geschaufelt. Renate hatte heute morgen keine Zeit, mußte schnell in die Schule.

Hildegard war außer Atem. Sie mußte sich setzen, um weiter zu telefonieren.

Ach Inge, ich weiß doch auch nur das, was in der Zeitung stand. War wenig genug. Sie spekulieren halt bei der Polizei, wie wir auch.

Kannst du dir vorstellen, daß einer aus dem Ort so was macht, fragte Inge.

Du weißt doch, wie manche daherreden. Außerdem, ich habe da schon Anlaß für einen Verdacht. Hast du eigentlich auch solche Drohbriefe erhalten? Gestern hab ich mit Renate noch einmal diese Zettel angeschaut. Wir haben überlegt, ob wir zur Polizei gehen, aber die Polizei, das ist ja hier der Toni, und dem traue ich nicht.

Von welchen Zetteln redest du, wollte Inge wissen.

Sag bloß, du hast keine im Briefkasten gefunden.

Nein, sage ich nicht.

Was, nicht?

Also, ich hab eine Menge solcher Zettel gesammelt, aber sie nicht mal dem Eberhard gezeigt. Du weißt ja, wie das ausgeht.

Sie merken sich nur die gemeinen Beschuldigungen, und die hat man dann ewig an sich kleben, Wahrheit hin oder her.

Siehst du, und deswegen hab ich auch diese Gemeinheiten vor Renate versteckt. Ich wollte nicht, daß sie sich aufregt oder gar etwas unternimmt. Aber gestern hat sie mir klar gemacht, daß die Beleidigungen angezeigt gehören. Wenn sie aus der Schule kommt, werden wir uns überlegen, wie wir vorgehen. Jetzt hat das ja plötzlich eine Bedeutung, findest du nicht?

Inge antwortete nicht gleich. Vielleicht sollte sie das mit Eberhard besprechen statt mit Hildegard?

Na, ja, meinte sie stockend, ich sollte Eberhard einweihen. Dem fällt sicher auch noch was ein. Und wir müssen unbedingt noch Ilse anrufen; ich wette, die hat auch so eine Zettelsammlung daheim versteckt. Dem Michael hat sie die sicher nicht gezeigt. Der hätte werweißwas angerichtet in seiner Wut. Aber wir drei Frauen müssen uns zusammentun und wirklich etwas unternehmen. Es kann ja sein, daß der Unbekannte, der den Jungen verletzt hat, und der Schmierfink identisch sind.

Daran habe ich natürlich auch gleich gedacht. Renate meint, daß man solche Indizien nicht für sich behalten darf. Höchstwahrscheinlich sind das sachdienliche Hinweise, das kennt man ja aus den Krimis im Fernsehen. Wer die verschweigt, macht sich mitschuldig, so ist es.

Wie verbleiben wir also, wollte Inge wissen.

Am besten, wir besprechen das nicht am Telefon, sondern treffen uns. Bei mir schnüffelt kein Ehemann herum, also komm heute Nachmittag zu mir, ich hab noch Marmorkuchen in der Tiefkühltruhe, den taue ich gleich auf. Sagen wir um drei Uhr? Und du rufst Ilse an und sagst mir dann Bescheid, ob es klappt.

Ja, und ich bring den Sahnespender mit!

Inge legte den Hörer auf und ging in die Küche. Hatte Eberhard gesagt, wann er zurück sein würde? Wahrscheinlich war er zur Autowerkstatt gefahren. Der linke hintere Reifen wummerte auffällig, da würde er nachschauen lassen.

Sie suchte im Kühlschrank, was noch da war. Zwei Scheiben Leberkäs lagen im Wurstbehälter. Da brauchte sie nicht einkaufen gehen. Sauerkraut, Salzkartoffeln und abgebräunter Leberkäs. Es war noch über eine Stunde Zeit, Zeit für einen Vanillepudding, der am Fensterbrett schnell auskühlte. Während sie das angerührte Pulver in die kochende Milch gab, läutete das Telefon. Nein, das war jetzt nicht möglich. Zuerst wollte sie den Pudding fertig machen. Sonst brannte er am Ende noch an und sie hatte den schwarzen Belag im Topf. Sie füllte zwei Gläser mit dem Pudding, setzte das Kraut auf und die Kartoffeln und ging zum Telefon.

Der Anrufbeantworter blinkte.

Hier spricht Doktor Reindl, bitte, Frau Gronseider, rufen Sie mich zurück.

Reindl, der Hausarzt! Was wollte der?

Inge wählte die angezeigte Nummer.

Frau Gronseider? Ich muß Ihnen etwas Unerfreuliches mitteilen. Ihr Mann war heute bei mir, und es hat sich herausgestellt, daß er einen Herzinfarkt hatte. Damit ist nicht zu spaßen. Ich habe ihn gleich ins Krankenhaus bringen lassen. Ich gebe Ihnen mal die Telefonnummer und die genaue Adresse der Klinik, damit Sie ihm noch einige persönliche Dinge bringen können. Wahrscheinlich wird er jetzt erst mal gründlich untersucht, das ist nichts, weswegen Sie sich beunruhigen müssen. Also, bringen Sie ihm möglichst bald das Nötige. Sie wissen sicher am besten, was er so täglich braucht.

Ja, danke, stotterte Inge.

Sie mußte sich erst einmal hinsetzen. Also war er zum Arzt gegangen, ohne sie zu informieren. Ein Herzinfarkt! Und nichts hatte er gesagt, hatte ihr alles verschwiegen. Was war das noch für eine Ehe, wo der eine vom anderen nichts wissen durfte. Wo sich der Mann heimlich aufmachte zum Arzt! Und gleich ab mit ihm in die Klinik! Und deswegen sollte sie sich nicht beunruhigen. Der Arzt hatte Nerven! Eigentlich eine Unverschämtheit, so ein Anruf.

Hastig räumte sie im Bad Toilettenartikel in Eberhards Reisenecessaire. Dann nahm sie noch zwei Schlafanzüge aus dem Wandschrank. Das alles verstaute sie in einer Reisetasche, die sie aus dem Keller holte.

Sie rief ein Taxi, denn sie traute sich in ihrer Aufgeregtheit nicht zu, selber mit dem Auto zu fahren.

Als sie im Auto saß, fiel ihr ein, daß sie am Nachmittag mit Hildegard und Ilse verabredet war. Und sie hatte ihr Handy daheim vergessen und konnte die beiden nicht verständigen. Aber vielleicht würde ihr Besuch im Krankenhaus nicht so lange dauern. In Gedanken grollte sie ihrem Mann immer noch, daß er ihr nichts erzählt hatte und daß er sie jetzt quasi im Stich ließ, wo sie ihn doch gebraucht hätte. Von den Zetteln würde sie ihm nichts erzählen, wahrscheinlich durfte er sich nicht aufregen mit seinem Herzinfarkt. Da war er sein Leben lang jeden Tag ins Amt gepilgert, kaum jemals krank außer hin und wieder Erkältungen, und jetzt, ausgerechnet jetzt in der Pension mußte er so schwer krank werden. Das ist ungerecht, dachte sie, total ungerecht.

Hildegard taute ihren Marmorkuchen auf und rief Ilse an.

Heute Nachmittag! Hast du Zeit? Wir wollen das Problem mit den Beleidigungen auf den Zetteln besprechen. Ich nehme an, du hast auch welche bekommen? Sag's nur, es ist ja kein Geheimnis mehr, daß man uns drei Ehrenamtliche beschimpft und bedroht hat.

Ilse hielt die Luft an. Woher weißt du das? Ich hab niemandem was erzählt.

Ich hab ganz einfach meine Schlüsse gezogen: wenn Ingrid und ich solche Zettel im Briefkasten gefunden haben, dann du doch auch. Wir sitzen ja im selben Boot, sozusagen.

Ja, stimmt, gab Ilse zu. Aber nur ja dem Michael nichts verraten, der dreht durch, wenn er das erfährt. Und er würde mir mit Sicherheit verbieten, den Flüchtlingen weiter zu helfen.

Keine Angst, beruhigte Hildegard sie, wir wollen nur unter

uns beraten, was wir künftig machen. Solche Zettel sind ja auch Indizien, falls sich der Verdacht auf einen Mordversuch an Anbema verdichtet. Da können wir nicht die Unwissenden spielen, sonst sind wir selber dran, weil wir der Polizei nicht geholfen haben.

Das zieht ja Kreise! Ich bin noch ganz kaputt von diesem Wochenende. Erst Lore und dann auch noch dieser Mordversuch, wo wir am Ende noch als Zeugen aussagen müssen!

Was ist mit Lore, fragte Hildegard.

Weißt du was, das erzähle ich dir heute Nachmittag. Inge kommt auch, sagst du. Die hab ich vorhin mit dem Taxi wegfahren sehen.

Vor einer Viertelstunde war sie noch daheim, sagte Hildegard. Da hat sie nichts davon erzählt, daß sie mit dem Taxi wegfährt. Sie hat doch selber einen neuen Käfer. Das sieht ihr gar nicht gleich, daß sie Taxi fährt. Ob sie zum Zug mußte? Kann ich mir nicht vorstellen, da hätte sie doch was gesagt.

Wir werden den Grund bald erfahren. Und ich jedenfalls werde pünktlich um drei bei dir sein.

13

Herta sah zum Fenster hinaus.

Die Welt war geschrumpft, so wie die Aussicht. Kein Wunder, daß sie sich ihre Welt erschaffen mußte, sich die Figuren ausdachte, sie handeln ließ nach ihrer Vorstellung. Lebte sie eigentlich nur noch in ihren erfundenen Menschen? Erschaffen nach meinem Bild! Sie mußte unwillkürlich lachen. Ein Schriftsteller war ein kleiner Gott, der gerade erschuf, wie es ihm in den Kram paßte.

Was für eine Art Gott war dann sie selber?

Einer, der Kriminelle erschuf, alte Verbrechen ausgrub und neu bebilderte. Jetzt war sie auf der Suche nach einer Sklavin. Was die Kreuzfahrer sich dabei gedacht hatten, einfach ein Mädchen zu greifen, ein heidnisches noch dazu, und als Beute mitzunehmen?

Das letzte Kidnapping dieser Art war ihr aus dem 19. Jahrhundert bekannt, als die Portugiesen den König von Mosambik entführt hatten und ihn dann samt seinen Frauen auf den Jahrmärkten vorführten.

Menschliche Beute? Heiden als Trophäen? War das christlich?

Oder hatte man diese junge Frau aus dem Orient in bester Absicht mitgenommen, um sie zu bekehren und mit den Segnungen des Christentums bekannt zu machen?

In der Nachbarschaft gab es ein altes Schloß, das ein Industrieller aus München wieder bewohnbar gemacht hatte. Dort verlor sich die Spur des Mädchens.

Eigentlich sollte sie sich das Gelände einmal näher ansehen. Sich vorstellen, wie man damals in so einem Gemäuer gehaust hatte. Die Männer monatelang, oft jahrelang irgendwo in der Nähe von Jerusalem, einem fanatischen Kaiser folgend, auf der Suche nach Gewinn, nach Ehre, nach Ruhm – und nach Mitbringseln. Ob sich die daheim wartende Gattin über eine solche orientalische Schönheit als Dienerin gefreut haben mochte – oder sie nicht eher als Konkurrenz betrachtet und aus dem Weg hatte räumen lassen?

Im Gemeindearchiv gab es keine verwertbaren Quellen. Also mußte sie sich selber etwas einfallen lassen, sich in die Mentalität der Herrin und der Sklavin versetzen, auch in den Ritter oder Grafen, der dieses Mädchen in Aleppo aufgegriffen hatte. Sie müßte noch einmal die Geschichte der Kreuzzüge studieren, in der Staatsbibliothek nach alten Urkunden über die Bekehrung moslemischer Gefangener suchen.

Oder sollte sie die neuen Schloßherren kontaktieren, wenn sie am Wochenende aufs Land fuhren mit ihren Freunden? Vielleicht vermoderten auf dem Dachboden noch alte Dokumente, für die sich keiner der neuen Besitzer interessierte?

Sie würde an beiden Stellen suchen.

Bei den Schloßherren ging niemand ans Telefon. Sie würde es am Wochenende wieder versuchen, mit ihnen in Kontakt zu kommen.

So war es am besten, sie fuhr gleich am nächsten Tag mit der Bahn nach Augsburg und würde dort im Lesesaal nach ihrer Sklavin fahnden.

Als sie den Fahrplan holte, läutete das Telefon.

Max Hofmann, den sie im Archiv getroffen hatte, lud sie zum Abendessen ein. Also war das doch keine leere Höflichkeitsformel gewesen.

Ja, heute Abend, sehr gerne.

Wir freuen uns, sagte Max Hofmann abschließend.

Ich freue mich auch, dachte Herta, ist schon lange her, daß mich mal jemand zum Abendessen eingeladen hat. Wann war das eigentlich gewesen? Hildegard Töpfert hatte für sie Gulasch gekocht, daran erinnerte sie sich noch. Ihre Tochter Renate war eine ehemalige Schülerin von ihr; sie hatte sich auch für den Beruf der Lehrerin entschieden. Heiner Töpfert war ihr langjähriger Kollege gewesen, am Ende dann der einzige Mann unter 16 Lehrerinnen. Lange vorbei war die Zeit, als man Frauen verboten hatte, ins Lehramt zu gehen, und, später, nur unverheiratete Frauen unterrichten ließ.

Da wäre unser heutiges Schulsystem völlig aufgeschmissen, wenn dort keine Frauen arbeiten würden, dachte Herta. Die meisten Rektorenposten allerdings blieben fest in männlicher Hand. Es gab offensichtlich Parallelen zum System in der katholischen Kirche. Auch da war ein Gemeindeleben ohne die ehrenamtlich tätigen Frauen undenkbar. Sie hatten natürlich nach wie vor in der Kirche zu schweigen und den Männern die bezahlten Ämter und Würden zu überlassen; aber immer mehr dieser Frauen waren mit ihrer Dienerrolle unzufrieden und muckten gelegentlich sogar gegen Bischöfe auf.

Herta seufzte. Das würde sie nicht mehr erleben, daß Frauen ein Priesteramt ausübten oder gar Bischöfinnen werden konnten wie bei den Protestanten. So ein Unsinn, dachte sie, diese zwei ehemals verfeindeten christlichen Religionen. Höchste Zeit, daß sie sich wieder zusammenschlossen. Auch das würde sie nicht mehr erleben.

Aber den heutigen Abend wollte sie noch erleben. Vor dem offenen Kleiderschrank suchte sie nach einem passenden Kleid. Wie lange war das her, daß sie sich noch selber Kleider genäht oder hin und wieder eins gekauft hatte. Ziemlich altes Zeug, was da hing, altmodisch und von vorgestern, stellte sie fest. Aber das »ewige Dunkelgrüne«, ein wenig getragenes Samtkleid, hing frisch gereinigt unter einer durchsichtigen Plastikfolie. Das letzte Mal hatte sie es getragen bei der Verabschiedung in der Aula. Da waren ihre heutigen Gastgeber selber noch Schüler.

Ob sie noch hineinpaßte?

Sie zog es aus der Hülle, fand es immer noch zeitlos schön geschnitten und probierte es an.

Zufrieden stand sie vor dem Spiegel. Dazu paßte die Perlenkette, die ihr Oskar zur Silberhochzeit geschenkt hatte.

So, das hätte sie erledigt.

Das Mittagessen würde sie spartanisch kochen, vielleicht nur ein Risotto mit ein paar Pilzen. Vielleicht gab es ja am Abend ein richtiges Menu. Obwohl, sie kannte die Frau von Max nur vom Sehen, wußte, daß sie auch Wissenschaftlerin war. Solche Frauen waren nicht gerade prädestiniert als gute Köchinnen. Bei der Überlegung, was sie mitbringen würde, kam sie zu dem Schluß, daß Blumen am besten wären. Bücher? Da hatte sie keine Ahnung über Vorlieben oder Abneigungen. Eine Flasche Wein? Davon verstand sie nichts.

Am besten, sie ginge gleich los zum Blumenladen. Vielleicht gab es schon Tulpen. So ein Frühlingsstrauß mitten im Winter, ja, das mach ich, nahm sie sich vor.

Sie zog Mantel und Stiefel an, nahm ihre Einkaufstasche und ging vorsichtig den kurzen, verschneiten Weg ins Ortszentrum.

Kurz entschlossen wollte sie noch im Supermarkt Orangen und Mandarinen kaufen. Inge Gronseider kam ihr mit verweinten Augen entgegen, auch sie ehemalige Schülermutter von zwei mathematisch begabten Jungen.

Herta blieb bei ihr stehen.

Geht es Ihnen nicht gut?

Inge kamen die Tränen, und Herta faßte sie an den Schultern und zog sie in die Ecke mit den Nudeln.

Was ist denn passiert?

Und Inge konnte endlich erzählen, was sie im Krankenhaus erlebt hatte, wie es ihrem Mann ging und welche Behandlungsmethoden bei ihm angewendet würden.

Das ist ja wirklich ein Schock, so ein Herzinfarkt aus heiterem Himmel, sagte Herta.

Und stellen Sie sich vor, er sagt nichts, geht einfach zum Arzt und von da direkt ins Krankenhaus.

Er wollte Sie halt nicht beunruhigen.

Ja, schon, aber ich meine, wozu ist man denn verheiratet? Daß jeder so seinen Weg geht, daß man nichts erfährt? Daß man dasteht wie der Ochs vorm Berg, wenn der Arzt anruft! Daß man keine Ahnung hat! Was ist denn das für eine Ehe?

Bei Inge flossen wieder die Tränen.

Wissen Sie, versuchte Herta sie zu beruhigen, man sieht halt nicht wirklich in einen anderen hinein, verheiratet oder nicht. Und es tröstet einen selber, wenn man einfach mal das Beste vom anderen annimmt. Haben Sie Ihre Söhne schon angerufen? Die wüßten sicher auch gerne, wie es dem Vater geht. Und vielleicht können sie es möglich machen, ihn zu besuchen.

Inge hörte plötzlich auf zu weinen, schlug sich auf die Stirn.

Da sehen Sie, wie konfus ich bin, ich hab noch nicht mal meine Kinder verständigt. Das mach ich jetzt gleich, wenn ich heimkomme. Und danke, daß Sie mich so geduldig angehört haben.

Gute Besserung für Ihren Mann!

Nachdenklich ging Herta weiter, kaufte ihr Obst und ihr Joghurt, grüßte noch ein paar ehemalige Schülerinnen und machte sich auf zum Blumenladen. Sie ließ sich einen bunten Tulpenstrauß zusammenstellen und legte ihn vorsichtig in den Einkaufskorb. Zu Hause würde sie ihn gleich in eine Vase stellen.

Sie kochte sich eine Portion Risotto gleich für den nächsten Tag mit, und dann legte sie sich aufs Sofa zum Mittagsschlaf. Das war eine alte Gewohnheit von ihr, noch aus den Zeiten, wo sie müde aus dem Unterricht kam und den späten Nachmittag und Abend für ihre Korrekturen und Vorbereitungen brauchte.

Kaum hatte sie ihre Beine hochgelegt, war sie schon eingeschlafen.

14

Ella rief ins Arbeitszimmer:

Hat sie zugesagt?

Ja, sieben Uhr, ist doch recht so?

Da gehe ich mal gleich einkaufen, wir brauchen auch frisches Brot. Am besten, ich mache eine Quiche, die bleibt im Ofen warm. Und vorher einen Salat. Eine Vanillecreme als Dessert, das geht schnell.

Also tschüs!

Ella machte sich auf in den Supermarkt, kaufte Eier, Sahne, Quark und Lauch, und kehrte schon bald wieder an ihren Schreibtisch zurück.

Heute Mittag gibt's Spaghetti mit Öl und Knoblauch, sonst nix!

Max lachte.

Wir werden schon nicht verhungern.

Sie arbeiteten beide an ihren Computern, gingen um halb zwölf in die Küche, Max deckte den Tisch, Ella kochte Spaghetti und wusch den Salat, schnipselte Tomaten hinein – und um zwölf saßen sie schon am Eßtisch.

Soll ich für heute Abend noch etwas besorgen, fragte Max.

Nein, hab alles da.

Wie weit bist Du mit deiner Rezension, fragte Ella.

Ziemlich mühsam, wenn man 20 Autoren von so einem Sammelband gerecht werden will. Aber ich bin schon fast am Ende.

Sie fachsimpelten noch eine Weile, verspeisten ihre Pasta, spülten miteinander ab und legten sich für eine Stunde aufs Sofa.

Nach ein paar Seiten Recherche für ihren geplanten Artikel über den Einfluß von Flüchtlingsdialekten auf die bayerischen Kraftausdrücke nach dem Krieg speicherte Ella ihren Text ab und schaltete den Computer aus.

Sie ging in ihr zweites Leben, in die Küche, wo sie sich genau so daheim fühlte wie in ihren Skripten.

Zuerst knetete sie den Teig, eine pâte brisée. Das hatte sie in ihrer au-pair Zeit in Frankreich gelernt. Dann schmorte sie den Lauch, bevor sie die Form mit Teig auskleidete und mit Lauch und Eier-Käsesoße befüllte. Als Vorspeise einen gemischten Salat, und nach der Käseplatte einen Vanillepudding mit Himbeersoße.

Als sie mit den Vorbereitungen fertig war, erschien Max und holte die blauen Keramikteller, die sie beim letzten Töpfermarkt von einem hiesigen Kunsthandwerker erstanden hatten.

Es blieb noch eine Viertelstunde Zeit, bis ihr Gast kam, und sie setzten sich schon mal mit einem Aperitiv an den Tisch.

Wetten, daß sie pünktlich ist?

Mit dir wette ich nicht, ich kenne die Frau ja gar nicht. Aber – Ella verschwand auf der Treppe – ich ziehe mir noch was Hübscheres an, damit sie nicht denkt, sie ist nichts besonderes für uns.

Ella nahm ihr neues, rotes Wollkleid vom Bügel. Dazu den Schal mit den silbernen Sternchen!

Sie stand vor dem Spiegel, als es läutete.

Max öffnete, und Ella lief die Treppe hinunter.

Herta überreichte ihr den Blumenstrauß, wollte unbedingt ihre Stiefel ausziehen, und Max holte ein Paar Hausschuhe.

Dann gingen sie alle ins Wohnzimmer, und Herta bewunderte die Aussicht auf den verschneiten Garten, die vielen Bücher an der Wand und die Ölbilder verstorbener Familienmitglieder.

Ella berichtete von ihrem Großonkel, der Hobbymaler war und, als er sein Malergeschäft übergeben hatte, sich auf Ölmalerei im alten Stil spezialisierte und die gesamte Verwandtschaft porträtierte, meist auf dunklem oder manchmal goldenem Hintergrund, wie man das aus der gotischen Malerei kennt. Daher diese Ahnengalerie der unbekannten Berühmtheiten aus der Oberpfalz! Auch mich hat er als Kind in eine Leinwand mit Wiesenhintergrund gemalt, da war ich immer sehr stolz darauf.

Malen Sie denn selber auch?

Ach, seufzte Ella, das habe ich früher sehr gerne gemacht, aber während des Studiums ist mir das irgendwie abhanden gekommen. Es waren halt ständig dringende Aufgaben zu erledigen, und die Farbstifte wanderten immer weiter nach hinten, je mehr das Examen nahte.

Das geht uns wahrscheinlich allen so, antwortete Herta, bei mir war es die Geige, die ich vernachlässigt habe. Im Schulorchester habe ich noch gerne mitgespielt, später ein paarmal bei Hochzeiten, wenn es dafür Geld gab, und dann riß mal eine Saite, der Bogen verlor Spannung, und schließlich kam die Referendarzeit mit den ewigen Beurteilungen, und mein Geigenkasten verstaubte zusehends.

Wenn ich mich dem anschließe, sagte Max, mein Hobby war Fußballspielen, meine ganze Jugend hindurch, aber als ich dann in München anfing zu studieren, fand ich keinen Anschluß mehr an die Studentenmannschaft. Wenn man aus so einem kleinen Kaff wie Vilshofen kommt, dann fehlt es wahrscheinlich auch an Frechheit, sich unter unbekannte Spieler zu mischen. Selbstbewußtsein war das letzte, was wir im Kloster praktiziert haben.

Wir waren beide in Klosterschulen, fügte Ella hinzu, mit den üblichen Schäden, von denen man damals nichts wußte oder auch nichts wissen wollte.

Da kann ich nicht mitreden, meinte Herta

Eine Weile plätscherte das Gespräch dahin, bis man zum Zentralpunkt der örtlichen Nachrichten kam.

Gibt es schon Neuigkeiten über den Gesundheitszustand des Eritreers, fragte Herta.

Max schenkte Rotwein nach.

Wenn man der heutigen Lokalzeitung glaubt, dann tappt die Polizei noch im Dunkeln. Aber das schreiben sie immer, auch wenn schon Verdächtige am Horizont erscheinen.

Es gibt nichts Neues, ergänzte Ella, die Polizei bleibt vage, und die Zeitungen vermuten in alle Richtungen.

Ich kann es noch immer gar nicht glauben, sagte Herta, daß es hier Leute gibt, die zu so etwas fähig sind. Bei mir waren ja die meisten der potentiellen Delinquenten in der Schule. Da gab es schon mal heftige Raufereien, aber daß man zu zweit oder zu dritt über einen Wehrlosen hergefallen wäre, das habe ich nie erlebt, auch nicht unter den größten Raufbolden.

Vielleicht, gab Ella zu bedenken, hat sich da doch profunde etwas geändert, vor allem durch die brutalen Szenen in manchen Krimis, wo man auch die schon angeschlagen auf dem Boden Liegenden noch mit Fußtritten traktiert.

Mal abgesehen von den grausigen Video-Spielen, ergänzte Max, in denen Menschen zum Spaß abgeschossen und gequält werden. Immer wieder liest man, wie diese Grausamkeiten die Jugendlichen zu immer größerer Verrohung verleiten.

Herta lächelte.

Jetzt sind wir schon bei der berühmten Altersklage. Wahrscheinlich denken alle Erwachsenen ab einem bestimmten Alter, daß sie als Jugendliche besser, friedvoller und intelligenter waren als ihre Nachkommen. Aber Sie haben schon recht, der Einfluß der Medien ist wirklich beunruhigend. Meine Kolleginnen jedenfalls beneiden mich um meine Pensionierung.

Bis dahin dauert es bei uns noch eine Weile, warf Max ein.

Eine Weile schwiegen sie und dachten darüber nach, daß es versteckte und offene Feindschaft gegen Fremde immer und überall gab, nicht nur hier. In dieser Gegend wurde zusätzlich noch jeder Quadratmeter der offenbar unübertroffen schönen Natur gegen Besiedlung von außen verteidigt, obwohl man seit dem Ende des Krieges dazu wenig Anlaß hatte. Die Städter, die teure Grundstücke erwarben, waren willkommene Gäste, die Steuern zahlten, aber nur in den Ferien zu sehen waren. Daß die schönsten Häuser die meiste Zeit leer standen, kümmerte die Einheimischen wenig. Schließlich waren ihre eigenen Häuser meist von Vorfahren geerbt, und die Nachkommen litten keine Wohnungsnot.

Die halben Kinder, die der Krieg im Orient nach Edenbichl geschwemmt hatte, gaben dem Ortsbild eine exotische Note. Aber die meisten stutzten erst einmal, wenn ihnen ein dunkles Gesicht unvermutet entgegen kam. Hatte man nicht Generationen lang die Geschichte vom schwarzen Mann erzählt? Und so blieben anfangs auch viele Kinder mit offenem Mund vor den dunkelhäutigen Eritreern stehen und starrten sie an.

Max unterbrach die Gedanken und erkundigte sich nach den Ergebnissen der Archivforschung über die syrische Sklavin. Da gibt's leider auch nicht viel Neues. Ich habe in einem Dienerverzeichnis des Schlosses, das ja vor ein paar Jahren renoviert wurde, entdeckt, daß sie in eben diesem Schloß gelebt haben muß. Da ist eine Sklavin Miriam vermerkt, noch vor der Feuersbrunst im Jahre 1734. Dabei sind dann ja sämtliche schriftlichen Zeugnisse verschwunden und verbrannt.

Auf weitere Dokumente ist also nicht zu hoffen, meinte Max. Ich werde mir halt selber etwas einfallen lassen, antwortete Herta. Ja, was macht man mit einer orientalischen Dienerin, die in Oberbayern gelandet ist? Wahrscheinlich werde ich sie ganz bürgerlich einen Christen heiraten und dem Islam abschwören lassen. Das ist insofern realistisch, als es im Ort nachweislich zwei Handwerker gibt, die von missionierten Mohammedanern abstammen. Einmal ist das die Familie Heckenbichler, die ihren Namen von Hakir oder Hekir herleitet, der erst im 18. Jahrhundert eingedeutscht wurde. Die zweite Familie heißt Sarzeder, eine etwas verunglückte Bajuwarisierung der ursprünglichen Sarazenen.

Haben Sie in den beiden Familien schon nachgefragt, ob man etwas weiß über den arabischen Ursprung der Namen?

Bisher habe ich mich noch nicht getraut, antwortete Herta, persönlich vorstellig zu werden, weil ich weiß, mit welcher Sorgfalt man so eine Herkunft vertuschen will. Aber die Umbenennung dieser Namen ist im Ortsregister vermerkt, da gibt es keinen Zweifel. Einen der Sarzeder-Jungen hatte ich in der Schule, ein ausgesprochen hübscher, dunkellockiger Kerl, ich glaube, er hat Abitur gemacht und ist dann auf die Uni gegangen, gescheit war er ja auch.

Und der Toni, unser Polizist? Hatten Sie den auch in der Schule?

Ja, aber nur in der ersten Klasse. Ein lieber, schüchterner Junge, so gar nicht das, was man heute über ihn tratscht. Angeblich soll er seine Freundin verprügelt haben, diese etwas freizügige Karin. Ich kann es nicht recht glauben, obwohl die Jungen sich ja manchmal von netten Kindern in Raufbolde wandeln. Aber bei seiner Familie war ich auch noch nicht, überlege inzwischen, ob ich das überhaupt machen soll.

Ella räumte die Teller ab.

Wahrscheinlich war es klug von Ihnen, daß Sie die Familien nicht aufgesucht haben. Man kann sich vorstellen, mit wie viel Mühe sie ihre Herkunft jahrhundertelang versteckt haben. Es ist natürlich auch möglich, daß die heutigen Nachkommen gar nichts mehr davon wissen, weil Eltern und Großeltern es ihnen verschwiegen haben.

Herta stellte das Schälchen mit Vanillepudding vor sich hin.

Das sind auch meine Befürchtungen. Deswegen werde ich in meinem Roman die Namen verändern und mich in alten Geschichtsbüchern kundig machen. Im Gegensatz zu Ihrer Wissenschaft dürfen Schriftsteller erfinden und flunkern und den Ausgang der Geschichte nach ihrem Gusto erfinden.

Ja, lachte Ella, Sie haben's gut. Wir werden immer danach beurteilt, wie genau wir in den Archiven geforscht haben und wie man neue Deutungen mit der überlieferten Historie begründen kann. Ich bin schon gespannt, was Sie sich alles einfallen lassen.

Da bin ich selber am meisten gespannt, antwortete Herta. Ich mache mir vorher keinen genauen Plan, sondern lasse mich von den handelnden Personen inspirieren.

Ich habe übrigens, mischte sich Max in die Unterhaltung, eine Entdeckung im Ortsarchiv gemacht, die einigen Leuten nicht gefallen wird. Es gibt da einen honorigen Gemeinderat, der ziemlich Nazidreck am Stecken hat. Angeblich soll er der Retter einiger wertvoller Gemälde gewesen sein, und damit hat er nach dem Krieg gepunktet, aber es gibt Dokumente, nach denen er für die Exekutierung von Widerstandskämpfern verantwortlich ist. Vor drei Jahren ist er gestorben, hoch dekoriert mit dem Bundesverdienstkreuz. Seine Verwandten haben allerhand von ihm geerbt, unter anderem das Schlösschen, von dem Sie vorhin erzählt haben.

Das sind Verwandte von ihm, denen heute das Schloß gehört? Das habe ich nicht gewußt. Das gibt natürlich auch der Geschichte mit der Sklavin eine gewisse negative Würze. Gut, daß Sie mir das sagen, ich will ja diese jetzigen Besitzer demnächst kontaktieren, und da ist es von Vorteil, ein bißchen von der Vorgeschichte zu kennen.

Es war, erklärte Max, meines Wissens der Großonkel der heutigen Schloßherren. Ein Kunstgeschichtler, der nach dem Krieg Prominente durch diverse Museen geführt hat. Welche Gemälde er genau vor den Bomben gerettet hat, weiß ich nicht. Aber ich könnte mir vorstellen, daß er vorher für sich einiges beiseite geschafft hat. Wie gesagt, reine Vermutung.

Noch eine Weile redeten sie über die Verstrickung der Nachgeborenen in die Verbrechen ihrer Vorfahren, über die Vertuschung solcher Taten nach dem Krieg und über das Schweigen, das im Nachkriegsdeutschland verhinderte, daß man den historisch belegten Verfehlungen auf den Grund ging. Sie waren sich einig, daß es die Aufgabe von Historikern war, dem Nebel des gnädigen Augenschließens eine gründliche Aufklärung entgegenzusetzen.

Als Herta sich verabschiedete, lud sie Ella und Max für die nächste Woche zu sich ein.

15

Inge Gronseider und Ilse Glaubitzer trafen sich auf dem Weg zu ihrer Freundin Hildegard, die sie zum Kaffee eingeladen hatte. Sie überreichten ihrer Gastgeberin eine kleine Flasche Orangenlikör.

Den trinken wir gemeinsam, kündigte Hildegard an, als alle am Eßtisch Platz genommen hatten. Wie geht's denn dem Eberhard? Darf er bald heim?

Ich war heute Mittag bei ihm, die Ärzte waren optimistisch, ich nehme an, in der kommenden Woche darf er heim. Sie haben mir ein Merkblatt für gesunde Ernährung mitgegeben. Das wird ihm nicht gefallen, wenn es jeden Tag hauptsächlich Obst und Gemüse gibt. Er ist halt ein Fleischfresser, wie fast alle hiesigen Mannsbilder. Kein Wunder, daß die alle früher sterben als ihre Frauen.

Hildegard wies auf ihren duftenden Apfelkuchen.

Rein vegan, meine Damen! Ganz dem heutigen Trend entsprechend!

Sie schnitt den Kuchen an und legte jeder ein großes Stück auf den Teller. Aus einem Sprühflakon spritzte sie eine Sahnehaube auf die Kuchenstücke. Und jetzt lassen wir's uns erst mal schmecken, bevor wir uns den anstehenden Problemen zuwenden.

Danach holte sie die Schnapsgläser aus dem Schrank.

So, wappnen wir uns, bevor wir uns mit dem Sumpf des Verbrechens beschäftigen!

Ilse und Inge lachten gezwungen.

Von wegen Sumpf. So schlimm ist es doch hoffentlich noch nicht. Bisher geht man davon aus, daß ein einzelner der Täter war. Kann auch sein, daß jemand von außerhalb den Anbema in der Nacht angefahren und anschließend Fahrerflucht begangen hat, meinte Inge.

Hildegard räumte das Kaffeegeschirr in die Küche.

Aber den Verletzten einfach so ins Gebüsch werfen, das ist schon mehr als Fahrerflucht, nämlich versuchter Mord. Und wenn ich richtig informiert bin, geht die Polizei auch von so einem Verbrechen aus, antwortete Ilse.

Ihr meint also, einer von den Edenbichlern könnte der Täter sein? Hilde goß den Likör ein.

Ausgeschlossen ist gar nichts. Denkt doch daran, wie sie am Stammtisch daherreden und über die Flüchtlingspolitik herziehen. Vom Meckern und Schimpfen bis zur Aggressivität ist's vielleicht nur ein kleiner Schritt. Und deswegen fände ich es auch allmählich angebracht, wenn wir die Drohbriefe aus der Schatulle ziehen und der Polizei übergeben. Ihr habt doch Eure Zettel dabei, oder?

Ilse und Inge kramten in ihren Handtaschen. Sie breiteten die Papiere auf dem Tisch aus, und auch Hildegard legte ihre gesammelten Dokumente dazu. Der große Eßtisch war völlig bedeckt.

Wie macht das eigentlich die Polizei? Sie forscht nach ähnlichen Buchstaben und Formulierungen. Das können wir eigentlich auch. Welche Schimpfwörter sind denn am häufigsten?

Hildegard nahm einen Bleistift und deutete auf gleiche Buchstaben.

Auf allen Zetteln bezeichnen sie uns als Huren. Das ist schon mal Erkennungszeichen Nummer eins. Das große »H« ist aus einer Hochglanzzeitschrift ausgeschnitten, das sieht man gleich. Die anderen Buchstaben können sonstwoher stammen, wartet, ich hole mal die Heimatzeitung.

Hildegard kam wieder und deutete auf die Überschrift in einer der letzten Ausgaben.

Da, schaut her, sind das nicht die absolut gleichen Buchstaben? Die Type ist »Bookman old style«, das weiß ich vom Briefeschreiben auf meinem Computer. Damit verfasse ich meine Mitteilungen an den Flüchtlingsbeirat, da bin ich mir ganz sicher.

Das würde ja bedeuten, daß jemand aus unserem Ort oder aus einer der Nachbargemeinden diese Briefe geklebt hat, sagte Ilse. Vielleicht gar ein Nachbar oder sonst jemand, von dem wir das nie vermuten würden, ergänzte Inge.

Also, faßte Hildegard zusammen, eins ist schon mal so gut wie sicher: Der Verfasser der Drohbriefe hat die Heimatzeitung abonniert. Höchstwahrscheinlich wohnt er hier in der Umgebung. Die drei griffen nach ihren Likörgläschen und nippten.

Könnte auch sein, daß sie zu zweit oder zu dritt herumgeschnipselt und das Ganze unter dem Aspekt der Unterhaltung gesehen haben. So nach dem Muster: Was könnten wir denn noch in unserer Freizeit unternehmen? Schreiben wir halt ein paar gemeine Briefe an diese Flüchtlingstanten. So könnte ich mir das auch vorstellen, meinte Inge.

Komisches Vergnügen, andere zu beschimpfen und zu bedrohen. Sadisten, ja, Wortverbrecher, ergänzte Ilse.

Hildegard stand auf und sah auf die Blätterlandschaft auf ihrem Tisch.

Ich fasse jetzt einmal zusammen: Der oder die Verfasser stammen aus unserem Umfeld, halten sich das Heimatblättchen, sprechen sich untereinander ab über gewisse Formulierungen, sind wahrscheinlich bekannt als Gegner der Flüchtlingspolitik, höchstwahrscheinlich auch latent frauenfeindlich, nicht besonders intelligent, denn sie müssen ja befürchten, daß die Polizei ihre Identität herausfindet.

Das trifft auf die meisten Mannsbilder am Stammtisch zu, sagte Inge. Dort versammeln sich die gröbsten Bierdimpfel und Nazideppen. Schon wie sie daherreden, erinnert an vergangene Zeiten, wo in Bierhallen Politik gemacht wurde und jemand, der am lautesten brüllte, am ehesten verstanden wurde. Mein Vater hat mir nach dem Krieg erzählt, wie sich auch bei uns die Herumschreier von primitiven Parolen Gehör verschafft haben. Den alten Rutzbichler hat er noch persönlich gekannt. Der muß unter Hitler hier ziemlich gewütet haben, bevor er in Stalingrad umgekommen ist. Da haben sie dann behauptet, er wär beim Widerstand gewesen. Mein Vater hat dazu nur gelacht. Sie können reden, soviel sie wollen, das glaubt ihnen hier am Ort keiner. Der Kriegsheld hat eine Menge Dreck am Stecken, hat auch ein paar Leute angezeigt und sie nach Dachau geschickt. Das wird mit Sicherheit nicht vergessen.

Die arme Helga, meinte Hildegard, die kann am wenigsten dafür, was Theos Opa damals angerichtet hat, die ist ja erst nach dem Krieg geboren. Aber die Nazigeschichten kleben halt an ihr, seit sie diesen Namen hat, da ist nichts zu machen. Wie steht denn der Enkel zu seinem Opa, weiß das jemand? Es passiert ja immer wieder, daß alte Geschichten wieder aufgewärmt werden von den Nachkommen.

Beim Theo mußte man immer aufpassen, weil der ja aus den Gemeinde-Dokumenten einen genauen Überblick über alles hatte, was so passierte. Eine Zeit lang hatte er auch das Gemeinde-Archiv unter sich, also frag mich nicht, ob er dort Belastendes über seinen Opa hat einfach verschwinden lassen. Man kann nur vermuten, meinte Inge.

Vermutungen bringen uns nicht weiter, sagte Ilse. Sollen wir jetzt mit unserem Material zum Toni gehen oder es lieber bleiben lassen?

Auf jeden Fall müssen wir das Ganze kopieren, damit er nicht hinterher sagt, wir haben uns das nur eingebildet. Ich mache jetzt eine Aufnahme von den Papieren am Tisch mit meinem Handy, und dann machen wir noch Kopien am Drucker von jedem einzelnen Zettel. Am besten nehmen wir meinen Drucker, da spioniert keiner herum.

Hildegard ging in ihr Arbeitszimmer, das früher ihrem Mann gehört hatte und nahm den ersten Packen Zettel mit.

Bringt mir mal eure Papiere, rief sie in den Wohnraum.

Es dauerte eine Weile, bis die Duplikate von allen Drohzetteln ausgedruckt waren.

Als alle drei wieder am Wohnzimmertisch beisammen saßen, sagte Hildegard:

Ich denke, es ist am besten, wenn ich das Ganze in die Hand nehme. Bei mir gibt's keinen Ehemann, der gekränkt oder aggressiv reagieren könnte. Mit Renate habe ich schon geredet, vielleicht begleitet sie mich zur Polizei. Eure beiden Namen nenne ich nicht, sage nur, daß noch andere Frauen ähnliche Drohriefe erhalten haben. Dem Toni zeige ich meine Originale, aber von euern Zetteln nehme ich nur die Kopien mit. Ich merke dann ja, wie und ob er überhaupt reagiert. Renate hat gemeint, ich solle gleich eine Anzeige machen. Darauf muß er reagieren. Ja, ich denke, das mache ich mal auf jeden Fall. Schließlich können wir uns nicht alles gefallen lassen. Und es kann durchaus sein, daß die Buchstabenkleber mit dem Verbrechen an Anbema zu tun haben. Außerdem könnte ich mich noch ans Heimatblättchen wenden. Wenn dort mein Name erscheint, ist mir das egal, aber euch möchte ich schon schützen. Sonst gibt's üble Nachrede und vielleicht auch unüberlegte Reaktionen eurer Männer.

Sehr heldenhaft, daß du das für uns tust, sagte Inge und hob ihr halbvolles Schnapsgläschen.

Auf dich und deinen Mut!

Beim Abschied richtete Hildegard noch Grüße an den kranken Eberhard aus und bot ihre Hilfe an, falls Inge etwas brauchen sollte.

Hildegard holte die Mäntel aus der Garderobe.

Auf jeden Fall rufe ich euch gleich an, nachdem ich bei der Polizei war.

Dann räumte sie das Kaffeegeschirr in die Maschine und wusch den Salat fürs Abendessen mit Renate. Morgen sollte sie sich wieder um den Afghanen kümmern, es war höchste Zeit, daß sie die Hausaufgaben für ihn machte.

16

Die drei Frauen konnten nicht wissen, daß 200 Meter Luftlinie drei Männer beisammen saßen, die über dem gleichen Problem brüteten wie sie. Drei honorige Bürger, Stammtischler beim Oberbräu, zwei davon Rentner, der dritte Metzger am Ort.

Bist du eigentlich sicher, daß du die Zettel nicht mit der Hand angefaßt hast, so die besorgte Frage von Hias.

Ja, total sicher, ich hab mir doch extra Gummihandschuhe gekauft. Also da ist nichts zu befürchten, antwortete Theo.

Was mir schon komisch vorkommt, warf Sepp ein, daß die drei Weiberleut nie was haben verlauten lassen.

Was hätten sie auch machen sollen, meinte Theo, etwa die Zettel bei der Polizei abgeben? Der Toni hätte sich erst mal schief gelacht und dann alles in einer Schublade verstaut. Für so was nimmt der sich keine Zeit.

Der und keine Zeit, kommentierte Hias, viel zu viel Zeit hat der. Hockt die ganzen Jahre nur in seiner gut geheizten Stube und registriert Verkehrsunfälle und kleine Diebstähle. Mehr passiert hier nicht.

Bis auf vorgestern, gab Sepp zu bedenken.

Sie schwiegen, nahmen einen Schluck Bier.

Horcht hier auch keiner, fragte Theo.

Sicher nicht, antwortete Sepp. Die Lisa ist mit dem Andi bei ihren Eltern, sie wollen miteinander nach Garmisch fahren, wo eine Cousine von Anna in einem Heim lebt, eine reiche Cousine, das nur nebenbei. Aber jetzt stärkt euch erst einmal!

Er brachte eine Riesenplatte mit Aufschnitt, stellte sie mit drei Tellern und Besteck auf den Tisch, dazu ein aufgeschnittenes Bauernbrot.

Wo das Bier ist, wißt ihr ja.

Während sich alle reichlich bedienten, war es still.

Dein Aufschnitt ist der beste weit und breit, sagte Theo mit vollem Mund. Darauf trinken wir!

Sie räumten die Platte gründlich leer, holten sich Bier aus dem Kühlschrank und brüteten dann wieder vor sich hin.

Sepp verstaute das Geschirr in der Maschine.

Ich denke, um die Zettel brauchen wir uns keine Sorgen zu machen. Wenn sie die ganze Zeit versteckt wurden, dann holt man sie jetzt garantiert auch nicht mehr ans Licht. Wer denkt denn nicht, es wird schon was dran sein, wenn sie als Huren beschimpft werden. Sind ja alles hübsche junge Kerle, mit denen sie zu tun haben, wenn man davon absieht, daß sie schwarz sind. Schon wegen ihren Männern halten die Weiber das Maul. Die fackeln nicht lange, und alle drei wären die längste Zeit Ehrenamtliche gewesen. Und bei den meisten Leuten hätten sie ihren Spitznamen weg. Die drei Negerhuren! Kling schon irgendwie lustig, oder?

Na, ja, murmelte Theo, so lustig eigentlich auch wieder nicht.

Hast du eigentlich, wandte sich Hias an ihn, mit dem Höggerl mal drüber geredet? Der hat doch auch gegen die Unterbringung der Flüchtlinge gestimmt.

Ja, sagte Theo, hat er, aber auch nur, weil er gemerkt hat, daß die Mehrzahl der Einwohner das auch nicht wollte. Der richtet sich immer nach der Mehrheit, alte Politikergewohnheit. Wenn sich die Stimmung dreht, dann dreht er sich mit. Das war schon immer so. Auf den ist kein Verlaß, und deswegen hab ich ihm auch nichts erzählt. Aber wir drei müssen uns jetzt wirklich überlegen, was wir wem erzählen und wie wir vorgehen. Schließlich liegt der Schwarze immer noch im Krankenhaus.

Wer konnte schon ahnen, daß der Kerl nichts aushält? Kaum fällt er vom Fahrrad, schon ist er halbtot. Wir hätten ihn liegen lassen sollen. Das war ein Fehler, daß wir ihn ins Gebüsch geschmissen haben. Da machen sie dann gleich eine Tötungsabsicht daraus. Dabei wollten wir ja nur, daß ihn kein Auto überfährt, wenn er da mitten auf der Straße liegt.

Wir hätten halt warten sollen, bis der Toni kommt, sagte Hias. Dem hätten wir erzählen können, daß der Schwarze uns ins Auto gefahren ist. Der hätte uns geglaubt, und das ganze G'schiß hätten wir uns sparen können. Und du meinst, der hätte nicht gemerkt, wie besoffen wir alle drei waren? Der hätte uns einfach laufen lassen? Da hab ich meine Zweifel. Bei den Flüchtlingen sind sie immer so hyper vorsichtig, da kriegen sie sicher Anweisung von oben. Nur nichts vertuschen! Und ja nie die Flüchtlinge beschuldigen! Sonst hast du gleich den Titel Fremdenfeind aufm Hals. Nein, das wär keine gute Idee gewesen, auf den Toni zu warten. Wir haben das schon richtig gemacht, antwortete Sepp. Aber jetzt haben wir den schwarzen Peter! Alle drei lachten, ja, den schwarzen Peter! Obwohl, Peter heißt der sicher nicht.

Also, faßte Theo zusammen, wir besprechen jetzt noch einmal ganz genau, wie wir vorgehen und was wir sagen. Bis jetzt hat uns ja noch keiner verdächtigt, und das soll auch so bleiben. Vor allem müssen wir immer in verschiedenen Sätzen unsere Geschichte vorbringen. Wenn man nämlich immer die gleichen Formulierungen bei verschiedenen Befragungen verwendet, werden sie mißtrauisch und denken, daß man das auswendig gelernt hat.

Woher hast du denn diese Weisheiten, fragte Hias.

Schaust du denn keine Krimis? Da kommt das oft vor, und kaum hören sie zweimal die selben Sätze, schon ist man verdächtig. Also, merkt euch das, falls es zu einem Verhör kommen sollte. Wenn wir uns ruhig verhalten, ist das sowieso unwahrscheinlich. Auf uns kommen sie sicher zu allerletzt, antwortete Theo.

Ich muß euch jetzt langsam rausschmeißen, weil die Lisa bald heimkommt. Und die soll auch nicht mißtrauisch werden. Und ihr haltet das Maul, kein Sterbenswörtchen zu irgend jemandem!

Hias und Theo brummelten ihr Einverständnis und verabschiedeten sich.

Sepp verstaute die Biergläser in der Spülmaschine und nahm einen feuchten Lappen, um den Tisch abzuwischen.

Da ging auch schon die Haustüre und Lisa kam herein, den schlafenden Andreas auf dem Arm.

Ich bring ihn nur schnell ins Bett, flüsterte sie und ging nach oben ins Kinderzimmer.

Als wieder unten im Wohnzimmer erschien, hatte sie einen ausgeschnittenen Pullover an. Sie deutete auf einen goldenen Anhänger, ein Kreuz mit Brillanten.

Schau mal, das hat mir die Tante geschenkt! Ich hab sie eingeladen, uns am nächsten Sonntag zu besuchen. Sie ist gut zu Fuß und kommt mit dem Zug. Dann lernst du sie auch mal kennen.

Ohne mich zu fragen!

Lisa setzte sich an den Tisch.

Der ist ja noch ganz feucht. Und das aufs Holz! Schau an, du hattest Besuch und hast hinterher sauber gemacht. Die Spülmaschine läuft auch, obwohl ich sie noch ausgeräumt habe, bevor ich gegangen bin. Wer war denn da?

Nur der Theo und der Hias.

Aha, jetzt haltet ihr eure Saufgelage schon bei uns daheim. Das nächste Mal geht wieder ins Wirtshaus. Mein Wohnzimmer ist kein Stammtischlokal. Was habt ihr denn so Geheimes besprochen, daß es die andern nicht hören dürfen?

Du kümmer dich lieber darum, nicht Leute zu uns einzuladen ohne meine Erlaubnis!

Lisa stand auf und stellte sich vor ihn hin.

Brauch ich jetzt dein schriftliches Einverständnis, wenn ich meine Tante zum Kaffee am Sonntagnachmittag einlade? Und du? Holst dir ohne meine Erlaubnis deine Saufkumpane in unser Haus. Fällt dir was auf? Du denkst wohl, wir sind noch im vorigen Jahrhundert? Damit du's nur weißt, mit der Männerherrschaft ist es zu Ende, und je eher du das begreifst, desto besser wird es uns gehen. Und solltest du noch einmal die Hand gegen mich heben, dann ist Schluß, aber wirklich. Mit mir machst du das nicht, was dein Vater mit der Mutter gemacht hat, mit mir nicht!

Herrschaft noch mal, hör auf mit deiner Schimpferei! Du hörst dich an wie eine von diesen Emanzen.

Ganz recht, erwiderte Lisa, und daß du's nur weißt, Mamas Cousine hat mich im Testament als Alleinerbin eingesetzt. Davon kann ich mir zwei Metzgerläden kaufen, wenn ich will. Ich werde aber, darauf kannst du dich verlassen, was ganz anderes damit machen.

Nämlich, was?

Ich bin doch nicht so blöd, daß ich dir das verrate!

Jetzt reicht's mir aber bald, schrie Sepp. Denk doch an unsern Sohn! Du kannst mir doch nicht dauernd drohen, jetzt sogar mit finanzieller Unabhängigkeit!

Lisa lachte laut auf.

Ja, das stinkt dir, daß ich nicht um jeden Pfennig bei dir betteln muß! Und an wen denke ich denn? An meinen Andi! Für den werde ich alles sparen, damit er nicht hier in der Metzgerei versauert.

Jetzt ist's heraußen! Bist wohl was Besseres? Ist eine Gnade, daß du im Laden bedienst? Hier bei uns haben sich die Frauen immer gefreut, daß sie im Laden mithelfen durften, meine Mama genau so wie die Lena, die Frau vom Hias, in ihrem Bäckerladen. Schließlich findet auch die Antonia, die jetzige Besitzerin, nichts Ehrenrühriges dabei, selber im Laden zu stehen und zu sehen, was die Kunden wirklich wollen.

Bis heute hab ich das ja ohne Bezahlung gemacht, hab mich ausnützen lassen. Damit ist es vorbei. Du wirst mir ein normales Gehalt zahlen, mit Sozial-und Krankenversicherung, darauf bestehe ich! Und dann will ich ein eigenes Konto.

Sepp richtete sich auf, sein Gesicht war rot vor Zorn.

Wer hat dir denn diese Flausen in den Kopf gesetzt? Die alte

Tante, oder? Was war die denn schon? Volksschullehrerin, hat sich mit fremden Bälgern rumärgern müssen, weil sie selber keine kriegen konnte – von einem Ehemann zu schweigen!

Was bist du denn für ein greislicher Macho! Du hast doch keine Ahnung von ihrem Leben. Und jetzt laß mich in Frieden, ich hab keine Lust auf Fernsehen. Du kannst dir ja schon mal überlegen, wie wir in Zukunft zusammenleben, gleichberechtigt, verstehst du?

Sie warf vehement die Türe ins Schloss, man hörte ihre Schritte auf der Treppe.

Sepp setzte sich.

Was war das für ein Tag heute! Erst das Problem mit dem Neger, von dem man nicht wußte, ob er schwerverletzt war oder gar sterben würde. Und jetzt Lisa mit ihrer Gleichberechtigung. Ein Gehalt will sie, die eigene Ehefrau. Ein Leben lang hat die Mama das ohne Bezahlung gemacht. Wir hatten das Geschäft, da hilft jeder mit. Ein eigenes Haus, genug Geld, um Essen für die ganze Familie zu kaufen. War das vielleicht nichts wert? Und wenn sie uns dahinterkommen, uns ins Gefängnis sperren, falls der Neger stirbt? Nicht auszudenken! Und das Geschäft wäre beim Teufel. Meine Ehe sowieso. Und mein Sohn!

Sepp hielt inne.

So konnte das nicht weitergehen. Er jammerte sich selber in eine miese Stimmung, wie ein altes Weib. Stattdessen müßte er endlich zeigen, wer der Herr im Hause war. Wenn sich herumspräche, daß er der eigenen Frau ein Gehalt zahlte! Gleich morgen würde er sich Bundesgenossen holen, nämlich seine Schwiegereltern. Die waren doch normal und konnten diese Unverschämtheiten ihrer Tochter nicht gut heißen. Und die Sache mit dem Flüchtling! Wenn sie alles so machten, wie heute besprochen, dann könnte ihnen kein Polizist etwas anhaben. Sie waren die Hauptstraße heimgefahren, mit seinem Auto. Der leicht verkratzte Lack an Theos VW war längst in der Werkstatt seines Onkels im Nachbarort. Kaputter Auspuff, hatte der seiner

Helga erklärt. Das Auto ohne Kratzer, ohne Spuren, und alle drei vor Mitternacht daheim, wo die Frauen bestätigen konnten, daß die Männer am Morgen neben ihnen aufgewacht waren.

Es blieb natürlich immer noch die Frage, ob jemand sie beobachtet hatte. Aber rings um den Unfallort gab es keine Häuser, nur Äcker und Büsche. Was sich noch zum Problem ausweiten könnte, das waren die Drohzettel. Damit hatten sie sich eigentlich nur eine Gaudi machen wollen; ein bißchen diese wichtigtuerischen Ehrenamtlichen tratzen. Wer vermutete damals, diese Zettel würden einmal als Beweismaterial in einem Mordfall dienen. Auch wieder nutzlose Grübeleien, beruhigte sich Sepp. Die drei Weiberleut würden sich hüten, damit zur Polizei zu gehen. Dann hätten sie im ganzen Ort ihre Schimpfnamen weg.

Schluß mit all dem blöden Zeugs! Morgen war Weißwurst-Tag, und Lisa würde sie ganz frisch am Vormittag verkaufen. Die besten in ganz Oberbayern!

Sepp holte sich ein letztes Bier und drehte den Fernsehapparat an. Ein Krimi im Zweiten. Das gab's doch nicht: drei Besoffene griffen einen schwarzen Flüchtling an. Hatten sie denn nichts anderes auf Lager? Schließlich gab es in Deutschland schon genug andere Probleme. Ständig diese Flüchtlinge! Wahrscheinlich sollte wieder Stimmung gemacht werden. War ja eh klar, die Schwarzen waren immer die armen Opfer, jedenfalls im deutschen Fernsehen. Gab es mehrere Verdächtige, da konnte man sicher sein, ein Schwarzer war's nicht, jedenfalls nicht im deutschen Fernsehkrimi.

Er schaltete den Apparat aus.

Wenigstens gab es mit Lisa keine Diskussion mehr, die ihm den Schlaf rauben würde. Müde genug war er. Wie lange die wieder bei ihren Eltern gewesen war – der Bub hätte schon viel früher ins Bett gehört. Herrschte denn in seinem Haus keine Ordnung mehr?

Mit diesem Gedanken schlief er ein. Er merkte nicht, wie Lisa sich ihre Bettdecke holte und zu Andi ins Zimmer legte, auf die Couch, die noch aus dem Jugendzimmer von Sepp stammte.

Auch Theo war ungewöhnlich müde, als er von seinem Treffen mit den beiden anderen heimkam. Helga hatte ihm einen Zettel geschrieben »Bin bei Oma!« und einen Teller mit Aufschnitt hingestellt. Nicht schon wieder Aufschnitt! Gleich beförderte er die Wurst wieder in den Kühlschrank. Auch auf Bier hatte er keine Lust mehr. Beim Sepp hatte er sich gehörig satt getrunken.

Was Helga nur wieder bei der Oma rumhing? Andererseits, es war notwendig, der Polin auf die Finger zu schauen. Am Ende stöberte sie noch in den Schubladen herum und, wer weiß, vielleicht klaute sie auch. Mit Helga wollte er nicht über den Besuch bei Sepp reden. Am besten, dachte er, ich geh schon mal ins Bett. Als Helga wenig später heimkam, wunderte sie sich, daß die Aufschnittplatte unberührt im Kühlschrank stand und Theo laut schnarchte, als sie ins Schlafzimmer kam.

Hias war froh, daß Lena mit dem Strickstrumpf vor dem Fernseher saß und ganz von einer Liebesgeschichte gefesselt war, so daß sie ihn nicht weiter ausfragte, wo er gewesen war.

Magst noch an O'batztn und a Bier, war alles, was sie ihn fragte, und registrierte kaum, daß er sich ohne zu essen neben sie setzte.

Nach den Nachrichten machten sie den Fernseher aus und gingen wortlos schlafen.

17

Verena und Carmen saßen an ihrem großen, gemeinsamen Schreibtisch und hatten die Englischbücher vor sich.

Ob die Mama was gemerkt hat?

Auf jeden Fall hat sie das Fernrohr einkassiert.

Wir sind ja auch blöd, hätten es verstecken sollen.

Wer denkt denn, daß sie am Sonntag die Fensterbretter wischt, während wir in der Kirche sind.

Den Plan hat sie gleich mit verschwinden lassen.

Und kein Sterbenswörtchen darüber, nicht mal geschimpft hat sie.

Ob sie selber spioniert, wenn wir in der Schule sind?

Wir müssen uns ohnehin einen neuen Fensterplatz suchen, jetzt, wo uns die Alte von gegenüber erwischt hat, auch noch rübergewunken, die falsche Kuh!

Vielleicht hat sie bei der Mama angerufen und sich beschwert.

Nein, bestimmt nicht, sonst hätte uns ein Donnerwetter erwartet. Nein, die hat sich halt einen Spaß draus gemacht, uns zu entdecken, wahrscheinlich hat sie sonst wenig Spaß, wo sie den ganzen Tag vorm Computer hockt über ihren Papieren.

Was für ein ödes Leben, ganz einfach zum Kotzen!

Ich geh zum Film!

Wir gehen gemeinsam zum Film, schließlich gibt's nicht so viele Zwillinge auf der Welt, die gut aussehen.

Aber abnehmen müssen wir unbedingt! Komm, wir ziehen uns mal die Bikinis an und messen Taille und Hüfte!

Während die beiden mit Maßband und Vergleichen beschäftigt waren, saßen ihre Eltern am Eßtisch und tranken Kaffee.

Wo bleiben CV, fragte Klaus.

Die müssen noch Englisch-Hausaufgaben machen.

Du wolltest doch etwas mit mir bereden?

Ja, warte mal, ich mache die Tür zu.

Geht's wieder um CV?

Ja. Sie haben den Feldstecher von Opa aus dem Karton im Dachboden geholt und, rate mal, was sie damit machen? Sie spionieren unseren Nachbarn hinterher, was bisher nicht besonders schwierig war, weil die ja nicht mal Vorhänge vor ihren Fenstern haben.

Ach, die zwei Langweiler und Schreibtischler! Da wird's nicht groß was zu sehen geben, wenn ich die richtig einschätze.

Das ist noch nicht alles. Ich habe einen Zettel entdeckt mit Zahlen, Uhrzeiten und Namen, die Namen von Klassenkameradinnen. Den Rest habe ich mir zusammengereimt. Sie hatten vor, ihren Aussichtsplatz gegen Geld zu vermieten. Doppelte Gebühr am Sonntag!

Klaus lachte laut auf.

Sehr clever, die beiden! Und geschäftstüchtig! Auf so eine Idee zu kommen, genial! Am liebsten würde ich mich selber in ihre Liste eintragen.

Ingrid blieb ernst.

Nein, so lustig finde ich das auch wieder nicht. Stell dir vor, das spricht sich herum. Ein Fernrohr in unserem Fenster, aufs Nachbarhaus gerichtet! Und vermietete Aussichtsplätze, wie beim Papstbesuch! Das dürfen wir ihnen nicht erlauben. Ich hab das Fernrohr schon entfernt, und den Zettel auch. Aber sonst habe ich noch nichts unternommen. Ich wollte erst hören, was du von einer Bestrafung hältst.

Bestrafung? Das ist ja wohl nicht dein Ernst! Schade, daß Du das Fernrohr konfisziert hast. Ich hätte auch mal gerne einen Blick ins Nachbarhaus geworfen.

Da hättest du nichts wirklich Interessantes entdeckt.

Woher willst du das wissen? Hast selber spioniert?

Ich mußte doch wissen, was sie gemacht haben.

Also, Ingrid, jetzt mach aber mal einen Punkt. Schaust selber rein, willst aber die Kinder deswegen bestrafen. Nein, das lassen wir. Wir sagen einfach gar nichts und warten ab. Vielleicht reklamieren sie ihr Fernrohr, und dann können wir immer noch reagieren.

Du meinst, wir sollen ihnen das durchgehen lassen?

Ist ja noch nichts passiert. Und wenn sie das Fernrohr nicht haben, wird auch weiter nichts passieren.

Na, gut, meinte Ingrid, tun wir halt, als wär nichts gewesen.

So wie die meisten hier, grinste Klaus. Nix gesehen, nix passiert, nix gewesen, das ist das Motto, um nirgendwo anzuecken.

Du meinst, das mit dem Eritreer?

Ja, meine ich.

Man weiß aber wirklich noch nichts, jedenfalls stand das in der Zeitung.

Ich glaube schon lange nicht mehr an das, was in der Zeitung steht oder eben nicht drin steht. Die kriegen doch ihre Direktiven von oben, kriegen vorgeschrieben, was sie schreiben dürfen und was nicht.

Aha, sagte Ingrid, das ist Pressefreiheit.

Die gibt's überhaupt nicht. Schau die anderen Länder an, zum Beispiel Amerika. Da haben sie extra einen Fernseh-Sender, der sich auf höchstpräsidiale Lügerei spezialisiert hat.

Ganz so schlimm ist es aber bei uns noch nicht.

Halb so schlimm reicht auch schon.

Meinst du wirklich, wandte Ingrid ein, sie haben die Verdächtigen oder Schuldigen schon gefunden, verraten aber nichts oder unternehmen erst gar nichts.

Hat es alles schon gegeben.

Aber bei Flüchtlingen sind sie immer so hypergenau.

Manche schon, gab Klaus zu, manche aber genau das Gegenteil.

Ich frag mich schon, sagte Ingrid, wer aus unserem Ort so was macht, einen Jungen vom Rad zu zerren und schwerverletzt ins Gebüsch zu werfen. Ich kann's mir nicht vorstellen.

Ich schon, sagte Klaus. Überleg mal, was hier im Suff schon alles passiert ist – und nicht angezeigt wurde. Ist doch allgemein bekannt, wie die besoffenen Stammtischler raufen, daß der Wirt mit seinen beiden Söhnen alle Mühe hat, sie rechtzeitig rauszuschmeißen, bevor sie das ganze Mobiliar kaputt schlagen.

Die Polizei hat er aber nicht gerufen.

Der weiß schon, warum. Schließlich ist der Toni ja auch kein Engel. Man munkelt, daß er seine ehemalige Freundin verprügelt hat.

Die Karin? Die hatte aber auch Dreck am Stecken, wenn du mich fragst. Gut, daß sie abgehauen ist, nach München, ja, da gehört sie hin, in die Großstadt, wo keiner nach deiner Vergangenheit fragt. Willst du eigentlich sagen, daß du den Stammtischlern so etwas zutraust?

Möglich wär's schon, antwortete Klaus. Da haben sich die größten Radaubrüder gefunden. Gegen die Flüchtlinge haben sie ja schon von allem Anfang an gewettert. Das blöde Geschwätz von denen machte damals die Runde. Es klang wie vor mehr als einem halben Jahrhundert. Diesmal nehmen sie die Schwarzen aufs Korn, und damals waren es die Juden.

Vom Rutzbichler, ich meine den alten, erzählt man sich immer noch Schauergeschichten.

Den Opa vom Heiner, der damals Lehrer war, den hat er angezeigt, der ist in Dachau verschwunden und nie mehr aufgetaucht. Der Neffe vom alten Rutzbichler hat seinen Lehrer verpfiffen. Angeblich hat der den Vorhang übers Hitlerbild im Klassenzimmer gezogen. Und wenn er gefragt hat, wißt ihr, wer das ist, und einer von den Zweitklässlern gesagt hat »Des is des Hitlerg'fries!«, da hat er laut gelacht. Das hat schon fürs KZ gereicht damals.

Längst waren die Zwillinge mit ihren Messungen fertig und horchten hinter der Tür.

Du, flüsterte Verena, die Stammtischler waren die Täter!

Das denkt halt der Papa, flüsterte Carmen zurück.

Stell dir vor, der Sepp, der Papa vom kleinen Andreas, bei dem wir manchmal babysitten, der hätte damit was zu tun!

Pfui Teufel, eklig!

Den sollten wir ausspionieren statt der langweiligen Ella und ihrem Max, der gibt sicher mehr her! Sollen wir nicht heute Abend auf ihren Kleinen aufpassen?

Nur schnell noch die Englischhausaufgabe, dann hauen wir ab. Sicher stellt uns die Lisa wieder Wiener Würstl hin!

Die beiden schlichen in ihr Zimmer, diktierten sich gegenseitig ein paar englische Sätze und zogen sich Stiefel und Anorak an.

Wo wollt ihr denn hin, fragte Klaus, als sie unter der Wohnzimmertür erschienen.

Zum Babysitten beim Andreas! Da brauchen wir kein Abendessen daheim, weil wir da immer heiße Würschtl kriegen.

Aber punkt zehn seid ihr wieder daheim!

Ja, die Lisa und der Sepp gehen nur ins Kino, das ist rechtzeitig aus.

Also bis dann!

Die beiden verschwanden und ließen ihre Eltern allein.

Wenn ich das richtig sehe, sind wir die nächsten zwei Stunden ungestört.

Klaus stand auf und schubste Ingrid in Richtung Schlafzimmer.

18

Lisa und Sepp standen schon angezogen da, als Verena und Carmen läuteten. Andreas saß in seinem Stühlchen und beschmierte sich mit Haferbrei. Er krähte los, als er die beiden Mädchen sah.

Auf dem Ofen steht die Brühe mit den Würstchen, ihr braucht sie nur noch auf den Teller legen. Semmeln sind auf dem Tisch, Butter auch. Laßt es euch schmecken! Und danke, daß ihr so pünktlich seid!

Sepp und Lisa winkten, und schon waren sie draußen.

Die haben's aber eilig heute! Wahrscheinlich trinken sie noch was, bevor der Film anfängt.

Wir machen es uns jetzt auch gemütlich. Sie luden sich die Würstchen auf den Teller und fütterten zwischendurch Andi. Als der aber die Würstchen sah, wollte er seinen Brei nicht mehr.

Ein kleines Stückchen Wurst wird ihm schon nicht schaden, wenn wir die Haut vorher abziehen.

Und tatsächlich, Andi krähte vor Vergnügen, als sie ihm ein Stückchen Wienerle in den Mund schoben.

Den Brei kannst du wegstellen, den mag er sicher nicht mehr, sagte Carmen.

Wir sollten ihm zwischendurch ein Stückchen Semmel zum Lutschen geben.

Auch damit war Andi zufrieden.

Verena ging zum Radio. Musik? rief sie Andi zu. In Bayern 3 kam wilde Rockmusik, die beiden tanzten und sangen mit, und dann holten sie Andi aus dem Stühlchen und nahmen ihn nacheinander auf den Arm beim Tanzen und Singen. Der Kleine sang mit, und es klang mehrstimmig wie bei einem richtigen Rock-Konzert.

Schließlich waren sie müde, trugen Andi hinauf in sein Schlafzimmer, legten ihn auf die Wickelkommode und verpaßten ihm eine frische Windel.

Andi war schon halb eingeschlafen, als sie das Licht löschten und die Tür zum erleuchteten Gang offen ließen.

Spionieren, fragte Verena leise.

Wo fangen wir an? Das Schlafzimmer liegt direkt gegenüber. Das könnte interessant werden, oder?

Sie gingen auf Zehenspitzen und machten die Türe auf.

Zuerst an die Schubladen und Papierkörbe!

Carmen öffnete alle Schubladen der Kommode, die als Schminktisch diente und auf der allerlei Kosmetika standen.

Sie öffnete ein Parfumfläschchen.

Hm, riecht toll!

Nein, bitte nicht, mach's gleich wieder zu! Das riecht man ja meilenweit!

Sie inspizierten den Inhalt der Schubladen: Damenwäsche, einige Päckchen Seidenstrümpfe, dazwischen eine Schatulle mit Schmuck.

Schau mal, eine Perlenkette! Carmen legte sie sich um den Hals.

Mensch, leg das gleich wieder rein, wir machen alles so, wie es war! Wir klauen doch nicht, sind nur neugierig.

Ich filze mal den Papierkorb, kündigte Verena an.

Am besten, wir stellen ihn auf die Kommode.

Sie wühlten in zerknüllten Zeitungen und wollten schon alles wieder in den Urzustand versetzen, als Carmen eine zerschnipselte Seite von »Essen und Trinken« aus den Tiefen des Papierkorbs herauszog.

Schau mal, die schneiden Buchstaben aus. Ob sie da ein Scrabble selber gemacht haben?

Danach schauen sie eigentlich nicht aus.

Zeig mal her, was sind das für Buchstaben? Vielleicht ist das eine Geheimbotschaft?

Oder ein Drohbrief wie letzthin in der Sendung XY ungelöst?

Erinnerst du dich? Da hatten die Verbrecher auch Buchstaben ausgeschnitten und damit einen Brief gebastelt. Das machen sie, damit man nicht aus der Handschrift lesen kann, wer das geschrieben hat.

Das Blatt jedenfalls nehmen wir mit.

Ist noch was Ähnliches im Papierkorb?

Sie wühlten jetzt konzentriert, fanden aber nichts mehr.

Die Buchstaben sind so sauber ausgeschnitten, mitten in den Wörtern, da kann man leicht erkennen, welche das sind.

Das wird ein Rätselspaß für den morgigen langen Winternachmittag!

Verena faltete den Bogen zusammen und steckte ihn in die Anoraktasche.

Jetzt wär eine Buttersemmel gut! Limo haben sie auch hingestellt! Erst schauen wir noch zu Andi rein, ob er sich nicht aufgedeckt hat.

Aber Andi hatte es warm in seinem Schlafsack und atmete tief vor sich hin.

Carmen und Verena machten sich an die Buttersemmeln, dann setzten sie sich vor den Fernseher, wo sie sich in einen Pilcher-Liebesfilm vertieften. Gerade als das wieder vereinte Liebespaar seinen Hochzeitskuß in der Kirche absolvierte, ging die Haustüre und Lisa und Sepp kamen heim.

Und, schläft er?

Tief und fest. Aber den Brei hat er nicht ganz geschafft.

Zieht euch an, ich fahr euch heim, sagte Sepp, holte aus seinem Geldbeutel zwei Fünfeuroscheine und gab sie den Mädchen.

Und nochmal vielen Dank, rief ihnen Lisa zu.

Machen wir gern wieder, rief Carmen zurück.

Jetzt aber Tempo, rief Ingrid. Schnell Zähneputzen und dann ins Bett! Wie war's mit Andi? Ging alles glatt, oder hat er wieder gebrüllt?

Alles paletti, antwortete Verena, nach Füttern und Wickeln hat er die ganze Zeit geschlafen.

Und ihr habt euch derweil die Liebesschmonzette angeschaut?

Ja, haben wir.

Hauptsache, man weiß, daß es im Leben anders läuft, sagte Ingrid.

Ja, Mama, schrien die Zwillinge unisono, den Mund voll Zahnpastaschaum.

Am nächsten Morgen schneite es, und Klaus nahm seine Töchter mit dem Auto mit, als er ins Büro fuhr.

Ein Montagmorgen, dunkel und kalt, so daß man sich fast freute, ins warme und hell erleuchtete Klassenzimmer zu kommen.

Der Schulvormittag war kurz, schon nach der vierten Stunden durften Carmen und Verena nach Hause; eine Lehrerin hatte Grippe.

Sie bewarfen sich mit Schneebällen und kamen erhitzt daheim an. Es gab den obligaten Salat, den sich die beiden in letzter Zeit in großen Mengen auf den Teller häuften. Dagegen sparten sie mit den Spaghetti, die sie früher verschlungen hatten.

Ingrid hatte mit dem Essen auf sie gewartet, zur Nachspeise gab es Früchtequark; auch davon nahmen Verena und Carmen nur einen Eßlöffel.

Das heben wir für Papa heute Abend auf!

Kaum saßen sie am Schreibtisch, entfaltete Verena den Zettel mit den ausgeschnittenen Buchstaben.

üftsteak, ußecken, hne, G rken, osenbier, B ck ulv r, in ießen, ag rmil, ucke, Ro laden, Z iebe , Pud i g, Saib ing,

Sie ergänzten die Buchstaben, schrieben sie auf einen Zettel und schnitten sie aus. Jetzt konnte das Puzzle beginnen.

H-N-S-u-D-a-p-e-e-g-M-e-ch-Z-r-u-w-l-d-n-l

Hupe –Neru-See-Mulde-Zech-

Oder

Heer – Null – Sache –Maul-

Sie knobelten hin und her, aber immer fehlten ein paar Buchstaben oder es waren ein paar zu viel.

Kann doch sein, daß sie nicht alle verwendet haben, die sie ausgeschnitten haben. Wir müssen nach etwas Kriminellem suchen.

Aber Lisa und Sepp sind doch keine Kriminellen!

Wer weiß das schon so genau? Erinnere dich an die Krankenschwester, die so nett aussah und die dann doch fünf Alte ermordet hat.

Mord? Die beiden? Also, nein, das glaube ich nie und nimmer.

Vielleicht haben sie sich einfach nur einen Spaß gemacht, und kann auch sein, sie haben die aufgeklebten Buchstaben nie weggeschickt, sondern nur so damit gespielt.

Sie sind aber keine Kinder mehr. Die spielen nicht, nicht mal Halma oder Mensch ärgere dich nicht. Da steckt was dahinter, aber wir sind zu blöd, um das rauszufinden.

Nein, wir haben nur noch nicht alle Kombinationen durch. Nach den Matheaufgaben machen wir weiter. So schwierig kann das nicht sein, Lisa und Sepp sind keine besonders hellen Geister, das steht jedenfalls fest.

Na, gut, lassen wir es ziehen. Vielleicht kommen uns später die Erleuchtungen.

Nach einer halben Stunde hatten sie die Matheaufgaben erledigt.

Geschichte, Napoleon!

Machen wir später, sind nur ein paar Absätze. Das Puzzle läßt mir keine Ruhe.

Also, fing Carmen an, wenn das wirklich ein Brief mit Beleidigungen oder Drohungen sein sollte, dann müssen wir nach solchen Wörtern suchen, z.B. blöde Sau, Idiot, Drecksau..

Was noch? Weißt schon, das Schimpfwort für die Evelyn (Evelyn, die angeblich mit jedem Jungen schon was hatte).

Das wär dann schon schlimm.

Wenn der Brief an eine Frau geht.

Aber der Sepp ist doch verheiratet.

Das sagt gar nix. Evelyn hat mal gesagt, das sind die schlimmsten.

Wo hast du denn das aufgeschnappt?

Das hat sie mal zur Karin gesagt.

Und du hast zugehört?

Ja, zufällig. Im Supermarkt hinter den Nudeln. Ich stand dahinter bei den Haferflocken, sie haben mich nicht bemerkt.

Was hat sie noch gesagt?

Daß sie jetzt bald auch von hier abhaut, wie die Karin.

Warum die nach München ist, weiß doch jeder.

Der Polizistentoni hat sie geschlagen, hat sie behauptet.

Aber ein blaues Auge hat keiner gesehen.

Die Polizisten schlagen dort zu, wo man nichts sieht. Das kam mal im Tatort. Die haben Griffe gelernt, damit man ihnen nichts nachweisen kann.

Aber eins frage ich mich schon, erwiderte Verena, wieso sollte ausgerechnet der Sepp einer Frau so einen Brief schreiben.

Laß mich mal überlegen. Was sind die Streitthemen, über die Papa manchmal berichtet.

Der Bau-Ausschuß.

Das geht's um Grundstücke.

Die kaufen meistens Männer.

Dann die Gemeinderatswahlen.

Ist da eine Frau dabei?

Keine Ahnung.

Die Flüchtlinge im Gasthaus. Darüber regen sich die meisten auf.

Kennst du einen von denen? Wenn sie nicht schwarz wären, sehen sie eigentlich gut aus.

Die sind nicht viel älter als wir.

Und warum regen sich dann alle so auf, wenn es doch nur Teenager sind?

Nicht alle regen sich auf. Es gibt ein paar Ehrenamtliche.

Sind das Frauen?

Ja, bis auf einen Mann, aber der ist hauptsächlich für die Afghanenfamilie zuständig.

Vielleicht geht's gegen diese Frauen.

Die sind doch alle von hier, gehen am Sonntag in die Kirche.

Der Pfarrer hat sie sogar schon einmal von der Kanzel aus gelobt.

Wer schickt denn denen Beleidigungen`

Der Sepp?

Den geht das doch nichts an.

Aber er hat letzthin einen von denen aus seinem Haus geschmissen. Und die Lisa abgewatscht.

Nein, das glaube ich nicht.

Stimmt aber, sagte Carmen. Mama hat es der Hildegard am Telefon erzählt.

Wann?

Gestern.

Und du hast mir nichts davon gesagt.

Hab ich doch jetzt.

Da war also der Sepp eifersüchtig auf so einen Jungen, der sich vielleicht an seine Lisa rangemacht hat.

Es ging nicht darum, sondern um Arbeit. Die dürfen doch nicht arbeiten. Und Lisa hat einen putzen lassen. Den hat der Sepp dann rausgeschmissen. So war das wahrscheinlich.

Und daraufhin schreibt oder bastelt er einen Brief vor lauter Wut an die Ehrenamtlichen.

Könnte doch sein.

Ich merke, daß ich gar nicht so viele Schimpfwörter kenne.

Nehmen wir halt erst mal die bekannten.

Blöde Sau!

Sau geht, blöde nicht. Depp! Neger! Hure!

Und die anderen Buchstaben?

Die hat er vielleicht gar nicht mehr gebraucht.

Oder sich aus einer Zeitung noch Buchstaben ausgeschnitten!

Das sind schon gemeine Schimpfwörter!

Sie beweisen nichts, ich meine, unsere Kombination.

Es könnte auch ganz anders sein.

Und was machen wir damit?

Gar nichts. Wir heben alles auf.

Eigentlich wollten wir uns wieder um die Nachbarn ohne Vorhang kümmern. Mama hat noch so einen kleinen Operngucker, den könnten wir mal ausprobieren.

Und wenn sie's merkt?

Sie haben jedenfalls keine Opernkarten für die nächste Woche.

Verena und Carmen horchten zur Küche hin, wo ihre Mutter telefonierte, und machten sich auf die Suche.

In der Schublade unterm Schminktisch wurden sie fündig.

Am besten, wir schauen gleich mal, ob die Vergrößerung genau so gut ist wie beim Fernstecher.

Sie zogen die Gardine ein paar Zentimeter zur Seite und schauten aufs Nachbarhaus.

Da ist niemand im Wohnzimmer.

Laß mal gucken, ach, wie langweilig!

Eigentlich blöd, was wir da machen. Ihnen beim Frühstücken oder Abendessen zuschauen. Bisher gab es kaum etwas wirklich Interessantes zu sehen.

Bei uns wäre das genauso. Wenn uns jemand beim Essen beobachten würde, der fände das genauso langweilig. Man ißt, man redet ein bißchen, trinkt, verschüttet vielleicht mal Limo, aber sonst passiert nichts Aufregendes.

Weißt du was, wir schauen, ob der See schon zugefroren ist. Nehmen wir gleich die Schlittschuhe mit!

Lieber nicht, sonst kriegt Mama Zustände und ruft bei der Polizei an, wenn sie's merkt.

Tschüs, Mama, riefen sie. Wir gehen noch ein bißchen raus zum Schneemann-Bauen.

Hausaufgaben gemacht?

Ja!

Aber pünktlich zum Abendessen seid ihr da, verstanden!

19

Herta lümmelte auf ihrem Sofa, wo sie es sich nach dem Mittagessen bequem gemacht hatte. In der Hand hielt sie die alte Ausgabe einer Zeitschrift, die sich mit Landleben und rustikalem Essen beschäftigte. Ein Gulasch wollte sie für ihre Gäste heute Abend kochen; das Fleisch hatte sie schon am Morgen besorgt, dazu auch Gemüse und Vanille-Eis. Sie entschied sich für ein ungarisches oder Szegediner Gulasch, mit Paprika und Kraut. Das würde vor sich hin schmoren, ohne daß man ständig am Herd stehen mußte. Ein paar Kartoffeln wären schnell geschält, und die Himbeersoße zum Eis konnte sie in letzter Minute noch auf den Ofen stellen. Es war lange her, daß sie mehr als einen Gast bewirtet hatte. Seit Jahren kam eigentlich immer nur der pensionierte Studienrat aus dem Altersheim am Nachmittag zum Kaffee. Neuerdings vertrug er weder Sahnetorte noch Filterkaffee, sondern wurde mit trockenen Keksen und Kräutertee bewirtet.

War er ein Freund?

Sie erinnerte sich an seine langen Monologe über den Untergang der Bildungsnation Deutschland, über die Verrohung der Jugendlichen, über Internet und Facebook, über so ziemlich alles, wovon er ausgeschlossen war und von dem er allmählich nichts mehr verstand. Ihre Aufgabe als Gastgeberin bestand jeweils darin, ihn reden zu lassen ohne Widerrede, auf seine Beschwerden mit einem verständnisvollen »Hm, Hm« zu antworten und nichts von ihren Ansichten oder gar Problemen sichtbar werden zu lassen. Sie konnte sich gut vorstellen, wie er in seinem Unterricht gewesen sein mochte, Latein und Deutsch. Wenn er wüßte, daß man heute bis zum Abitur nur noch vom Lateinischen ins Deutsche übersetzte, wenn er wüßte, daß man in der Unterstufe weder Ebner-Eschenbach noch Stifter las, sondern

Übersetzungen amerikanischer Jugendbücher, dann wäre sein Wehklagen sicher noch länger und intensiver ausgefallen. Auf die Idee, sich nach ihr und ihren Arbeiten zu erkundigen, kam er gar nicht. Er wußte zwar, daß sie so eine Art Heimatroman geschrieben hatte, aber etwas dergleichen Triviales zu lesen, durfte man von ihm nicht erwarten. Eine Frau! Er machte kein Hehl aus seiner Ansicht, daß die Rolle der Frau im allgemeinen ganz einfach die einer guten Ehefrau und Mutter zu sein hatte. Und wenn sie nicht heiratete, dann sollte sie wenigstens eine aufopfernde Lehrerin sein!

Herta gab ihm gegenüber keine Kommentare. Für sie waren diese Besuche ein Akt christlicher Nächstenliebe; sie hatte der Nichte des alten Herrn (einer ehemaligen Schülerin, die im Rheinland lebte) versprochen, sich um ihn zu kümmern und ihn hin und wieder aus seinem komfortablen Altenheim zu sich einzuladen. Sie hatte aufgehorcht, als der Herr Doktor seine Tiraden um die Flüchtlinge erweiterte. Schließlich kam er selbst nach dem Krieg aus Ostpreußen nach Bayern, als Flüchtling, wohlgemerkt. Im deutschen Staat hatte er studiert, war er verbeamtet worden und bezog eine beachtliche Pension. Und nun stimmte er in die allgemeine Verdrossenheit über die großzügige Politik ein, die solche hergelaufenen Nichtsnutze durchfütterte.

Aber hier haben wir halbe Kinder ohne Eltern! Für die muß doch etwas unternommen werden, entgegnete Herta, ganz gegen ihre sonstige Gewohnheit.

Umso schlimmer! Da schicken die gewissenlosen Eltern ihre Halbwüchsigen auf so eine gefährliche Reise, und dann erwarten sie auch noch, daß wir ihre Aufgaben übernehmen, ihre Kinder unterbringen und ernähren und in die Schule schicken, wo sie durch ihre Dummheit den Betrieb aufhalten und die Bildung der eigenen Kinder bremsen. Man versteht nicht, wie die Politiker ihrem Land das zumuten.

Aber, hatte Herta versucht, ihn milder zu stimmen, in den

Ländern herrscht doch Krieg! Die Eltern wollten halt ihre Kinder in Sicherheit haben!

Auch bei uns war Krieg, entgegnete er, aber wäre meine Mutter auf die Idee gekommen, sich von uns Kindern zu trennen und uns aufs Geratewohl voraus in den Westen zu schicken? Niemals! So sieht Elternliebe aus, das sage ich Ihnen.

Darauf erwiderte Herta nichts mehr, sondern ließ ihn weiter klagen, wie negativ sich die Invasion der Flüchtlinge auf die Infrastruktur auswirke, auf die Schulen, auf die Sozialsysteme, auf die Kultur, auf die Religion! Und da war er schon mitten in einem Rundumschlag gegen die laschen Kirchen, die mißbrauchenden Geistlichen, die ungerechte Kirchensteuer, die überbezahlten Bischöfe und Kardinäle. Bisweilen ereiferte er sich dermaßen, daß er glühend rot wurde und Herta befürchtete, er würde vor lauter Aufregung einen Herzinfarkt erleiden.

Nach solchen Besuchen mußte sie sich erst auf dem Sofa erholen. Ob die besorgte Nichte wußte, welche politischen Ansichten ihr Onkel vom Stapel ließ? Hin und wieder kam eine erinnernde Postkarte aus dem Rheinland auf Hertas Tisch geflattert, aber für eine richtige Korrespondenz hatten beide keine Lust.

Auf den heutigen Besuch von Ella und Max freute sie sich. Das war letzthin ein schöner Abend gewesen, mit Leuten, die ähnlich dachten wie sie und auch ähnlichen Beschäftigungen nachgingen. Vielleicht entstünde mit der Zeit eine richtige Freundschaft. Herta merkte mit zunehmendem Alter, wie ihr ein Gedankenaustausch fehlte. Sie redete zwar mit Nachbarn und ehemaligen Schülern, wenn sie beim Einkaufen auf sie traf, aber zu mehr als allgemeinen Sätzen über Wetter und Preiserhöhungen kam es nicht. Wahrscheinlich war sie auch selber schuld.

Sie hatte sich in einer Einsamkeit vergraben, für die sie einen guten Grund hatte. Einmal waren ihre früheren Freunde und Freundinnen mit Familie und Beruf und zunehmend mit Enkelbetreuung beschäftigt, zum andern divergierten ihre Interessen mit der Zeit, so daß, was für Herta ein interessantes Gesprächsthema gewesen wäre, es den anderen den Kiefer auseinandertrieb und sie kaum ein Gähnen unterdrücken konnten. Was kümmert mich, was vor Jahrzehnten oder Jahrhunderten passiert ist, sagten diese Mienen, viel wichtiger sind doch die Lateinnoten des ältesten Enkels. Herta ihrerseits hatte Mühe, bei den allfälligen Kochrezepten aufmerksam zu bleiben. Im Geiste zählte sie dabei die Minuten, die sie mit diesem Geschwätz verbrachte, während zuhause einige Bücher auf sie warteten. Und so waren aus den früheren Bekannten allmählich fast Fremde geworden, mit denen man sich gelegentlich beim Einkaufen über Waren und Preise unterhielt; aber Freundschaften waren daraus nicht hervorgegangen.

Sie ging zum Schreibtisch und las sich ihre Notizen zu der syrischen Dienerin noch einmal durch. Man hatte ihren Namen christianisiert und sie Maria getauft, die Paten waren verzeichnet als Graf und Gräfin Niederstätter, ein Adelsgeschlecht, das offenbar ausgestorben war. Im ganzen Landkreis fand sich keine Adresse dieses Namens. Und mit der Taufe war auch die Dokumentation des Lebens dieser Maria erloschen. Wahrscheinlich hatten die gräflichen Paten einen einheimischen Handwerker für sie als Ehemann ausgesucht. Ein Weiterforschen hatte keinen Sinn mehr, denn nicht nur syrische Sklavinnen, sondern auch ganz normale deutsche Frauen verloren mit ihrem Namen auch ihre eigene Geschichte.

Sie würde also einen Lebenslauf für diese Maria erfinden müssen. Oder vielleicht sollte sie das ganze Vorhaben lieber liegen lassen und sich mehr mit der Jetztzeit beschäftigen? Einen Roman über ihre ehemaligen Schüler, über ihre Nachbarn oder die Flüchtlinge? Vielleicht konnte sie das Gespräch mit Ella und Max auf dieses Thema bringen.

Während sie das Gulasch anschmorte, Paprika und Kraut hinzufügte, die Kartoffeln schälte und den Salat wusch, kreisten ihre Gedanken um diese neue Idee.

Ein Heimatroman über Leute, die eine neue Heimat suchten. Am besten, sie fing mit den Nachkriegsflüchtlingen an. Das hatte sie ja selbst noch erlebt. Jemand ohne Heimat war schutzlos, so hatte sie das damals empfunden. Niemand von den Verwandten lebte am selben Ort, es gab keine langjährigen Freunde, es gab nicht einmal eine anständige Wohnung, die man nach eigenem Geschmack hätte einrichten können. Als Flüchtling war man ewig fremd, mußte sich ducken, um nicht aufzufallen, durfte keine Schwierigkeiten machen. So viel anders als sie damals nach dem Krieg empfanden es sicher die jetzigen Flüchtlinge auch nicht. Noch dazu standen sie ohne Mutter und Vater da, die wer weiß wo lebten oder tot waren.

Vielleicht fing sie ihr neues Buch mit dem Verbrechen an, das gerade ihren Ort beschäftigte, ließ den Jungen im Krankenhaus sterben, verfolgte den Mörder, bis er der Polizei ins Netz ging ... Nein, keine gute Idee. Der Verletzte sollte sich wieder erholen, der Täter gefaßt und bestraft werden.

Wie würde es in Wirklichkeit weiter gehen? Ob ihre Gäste besser informiert waren als sie?

Langsam wurde es Zeit, den Tisch zu decken. Sie nahm ihr Hochzeitsgeschirr mit dem Goldrand, das sie immer noch schön und feierlich fand, dazu die Weingläser aus den Beständen ihrer Mutter, mundgeblasen und mit hohem Stiel.

Sie zog ihre dunkelblauen Samthosen an und einen grauen Pullover. Als Gastgeberin sollte man möglichst unauffällig gekleidet sein, damit die Gäste umso mehr glänzten.

Sie betrachtete den gedeckten Tisch, fand alles perfekt und wollte die Wartezeit auf dem Sofa verbringen, als die Haustürglocke ging.

20

Renate und Hildegard kamen von ihrem Besuch auf dem Revier zurück und setzten sich erschöpft an den Eßtisch.

So ein Laschi, bemerkte Renate.

Da hast du recht. Wie der wohl auf seinen Posten gekommen ist, frage ich mich. Hat er überhaupt einen Hauptschulabschluß?

Heute sah er eher nach jemandem mit besonderem Lernbedarf aus, jedenfalls was seine Antworten betrifft, meinte Renate. Ich mach uns jetzt erst mal einen Kaffee, Kuchen ist noch von gestern da. Wir brauchen dringend eine Stärkung nach dieser Niederlage.

Nein, Mama, als Niederlage sehe ich das nicht, antwortete Renate. Daß er die Anzeige nicht weiterleiten will, angeblich wegen Geringfügigkeit, weil ja keiner angegriffen oder verletzt wurde, das spricht doch eher für seine Unsicherheit. Er wird wahrscheinlich erst herumfragen, bevor er sich eventuell Feinde im Ort macht.

Auf jeden Fall ist er der falsche Mann am falschen Ort, meine Meinung, erwiderte Hildegard. Wer sollte denn für Recht und Ordnung sorgen, wenn nicht die Polizei. Und daß er unsere Anzeige heimlich verschwinden lassen wird, das darf er keinesfalls, so viel haben wir inzwischen aus den Fernsehsendungen gelernt.

Im Fernsehen geht es halt auch anders zu als im wirklichen Leben, höchstwahrscheinlich auch bei der Polizei. Ich erkundige mich aber auf jeden Fall noch, ob so ein Negieren einer Anzeige rechtens ist. Till hat einen Freund, der Rechtsanwalt ist, den werde ich befragen.

Till? Wer sollte das denn sein, fragte Hildegard.

Till Berghammer, mein Rektor.

Für Dich ist er schon der Till, dein Herr Rektor?

Ach, Mama, jetzt bohr doch nicht schon wieder rum. Ja, wir duzen uns, wie alle im Lehrerzimmer.

Und gehen auch alle Kolleginnen nach dem Unterricht mit dem Till noch ein Bier trinken? Das würde mich wundern, sagte Hildegard und brachte die Kaffeekanne.

Komm. Mama, lassen wir das jetzt. Es gibt wirklich noch nichts Wichtiges zu berichten, und wenn, dann bist du die erste, die es erfährt. Ich möchte gern noch einmal die Reaktion und die fadenscheinigen Antworten von Toni mit dir durchgehen. Wenn wir einen Rechtsanwalt einschalten, dann sollten unsere Anschuldigungen schon Hand und Fuß haben, damit nicht alles im Sande verläuft.

Zu allererst hat mich seine Unhöflichkeit gestört. Er ist einfach hinter seinem Schreibtisch sitzen geblieben, während wir die ganze Zeit dagestanden sind wie halbe Verbrecher, denen man nicht mal einen Stuhl anbietet. So ein Rüpel.

Was erwartest du denn? Von zuhause hat er mit Sicherheit keinen Anstand mitgekriegt. Erinnere dich, sie hatten diesen winzigen Bauernhof mit ein paar Ziegen, die Mutter mußte putzen gehen, um die Familie zu ernähren, weil der Vater ständig besoffen war. Und ob sie auf der Polizeischule einen Anstandskurs hatten, bezweifle ich auch. Schließlich haben es die meisten Polizisten mit Verbrechern zu tun, und zu denen braucht man nicht höflich zu sein.

Aber wie er gegrinst hat, als er die ersten Zettel vor sich liegen hatte, das war schon der Gipfel der Unverschämtheit.

Ja, stimmt. Er hat wahrscheinlich gedacht, damit laß ich es bewenden, es ist lächerlich, sich über solche Zettel groß aufzuregen. Ich habe ihn im Verdacht, daß er genauso denkt wie der Buchstabenbastler: ein Scherz, zwar ein bißchen unter der Gürtellinie, aber weiter nicht schlimm. Es ist ja keiner von den Adressatinnen etwas passiert, niemand hat sie zusammengeschlagen. Daß solche Beschimpfungen auch seelische Verletzungen auslösen, davon weiß der Toni mit Sicherheit nichts.

Blöde Weiber, empfindliche Sensibelchen, für so was hat er keine Zeit und auch kein Verständnis. Ich erinnere mich noch, was Karin damals erzählt hat. Demnach scheint er ein brutaler Macho zu sein, mit einem latenten Frauenhaß, wo auch immer er den her hat.

Dieser Karin traue ich übrigens nicht übern Weg. Toni war ja nicht ihr erster Freund, den sie verlassen und hinterher beschimpft hat. Dem Toni traue ich eine solche Brutalität, wie Karin rumerzählt hat, jedenfalls nicht zu. Er wartet ja auch bei kleinen Delikten, du erinnerst dich an die Klauereien der Zwillinge? – erst mal ab. Ob ihn das als Feigling abstempelt oder eher als verantwortungsvollen Polizisten, keine Ahnung.

Seine Mutter jedenfalls war eine fromme Frau, die sogar in der Kirche umsonst geputzt hat.

Ich will mir gar nicht länger überlegen, wieso der Toni so geworden ist, wie er nun einmal ist, ob aus edlen Motiven oder aus Feigheit, das bleibt abzuwarten! Aber wie er diese Zettel praktisch vom Tisch gewischt hat, das sollte schon mal unter dem Aspekt »die Polizei, dein Freund und Helfer« untersucht werden.

Wer weiß, wessen Freund und Helfer der Toni ist? Vielleicht steckt er mit dem Zettelschreiber unter einer Decke? Und wenn das so ist, dann braucht es uns nicht zu wundern, wie er reagiert hat.

Renate schob den Kuchenteller von sich weg.

Nein, das kann ich mir nicht vorstellen! Er als Polizist! Nein, da ist er sicher nicht beteiligt.

Mir ist der Appetit vergangen nach dieser Stunde auf der Polizeistation. Wenn das so ist, wie ich vermute, dann ist der Sumpf noch größer, als ich vermutet habe.

Am besten, wir nehmen mal nicht das Schlimmste an, sagte Hildegard und kaute auf ihrem Kuchen rum. Ich tendiere eher dazu, den Toni für einen gutmütigen Deppen zu halten, der halt blöd lacht, wenn er seine Vorurteile bestätigt findet. Das wäre schon total bescheuert von ihm, wenn er sich an solchem Unfug beteiligen würde.

Weißt du, was ich vermute? Der Toni hat schon einen bestimmten Verdacht, wahrscheinlich vermutet er, daß einer oder mehrere seiner Spezln diese Briefe verfaßt haben. Und in dieses Wespennest will er ganz einfach nicht hineinstochern. Eigentlich sollte man die Polizisten nicht in ihrem Heimatort anstellen. Da ergeben sich zwangsweise Verpflichtungen. Soweit ich weiß, hat der Toni erst einige Zeit in der Hauptstadt Dienst gemacht, bevor er hierher versetzt wurde. Wahrscheinlich hat keiner mehr nachgeforscht, wo er aufgewachsen ist. Seine Eltern leben ja auch schon lange nicht mehr, und den alten Bauernhof samt Grundstück hat er vor Jahren verkauft. Übrigens lebt eine Kollegin von mir mit ihrer Familie heute dort. Inzwischen ist der große Garten mit den alten Obstbäumen ein Mehrfaches von dem wert, was sie damals dafür bezahlt haben. Angeblich hat der Toni seinerzeit in München eine Eigentumswohnung von dem Geld gekauft. Wahrscheinlich hat er gehofft, daß er bald wieder von hier wegberufen wird und Karriere in der Hauptstadt macht.

Danach sieht es aber nicht aus, meinte Hildegard. Dafür ist er schon viel zu lange hier.

Er kann ja immer noch seine Wohnung verkaufen; dafür kriegt er hier ein kleines Häuschen, falls er mal heiratet und seßhaft werden will. Obwohl, ich kann mir nicht vorstellen, daß er unter den Heiratswilligen hier eine Frau findet. Der schlechte Ruf ist ihm geblieben.

Abgesehen von seinem Leumund, wie man früher sagte, gibt es nichts, was offensichtlich gegen ihn spricht.

Wenn er unsere Anzeige nicht aufnimmt und weiterleitet, dann wird er aber ein Problem haben, das ist sicher.

Renate stand auf, trug ihr Geschirr zur Spüle und holte Handtasche und Mantel.

Ich hab noch eine Verabredung, sagte sie beiläufig, winkte

ihrer Mutter zu und war flugs zur Haustür hinaus, bevor Hildegard noch eine ironische Bemerkung loswerden konnte.

Die hat's ja wieder eilig, dachte sie und lächelte vor sich hin. Vielleicht bringt sie ja auch unser Problem zur Sprache, und dann soll's mir recht sein, wenn sie ihren verehrten Rektor trifft.

Sie griff zum Telefon und wählte die Nummer von Ilse.

21

Verena und Carmen schlitterten auf dem eisigen Boden in Richtung See. Von Ferne sahen sie ein paar Gestalten am Ufer. Da wollen noch andere testen, ob man schon aufs Eis kann. Beim Näherkommen hielten sie inne.

Mensch, das sind die Asylanten. Komm, wir kehren um.

Ach Blödsinn, antwortete Verena, die fressen uns schon nicht, sind ja nur ein paar Jahre älter als wir.

Auf die fünf Eritreer hatte das Erscheinen der Zwillinge die gleiche Wirkung. Sie standen vollkommen unbeweglich da und starrten die Mädchen an.

Wollt ihr auch checken, ob das Eis schon trägt, fragte Verena.

Eis fest, antwortete einer von ihnen.

Die anderen standen weiterhin stumm da.

Na, sagte Verena mutig, da wollen wir mal sehen! Und sie patschte mit ihren Stiefeln aufs ufernahe Eis. Auch Carmen trat mit den Hacken gegen die Eisschicht.

Sieht gut aus, rief Verena.

Und schon wagte sie sich weiter hinaus, erst vorsichtig, dann immer entschlossener.

Verena hob die Arme und winkte Carmen.

Nun komm halt schon, rief sie ihrer Schwester zu, die zögerlich am Rand verharrte.

Verena, komm zurück, ich hab Angst. Du weißt, was Mama gesagt hat.

Ja, rief Verena zurück, Vorsicht, Vorsicht, das Leben ist gefährlich.

Dabei trat sie kräftig noch einen Schritt weiter und stampfte gegen das Eis, das in diesem Augenblick nachgab, so daß Verena mit einem Plumps ins Wasser einsank.

Hilfe, rief Carmen entsetzt.

Aber sie war wie gelähmt und starrte auf ihre Schwester, die bis zur Hüfte im Wasser steckte. Ertrinken konnte sie nicht, weil es langsam vom Ufer in den See ging.

Einer der Asylanten stapfte entschlossen auf Verena zu.

Halt fest, rief er und streckte ihr eine Hand entgegen. Dabei sank er selber ins Wasser, so daß beide wieder versuchten, die tragende Eisfläche zu erreichen. Naß bis zur Hüfte kamen sie am Ufer an.

Sofort heim, schrie Carmen, es ist eiskalt.

Verena hielt immer noch die Hand des Jungen.

Der ist genauso naß!

Komm mit, rief sie, du mußt was Trockenes anziehen!

Die drei liefen in Richtung zum Haus von Ingrid und Klaus, gefolgt von den anderen Jungen, die im Abstand hinter ihnen herliefen. Die Zwillinge hatten keinen Schlüssel mitgenommen, sie mußten läuten und warten, bis die Mutter aufmachte.

Um Gotteswillen, was ist denn da passiert! Könnt ihr nicht einmal folgen?

Verena zeigte auf den nassen Eritreer:

Der hat mich wieder rausgezogen.

Kommt rein, sofort ins Bad!

Und so betraten auch die anderen Jungen die frisch geputzte Wohnung der Rübenbauers. Schweigend standen sie im Gang, während Ingrid zeterte und Verenas Stiefel umgekehrt in die Wanne stellte.

Auch Schuhe ausziehen, rief sie dem durchnäßten Jungen zu, ich such dir was Trockenes.

Verena wurde unter die heiße Dusche gestellt, der Retter zog Schuhe und Strümpfe aus, behielt aber die nassen Hosen an.

Ingrid sauste hin und her, brachte Jogginghosen und gab sie dem Jungen.

Anziehen! Und ab ins Wohnzimmer!

Sie verschwand in der Küche, man hörte Topfklappern.

Die Jungen saßen auf dem Sofa schweigend nebeneinander.

Aus der Küche rief die Mutter: Carmen, hol die Kakaotassen und den Guglhupf, aber tempo!

Carmen war froh, den schweigenden Jungen zu entkommen und brachte Teller und Tassen und schließlich den Guglhupf aus der Küche. Da kamen auch schon Verena und Ingrid mit zwei Kannen, aus denen der Kakao duftete.

So, jetzt setzt euch alle an den Tisch und erzählt genau, was passiert ist.

Verena sagte nichts.

Aber Carmen erzählte, wie Verena vom Ufer weg immer weiter in den See marschiert war und dann bis zur Hüfte einsank, wie einer der Jungen zu ihr gewatet war, ihr die Hand gereicht und ihr herausgeholfen hatte.

Ich hoffe, das wird dir eine Lehre sein!

Ach, Mama, es war schrecklich genug, das mach ich sicher nie wieder!

Ingrid wandte sich zu den Jungen:

Das war sehr freundlich von euch, daß ihr Verena geholfen habt. Was wolltet ihr am See?

Auch gucken, ob Eis fest ist.

Habt ihr denn Schlittschuhe?

Wie?

Verena, hol mal die Schlittschuhe!

Die Jungen staunten. Nein, nur aus dem Fernsehen kannten sie das.

Wenn ihr Schlittschuhlaufen wollt, dann doch lieber in der Halle, da ist es sicherer.

Ingrid sah sich die Jungen näher an. In 3 oder 4 Jahren würden ihre Zwillinge so alt sein. Wenn sie dann allein wären, weit weg von ihr, in Australien oder in Amerika, unter fremden Leuten, die mit ihnen nichts zu tun haben wollten! Und plötzlich überfiel sie der Hauch einer Erkenntnis, die schon lange in ihr geschlummert haben mochte, die aber eines äußeren Zeichens bedurfte, um ans Licht zu gelangen.

Ich muß etwas tun für diese halben Kinder!
Die neuen Gedanken und Gefühle strömten in Arme und
Beine, als hätte sich der ganze Körper damit gefüllt.
Sie setzte sich zu ihnen an den Tisch.
Wißt ihr was, am besten kommt ihr nächsten Samstag zu uns
zum Mittagessen, dann reden wir weiter. Für heute vielen Dank
für eure Hilfe. Ich fahre euch jetzt heim, die nassen Kleidungs-
stücke sind bis Samstag trocken.
Als Klaus am Abend heimkam, erzählte sie ihm von den Er-
eignissen am Nachmittag.
Wir müssen etwas tun für diese Buben! Einverstanden, daß
wir ihnen Schlittschuhe kaufen und sie mit in die Halle fahren
zum Üben?
Klaus nickte.

22

Ella und Max überreichten Herta als Gastgeschenk ein kleines Buch, das eine Auswahl von Ellas Essays darüber enthielt, mit welchen Schimpfnamen die Flüchtlinge aus dem Sudetenland und Schlesien in Bayern bedacht worden waren, samt einigen Photos aus der Nachkriegszeit, auf denen man scharf gescheitelte Knaben mit Lederhosen und bezopfte Mädchen im Dirndl vor der Kirche stehen sah.

Eine Art Erinnerungsbuch, erklärte Ella, wenngleich ich vermute, daß die meisten Schimpfwörter nicht zu Ihrem Wortschatz gehören.

Großkopferter Preiß, zitierte Herta, die das Büchlein auf gut Glück aufgeschlagen hatte. Doch, kenne ich! Sogar noch Schlimmeres!

Aber, meinte sie lachend, wenn das nicht auf alle Fremden angewandt worden ist! Saupreiß, das gilt für alle nicht Eingeborenen, sogar für Asiaten: Saupreiß, chinesischer!

Oder saupreißischer Niederbayer, steuerte Max bei.

Lachend setzten sie sich an den gedeckten Tisch, lobten das Essen und erzählten sich die neuesten Nachrichten aus dem Ort.

Immer noch keine Auskunft über den Gesundheitszustand des Eritreers?

Immer noch kein Verdächtiger im Visier der Polizei?

Aber Toni soll beim Metzger Sepp gewesen sein.

Das hat nichts zu bedeuten, sie sind ja Stammtischbrüder.

Aber es wird halt geredet.

Abschließend meinte Herta:

Der Anlaß war offenbar so, daß einige Leute das Geschehen beobachtet haben. Der Sepp, früher ein gutmütiger, aber manchmal jähzorniger Jugendlicher, wie ich mich erinnere, hat einen der Asylanten beim Krawattl gepackt und aus seinem

Laden befördert. Das war ausgerechnet der, der später im Gebüsch lag. Von Eifersucht war die Rede, aber daß Lisa sich für so einen halben Knaben interessiert, kann ich mir nicht vorstellen. Daraus wurde dann geschlossen, der Sepp hätte sich an dem Asylanten gerächt.

Das wäre aber schon erzdumm von ihm, sagte Max.

Jeder könnte dann ja einen Zusammenhang konstruieren. Haben Sie eigentlich noch andere Verdächtige in petto? Es waren ja so ziemlich alle, die in Frage kommen, irgendwann mal Ihre Schüler.

Keine Kommentare, erwiderte Herta. Schulgeheimnisse wie Beichtgeheimnis!

Dazu lachte sie ihr gutmütiges Omalächeln und holte die Nachspeise.

Als alle schweigend das Dessert löffelten, überlegte Ella: in Frage kämen eigentlich vorwiegend die Alten, die mit ihrer Abneigung gegen die »Fremden« nicht hinterm Berg hielten, sondern sogar lautstark am Gartenzaun herumbrüllten. Die Jüngeren hatten mit Sicherheit andere Probleme.

Haben Sie eigentlich Freunde unter den Leuten, die so ungefähr in Ihrem Alter sind, fragte Ella.

Da treffen Sie einen wunden Punkt. Als mein Mann noch lebte und viel unterwegs war, wollten wir am Wochenende einfach nur uns ausruhen und miteinander spazieren gehen. Für neue Freundschaften hatten wir einfach keine Zeit. Erst nachdem Oskar tot war, merkte ich, wie isoliert wir gelebt hatten. Und als ich dann später dieses Buch geschrieben hatte, meinte eine Nachbarin scherzhaft, man müsse ja jetzt aufpassen, was man mir erzählte, am Ende käme man dann noch gedruckt in einem Buch vor. Es war zwar lächelnd vorgebracht, scheint aber doch allgemeine Ansicht zu sein.

Max meldete sich zu Wort:

Das hat den Vorteil, daß durch natürliche Auswahl die Zahl derer, die keine wirklichen Freunde sind, reduziert wird und man ohne schlechte Erfahrungen auskommt. Im übrigen geht es uns genauso. Wir haben einige Freunde, die aber alle nicht hier wohnen. Für neue Bekanntschaften fehlt uns auch die Zeit.

An Weihnachten oder zu Geburtstagen, sagte Ella, wenn unser Sohn heimkommt und öfter mal Freunde mitbringt, merken wir schon, wie anregend es wäre, wieder mehr unter Leute zu gehen. Aber dann sind wir auch wieder froh über die Ruhe und Stille, in der wir beide arbeiten und forschen. Früher hatten wir dieses Bedürfnis nach Abgeschiedenheit eher weniger. Wir werden halt auch alt!

Herta lachte.

Nur nicht mit Ihrem Alter kokettieren! Mit mir können Sie nicht mithalten! Das dauert schon noch eine Weile, bis Sie alt sind, glauben Sie mir.

Während sie in Schweigen verfiel, überstürzten sich ihre Gedanken. Sie hätte am liebsten erzählt, wie einsam sie war, wie sie sich manchmal völlig abgeschieden vorkam, wie sie dann auf den Friedhof pilgerte, aber auch dort keinen Trost fand. Nein, dachte sie, ich kann doch nicht vor fast fremden Leuten mein Unglück ausbreiten, noch nie habe ich so etwas gemacht, es gab auch keine Gelegenheit dazu. Wen kenne ich denn schon, der mal zuhören und nicht gleich wieder das Gespräch auf andere, alltägliche Dinge lenken würde?

In die Stille sagte Ella:

Ich glaube, ich kann Sie gut verstehen. Wir sind zwar jünger als Sie, merken aber das immer schnellere Fortschreiten der Lebenszeit auch. Einsamkeit gehört zum Altwerden, das erfahren wir ständig. Im Gegensatz zu Ihnen haben wir noch den Vorteil, daß wir zu zweit sind und miteinander reden können, wenn die Melancholie anklopft.

Und in gewisser Weise sind wir jetzt sogar zu dritt, wenn ich das richtig sehe. Ich freue mich, daß wir Sie getroffen haben, ergänzte Max.

Darauf wollen wir anstoßen!

Ella hob ihr Weinglas.

Herta kamen die Tränen. Sie sammelte schnell die leeren Dessertteller ein und verschwand in der Küche.

23

Lisa machte mit Schwung die Haustüre zu, schob den Kinderwagen zum Auto.

Sepp schaute ihr aus dem Fenster nach. So eine Unverschämtheit, jeden Tag das gleich Theater. Ein Gehalt! Ein Konto! Wer war er denn, daß er sich das gefallen lassen mußte?

Kannst dich ja bei deinen Eltern beschweren oder ganz einmieten, wenn's dir bei mir nicht mehr paßt.

Das war sein letztes Wort gewesen. Daraufhin hatte Lisa eine Reisetasche gepackt und Andreas im Wagen verstaut.

Sie wußte genau, daß er sie am nächsten Tag im Geschäft brauchte. Der Lehrling war zwar gutwillig, aber ein Depp. Den konnte er nicht auf die Kundschaft loslassen. Die Mama? Das ging auch nicht mehr. Das letzte Mal war sie hilflos zu ihm geeilt, weil sie die Salami nicht aufschneiden konnte.

Sepp schaute immer noch auf den leeren Parkplatz, als er Toni auf sein Haus zusteuern sah.

Wollte der so spät am Abend noch eine Extrawurst?

Es läutete, Sepp machte auf.

Hast noch was vergessen?

Nein, ich komme dienstlich, na so halb. Hab auch keine Uniform an, siehst ja.

Setz dich erst mal, magst ein Bier?

Nein, jetzt erst mal nicht.

Um was geht's?

Ja, also, druckste Toni herum, eigentlich um Gerüchte. Angeblich hast du den Eritreer ziemlich unsanft rausgeschmissen.

Wer sagt das?

Haben halt welche beobachtet.

Und sind deswegen gleich zur Polizei gerannt?

Es ist ja eben so, weil gerade der, den du angeblich rausgeschmissen hast, derjenige ist, der im Gebüsch lag und jetzt im Krankenhaus. Da reimen sich halt die Leute was zusammen. Und wenn ich ihn hätte bei mir arbeiten lassen, dann wär das Geschrei noch größer, und eine Strafe gibt's außerdem. Dankbar solltest du sein, daß ich ihn nicht illegal beschäftigt habe.

Toni gab sich versöhnlich.

Ja, schon. Es geht halt das Gerücht, die Lisa hätte mit dem was gehabt. Eifersucht und so. Das ist Wasser auf die Mühlen. Sonst passiert ja hier nie was. Und da treibt die Phantasie eben Blüten.

Sepp stand auf.

Das ist der Gipfel der Unverschämtheit. Die Lisa mit diesem halben Kind! Daß ich nicht lache! Nie und nimmer!

Wie ich gesehen habe, sagte Toni, bist du ja auch allein hier, ohne Ehefrau. Ich hab sie mit dem Andreas grad im Auto vorbeifahren sehen. Wohin geht's denn da noch so spät am Abend?

Ist das schon verdächtig, wenn die Tochter ihre Eltern besucht?

Toni beschwichtigte.

Ist ja alles nicht von mir, die Leute reden halt. Schau zu, daß du deine Frau wieder unter Kontrolle hast. Es kursieren ja schon Gerüchte über eine Scheidung.

Wer sagt das? Dem dreh ich den Kragen um!

Toni lachte.

Sei froh, daß ich nicht in Uniform bin. Das wäre ja, rein juristisch, eine Morddrohung.

Sepp schwieg verdutzt.

Sowas sagt man doch einfach so dahin.

Ist halt ein Unterschied, wenn so eine Geschichte im Raum steht, antwortete Toni.

In welchem Raum? Doch nicht bei mir!

Bist du sicher, fragte Toni leise.

Warum bist du hier? Verdächtigst du mich?

Willst du eine ehrliche Antwort?

Sepp haut ungeduldig auf den Tisch.

Was sollen diese Andeutungen? Red g'scheit oder scheiß Buchstaben!

Na, jetzt aber ganz ruhig! Ich bin als Freund hier, hab ich dir schon gesagt. Aber ich hab mich erkundigt, hab rumgefragt. Und da bin ich auf Theos Auto gestoßen, das sein Onkel wieder aufpoliert hat. Ich hab mir einfach alle Autos angeschaut, die an dem Abend unterwegs waren, besonders die der Stammtischler. Und ihr drei wart mit Theos Auto unterwegs. Das hab ich rausgekriegt. War nicht schwer. Und da hab ich mich gefragt, wo denn sein Auto stehen mag, wenn nicht in seiner Garage. Jeder kennt seinen Onkel, von dem hat er auch den Gebrauchtwagen. Und was sehe ich, als ich in die Werkstatt komme? Theos Auto, aufgebockt und frisch lackiert. Ich hab natürlich nichts gesagt, mich für einen gebrauchten BMW interessiert, den er auch in der Garage stehen hat. Dabei hatte ich aber immer das Auto vom Theo im Blick.

Ja, und? Darf man sein Auto nicht mehr in die Werkstatt vom Onkel geben?

Du weißt genau, fuhr Toni fort, was ich meine. Neu lackiert, warum sollte er das machen lassen? Es sah vor einer Woche noch tiptop aus. Da brauch ich nicht mehr lange rumzufragen, das ist doch arschklar.

Du verdächtigst den Theo? Und wieso kommst du dann zu mir?

Nur ein Freundschaftsbesuch, wiegelte Toni ab, hab ich ja gesagt. Du und der Hias, ihr wart auch in Theos Auto. Und wenn du gescheit bist, dann erzählst du mir jetzt haarklein, wie es wirklich war.

Nach einer Pause fing Sepp an:

Mitten auf der Straße ist der mit seinem Radl gefahren, ohne Licht. Keiner hat ihn gesehen, der Theo schon gar nicht. Der hatte drei Maß intus.

Aha, hab ich mir gedacht! Und wieso habt ihr mich nicht angerufen?

Ja, mei, fuhr Sepp fort, nüchtern war keiner mehr. Und da lag der Schwarze, und da haben wir ihn halt in Sicherheit gebracht, damit ihn nicht noch einer überfährt.

Ihr seid's echt Deppen! Nix überlegt, den Verletzten seinem Schicksal überlassen! Dafür könnt ihr alle drei ins Gefängnis kommen, das wißt ihr schon, oder?

Heilige Maria Muttergottes! Ich hab doch gar nix gemacht!

Aber mitgeholfen hast du, gib's zu!

Sepp hockte zusammengesunken da, den Kopf auf dem Holztisch, die Arme davor.

So, jetzt hör mir mal zu! Toni schüttelte ihn.

Der Verletzte ist seit heute wieder in seiner Unterkunft, er hat einen gebrochenen Arm im Gips, sonst ist ihm nichts passiert. Die Kopfwunde war harmlos. Deswegen hab ich auch nicht die Absicht, euch ins Gefängnis zu bringen. Aber ihr müßt schon was dafür tun! Offiziell ist nichts von eurer Autofahrt bekannt. Den Eritreer hab ich auch schon befragt. Der kann sich ans nichts und niemanden erinnern.

Wie meinst du das, was tun, fragte Sepp.

Halt den Eritreer mit unterstützen, ihm zum Beispiel Arbeit geben. Ich kenne die Stelle, wo man das beantragen kann.

Du meinst, so als Buße, wie bei der Beichte?

Ja, kannst du so sehen.

Und der Hias und der Theo?

Für die denk ich mir schon auch noch was aus.

Sepp stand auf.

Ja, ich mach alles, nur nicht ins Gefängnis!

Hab ich mir schon gedacht. Und was ist mit der Lisa? Ist da was passiert?

Sie will Gehalt und Sozialversicherung für ihre Arbeit im Laden. Meine Mutter hat das ihr Leben lang umsonst gemacht, wir sind ein Familienbetrieb, also ich finde das ...

richtig, ergänzte Toni. Bring das in Ordnung, Sepp, gib ihr Lohn, wenn sie das will. Das machen schließlich alle Arbeitgeber. Und das bist du ja. Das Geschäft gehört dir und das Haus steht auf deinen Namen im Grundbuch, oder?

Du meinst?

Ja, das ist nur gerecht. Und an deiner Stelle wär ich flexibel, tät sie mit guten Worten zurückholen. Sie ist ja wieder mal bei ihren Eltern, wenn ich das vorhin richtig gesehen habe.

Sepp schluckte in paarmal, sagte nichts mehr.

Also, sagte Toni, ich sehe, wir sind uns einig. Erst mal wartest du ab, was ich mit Theo und Hias bespreche. Und keinen Ton zu irgendwem, in deinem Interesse.

Magst jetzt vielleicht ein Bier, fragte Sepp.

Ja, trinken wir eins auf unsere Abmachungen!

Sie stießen miteinander an, als die Haustürklingel ging.

Es war Florian, der Schwiegervater.

Ah, hast Besuch, säufst dir den Krach schön? Die Lisa ist bei der Mutter, sie schimpft wie ein Rohrspatz und beschwert sich, daß du sie ausnützt und ausbeutest. Was ist da dran?

Komm, setz dich, beruhigte ihn Sepp, der Toni wollte eh grad gehen.

Ja, stimmt, ich hab noch allerhand vor heute Abend, sagte Toni zum Abschied.

Als Florian und Sepp sich am Tisch mit ihrem Bier gegenüber saßen, meinte Sepp:

Ich wär eh gleich vorbeigekommen, um die Lisa abzuholen.

Danach sieht es aber bei ihr nicht aus.

Ich hab's mir überlegt; sie arbeitet, und deswegen soll sie von mir aus ab jetzt richtig Lohn kriegen. Ich bin ja kein Unmensch.

Florian sah erstaunt auf.

Aha, gibst nach! Soll man ja. Mit Frauen ist nicht gut Kirschen essen. Im Endeffekt setzen sie immer durch, was sie wollen, auf die eine oder andere Art. Ja, ist ein guter Schachzug, wenn du jetzt ein bißchen nachgibst.

Darauf trinken wir!

Am besten fahren wir gleich miteinander, bevor die beiden

Weiberleut noch was auskochen, was wir dann auslöffeln müssen.

Wart, ich hol noch meinen Janker!

24

Hildegard kam vom Einkaufen zurück und rief bei Ilse an.
Ich erzähle dir nur kurz, was bei Toni los war. Er hat blöd
gegrinst, als er die Zettel gelesen hat. Und ob er überhaupt eine
Anzeige aufnimmt, ist auch nicht sicher. Wegen Geringfügigkeit. Ich erkundige mich noch, ob er das darf. Ja, sonst weiter
nichts. Und bei dir? Ja, hast recht, nicht am Telefon. Man hört
immer wieder, daß sie einen da abhören können. Kommst du
morgen mal vorbei, am besten mit Inge. Zum Kaffee. Und sag
Inge Bescheid, wir sollten alle drei wieder etwas bereden, weißt
schon!

Am nächsten Tag inspizierte Hildegard ihren Kühlschrank,
nahm den fertigen Blätterteig heraus und fabrizierte einen ihrer
Schnellkuchen, damit sie ihren Freundinnen am Nachmittag
etwas Selbstgebackenes auftischen konnte. Kuchen kaufen, das
war keine Option unter Freundinnen. Sie war gerade fertig mit
der Schlagsahne, als es läutete und Inge und Ilse sie erwartungs-
voll ansahen.

Gibt's denn was Neues?

Jetzt kommt erst mal herein.

Auf der gedeckten Kaffeetafel leuchtete ein Kerzenlicht.

Ach, hast du's uns gemütlich gemacht!

Wenn schon das Leben alles andere als gemütlich ist!

Als alle drei ihren Kaffee und ein Kuchenstück mit Sahne vor
sich hatten, fing Hildegard an.

Es ist eine Beobachtung, sonst nichts. Aber ich denke, es hat
was zu bedeuten. Gestern Abend wollte ich noch Aufschnitt
beim Sepp holen, aber der Laden war zu, obwohl es erst drei-
viertel sechs war. Ich drehe um, sehe gerade noch, wie Lisa mit
Andreas ins Auto steigt und abfährt. Am Abend, wo der Kleine
ins Bett müßte! Als ich noch an der Ecke verwundert stehen

bleibe und überlege, ob die Lisa zu ihren Eltern fährt, kommt auf der Hauptstraße Toni daher, ohne Uniform. Und ich sehe, wie er im Haus vom Sepp verschwindet. Ich frag mich also zweierlei: Ob der Sepp seine Frau weggeschickt hat, weil er mit Toni was zu bereden hat, was sie nicht hören soll ... oder, fährt Inge fort, ob sie wieder abgehauen ist, weil der Mann sie schlägt und der jetzt von Toni deswegen eine Anzeige erhält.

Beides ist möglich, gibt Hildegard zu.

Aber es könnte ja auch sein, daß der Besuch vom Toni mit dem Unfall zusammenhängt und er was rausgekriegt hat, unter Umständen was Belastendes. Schließlich war ja auch der Sepp mit den anderen Stammtischlern beim Saufen. Und dann sind sie garantiert mit dem Auto heimgefahren. Ich könnte mir da schon allerhand zusammenreimen.

Übrigens, sagte Inge, ist der Anbema seit gestern wieder im Heim, mit einem Arm im Gips. Aber sonst hat er keine Verletzungen. Die Gehirnerschütterung ist vorbei. Das Blut im Gesicht kam von einem dürren Ast, der ihm die Stirn aufgerissen hat, war halb so schlimm.

Aha, meint Ilse, es könnte also sein, daß der Anbema doch nicht so ohnmächtig war und sich daran erinnert, wer ihn angefahren und ins Gebüsch geworfen hat. Vielleicht war der Toni schon mit Fotos bei ihm und weiß jetzt Bescheid über die Täter.

Und Lisa weiß davon und haut zu den Eltern ab!

Deswegen war auch der Laden vorzeitig geschlossen. Wenn die Lisa wegbleibt, dann kann der Sepp schauen, wo er bleibt. Die Mama kann er jedenfalls nicht mehr in den Laden schicken. Da hätte er bald Pleite gemacht.

Habt ihr die Geschichte mit Ingrid und den Zwillingen schon gehört, fragte Hildegard.

Nur so als Gerücht, sagte Inge.

Ja, einer, ich glaube, der Dahlek war's, hat die Carmen oder die Verena aus dem See gezogen. Die beiden Mädchen waren auf dem dünnen Eis herumspaziert.

Und jetzt, fuhr Ilse fort, hat sich die, na sagen wir Asylanten-skeptikerin Ingrid um 100 Grad gewendet, alle Migrantenbuben zu sich eingeladen und ihnen Schlittschuhe gekauft. Der Klaus hat angeblich alle, zusammen mit seinen Töchtern, in die Eis-laufhalle gefahren.

Vielleicht gibt's in ein paar Jahren sogar eine Hochzeit mit einem der Asylanten, wenn die Zwillinge sich mit denen an-freunden!

Alle lachten.

Hildegard holte die kleinen, bemalten Gläschen und den Orangenlikör.

25

Max zog seinen gefütterten Anorak aus und kam schnuppernd in die Küche, wo Ella gerade Austernpilze ins zischende Fett warf.

Hm, ich hab Hunger, rief er und ging voraus ins Wohnzimmer, wo Ella schon den Tisch gedeckt hatte. Er holte eine Flasche Grauburgunder aus dem Kühlschrank und entkorkte sie.

Ella erschien wenig später mit einer großen Salatschüssel. Erst einmal aßen sie schweigend, bis Max sich zurücklehnte und anfing zu erzählen.

Du weißt ja, wo ich den heutigen Vormittag zugebracht habe.

Ja, klar, du warst im Ortsarchiv. Hast du Herta getroffen?

Ja, nur kurz, sie war schon vor mir da und mußte gleich wieder weg, ich glaube, zum Arzt.

Und? Hast du etwas entdeckt?

Kann man wohl sagen! Dieses Kaff, in dem wir jetzt schon so lange wohnen, war mal ein tiefbraunes Nazinest.

Hast du ja schon vermutet.

Aber daß es derart schlimm war, hab ich nicht gedacht.

Ich hol mal die Pfanne mit den Pilzen und die Spaghetti, warte noch ein bißchen mit dem Erzählen.

Zwischen zwei Bissen hielt Max inne:

Der alte Rutzbichler scheint ja wirklich ein strammes Regiment geführt zu haben. Seine Entnazifizierungsdokumente sind eine Fundgrube für alle möglichen Arten von Nazivergehen.

Die Nachkommen können einem leid tun, meinte Ella, an denen kleben die alten Geschichten, und sie können nichts dafür.

Eigentlich schon, gab Max zu, aber der Theo, sein Sohn, der ehemalige Gemeindesekretär und Freund des Höggerl, hat auch so einigen Dreck am Stecken. Er ist eingetragenes Mitglied bei dem Neonaziverein, der zur Demonstration gegen Flüchtlinge aufgerufen hat.

Woher weißt du denn das?

Sie haben ihre Namen breit und leserlich unter ihr Plakat gesetzt. Wahrscheinlich sind sie auch noch stolz auf ihr Engagement. Schließlich haben sie viele Sympathisanten unter den Normalbürgern. Wenn allerdings bekannt würde, was sein Vater, der alte Nazi, mit den Kruzifixen gemacht hat, dann würden sich die christlich wählenden Katholiken sicher von ihm abwenden. Stell Dir mal vor, dieser eifrige NSDAP-Anhänger hat in den Schulen und den öffentlichen Gebäuden die Kreuze abnehmen lassen, den Corpus vom Holz abgetrennt und das Metall einschmelzen lassen, vermutlich als Nachschub für die Rüstung. Wenn das publik gemacht würde, wäre wohl auch die Freundschaft mit dem Bürgermeister Geschichte.

Hast Du mit Herta darüber gesprochen?

Nur kurz, ich hatte den Eindruck, es war nicht neu für sie. Sie meinte, die Nachforschungen über ihre Syrerin hätten nichts ergeben, und sie wollte sich lieber eine Geschichte ausdenken, die in der Gegenwart spielt.

Da gibt's auch noch eine Menge versteckter Verbrechen, vermute ich mal. Aber sie weiß sicher, wie gefährlich so ein aufdeckender Roman für die Autorin sein kann.

Ich kenne niemanden, der weniger Angst hat als Herta, antwortete Max. Sie sagt, in ihrem Alter kann man nichts mehr verlieren.

Schön, wenn's stimmte.

Ella räumte die Teller weg und kam mit zwei Tassen Kaffee wieder.

Und was machst du mit diesen neuen Informationen?

Ich registriere und schreibe auf, was in den Dokumenten steht. Und dann geht die Historie ihren gewohnten Weg.

Du wirst das alles veröffentlichen?

Ja, was sonst? Erst einmal sichte ich das Material, in diesem

Fall die vielfältigen Beschlüsse und Verordnungen des Ortsgruppenleiters; und dann kümmere ich mich um die Umsetzungspraxis. Mehrere aufmüpfige Bürger soll der eifrige Nazi nach Dachau gebracht haben. Auch darüber kann man in den Berichten der Personalbögen nach Kriegsende nachlesen. Der ehemalige Rektor der Volksschule muß auch ein überzeugter Brauner gewesen sein. Von seinem politischen Unterricht gibt es einige Aussagen ehemaliger Schüler. Das Lehrerkollegium bestand fast nur aus Parteimitgliedern.

Ein ziemlich gespaltener Ort, oder?

Über die Hälfte der Einwohner war bei der NSDAP, viele der Männer, die man später zur Wehrmacht eingezogen hat, entweder bei der SA oder der SS. Eine Vorgängerin von Herta, Oberlehrerin und bekennende Katholikin, ein Fräulein Sagmeister, hatte besonders unter ihrem Chef zu leiden, weil sie nicht in die Partei eingetreten ist. Eine Schülerin berichtet in einem angehefteten Brief, sie sei extra oft vom Schulrat visitiert worden, aber er konnte ihr nichts am Zeug flicken, was den Rektor zur Weißglut gebracht hat.

Wenn es nicht so traurig wär, könnte man darüber lachen.

Die Nazis hatten eben keinen Humor, wie übrigens Diktatoren im allgemeinen. Auf allen Bildern sehen sie grimmig und wild entschlossen aus, es gibt kein Bild von lächelnden Nazis. Gelacht haben sie schon, dafür gibt's Beispiele. Auch Fotos von lachenden Soldaten, die reihenweise Juden und Gefangene erschießen. Auf Sonthofen im Allgäu bin ich wieder einmal gestoßen, weil sich einer der hiesigen Lehrer dorthin beworben hat. Da gabs eine NAPOLA, eine Spezialschule für den Hitlernachwuchs. Aus ganz Deutschland haben sie Lehrer für diese Schule rangekarrt, halt lauter Hundertprozentige.

Wer von den Hiesigen ist auf diese Schule gegangen?

Das weiß ich erst, wenn ich die Verzeichnisse gelesen habe. Aber deswegen muß ich erst noch einen Antrag stellen und von der Uni beglaubigen lassen, damit gesichert ist, daß die Informationen nur der Wissenschaft dienen und nicht etwa als Grundlage für private Rachefeldzüge.

Hast du auch Einblick in die privaten Entnazifizierungspapiere von Normalbürgern? Da wäre sicher auch allerhand zu entdecken.

Das ist gar nicht so einfach. Es gibt einige im Archiv, aber auch eine Menge verstreut in Bundesarchiven, und auch im Ausland. So besonders interessant sind sie wahrscheinlich nicht. Die meisten hat man als Mitläufer eingestuft, und sie durften auch bald wieder ihrem gewohnten Leben nachgehen. Interessanter wäre es, einige Alte zu interviewen, weil sich persönliche Erinnerungen tiefer einprägen als Geschichten auf Papier.

Wer von den Alten käme denn da in Frage?

Zum Beispiel der zahnlose Huberbauer, der damals unter Hitler noch in die Schule ging. Der könnte vielleicht auch noch mehr vom Fräulein Sagmeister erzählen.

Da brauchst du aber ein spezielles Gerät, damit du ihn auf dem Tonband überhaupt verstehst, bei seinem Genuschel.

Sie unterhielten sich noch eine Weile über ihren seltsamen Nachbarn, spülten das Geschirr und wollten sich gerade zum Mittagsschlaf hinlegen, als das Telefon läutete.

Es war Herta, und was sie erzählte, ließ die beiden kopfschüttelnd zurück.

26

Beim Einkaufen traf Hildegard ihre Freundin Ilse.

Na, diesmal allein, ohne Deine Buben? Warst du mit denen schon im Supermarkt?

Heute noch nicht. Aber ich hab Neuigkeiten, du wirst es nicht glauben. Das mag ich dir aber nicht nur so im Stehen erzählen. Ich lad dich auf einen Kaffee beim Habersettl ein. Bist eh fertig mit deinen Einkäufen.

Als sie vor ihrem Cappuccino saßen, fing Ilse an.

Du kennst doch den alten Nazi, den Theo.

Ja, der will doch am nächsten Samstag die Demo gegen die Flüchtlinge organisieren. Seine Plakate hängen sogar vorm Rathaus, ich frag mich, ob das überhaupt erlaubt ist und ob der Höggerl da nicht für seinen Freund irgendwelche Gesetze übertreten hat.

Ist alles hinfällig, sagte Ilse.

Wie das?

Die Demo ist abgesagt.

Hat der Höggerl da ein Machtwort gesprochen?

Keine Ahnung. Aber stellt dir vor, der Sohn vom Theo, der mit dem Computergeschäft, der sein Physikstudium geschmissen hat, also der hat einen neuen Lehrling oder Mitarbeiter.

Was soll daran so besonders sein?

Rate mal, wen er sich da ausgesucht hat?

Keine Ahnung, mit Computern kenne ich mich nicht aus, und in dem Laden war ich noch nie.

Du wirst es nicht erraten!

Mach's nicht so spannend, red schon!

Mein Büble ist's, der kleine Elnaton!

Das ist wirklich eine Sensation! Wie alt ist der denn?

Grade das richtige Alter für einen Lehrling, schätzungsweise sechzehn.

Ist das denn neuerdings erlaubt?

Ich glaube, auf Antrag, aber so genau weiß ich's auch nicht.

Ausgerechnet der kleine Rutzbichler! Bei dem Vater! Mal zu schweigen vom Großvater!

Und der Theo mit seiner Demo!

Die jetzt nicht mehr stattfindet. Alle Plakate sind über Nacht verschwunden.

Das ist mehr als seltsam. So ein Gesinnungswandel von heute auf morgen.

Ich kann mir's auch nicht erklären. Vom Flüchtlingsbekämpfer zum Flüchtlingsfreund!

Der Theo sieht mir gar nicht danach aus, als würde er einer plötzlichen Eingebung oder Erleuchtung folgen. Jahrelang hat er gegen die Flüchtlingspolitik gewettert – und jetzt auf einmal die Umkehr um hundert Prozent. Da muß etwas vorgefallen sein, von selber macht der das nicht.

Genauso denke ich auch, stimmte Ilse zu. Der alte Fanatiker und Neonazi, der soll auf einmal seine Ansichten geändert haben. Nie glaube ich das.

Da kommen einem natürlich so einige Ideen, spekulierte Hildegard.

Wer könnte ihn denn dazu gezwungen haben, wenn's nicht der Bürgermeister war? Die Helga doch sicher nicht, die hatte noch nie was zu melden daheim.

Vielleicht hat der Theo Dreck am Stecken und wird erpreßt? Aber von wem läßt er sich erpressen? Mir fällt keiner ein.

Mir schon, antwortete Ilse.

Denk doch mal nach! An dem Abend, als der Anbema im Gebüsch landete, waren die ganzen Stammtischbrüder im Wirtshaus. Und heimgefahren sind sie auch hinterher, wahrscheinlich halb besoffen im Auto. Daß der Toni ihnen nachschnüffelt, halte ich für sehr wahrscheinlich. Vielleicht hat der was entdeckt!

Aber da müßte er den Theo doch verhaften!

Ja, eigentlich schon.

Aber er ist halt auch ein Stammtischler, für die jüngeren sogar ein Schulfreund. Da überlegt sich auch ein Polizist, ob er Freunde anzeigt. Du weißt ja noch, wie zögerlich er auf unsere Drohbriefe reagiert hat. Da hat er wahrscheinlich auch vermutet, daß einer von den Saufbrüdern dahintersteckt.

Was du dir da zusammenreimst, sagte Hildegard und winkte der Bedienung.

Klingt doch logisch, oder?

Aber dann riskiert der Toni doch seine Stellung, seinen Beamtenstatus, mal abgesehen davon, daß man ihn dann auch anzeigen könnte.

Ja, genau! Strafvereitelung, heißt das.

Für so blöd halte ich den Toni auch wieder nicht. Der steht doch noch am Anfang seiner Karriere bei der Polizei.

Hildegard stand auf, zahlte und verabschiedete sich von Ilse.

Ich hab heute noch allerhand vor, Renate kommt mit ihrem Freund zum Abendessen.

Ach, traut sie sich jetzt doch! Der fesche Rektor ist ja allseits beliebt. Na, dann viel Vergnügen mit dem Schwiegersohn in spe!

27

Inge hatte ihren Mann aus dem Krankenhaus abgeholt.
Du mußt mir versprechen, daß du das nie mehr machst, einfach so zum Arzt zu gehen, ohne mir etwas zu sagen. Und dann liegst du auch noch im Krankenhaus, und ich erfahre erst Stunden später, wo du bist. Ich hab auch Nerven, nicht nur du! Und mir ist fast das Herz stehen geblieben, als ich das erfahren hab. Entschuldige. Ich wollte dich halt nicht beunruhigen und bin erst mal zum Arzt. Wie hätte ich wissen sollen, daß er gleich einen Krankenwagen bestellt und mich in die Klinik schickt? Er hatte es furchtbar wichtig, und ich hatte Todesangst. Ist doch alles noch gut ausgegangen.

Inge schwieg, bog dann in die Garage ein.

Und künftig sei vorsichtig, wenn du allein bist! Und mit dem fetten Essen ist auch Schluß. Hin und wieder ein kleines Bier, aber aufs Weintrinken mußt du verzichten, das ist Gift für dich. Ich hab mir ein vegetarisches Kochbuch besorgt, damit ich nicht auch noch schuld bin, wenn du wieder einen Infarkt kriegen solltest. Ab heute gibt's Schonkost. Wirst schon sehen, das schmeckt auch! Und hält dich gesund!

Eberhard nickte, was sollte er auch anderes tun? Er fühlte sich immer noch schwach, wollte sofort auf sein Sofa. Aber Inge scheuchte ihn weg. Du musst dich mehr bewegen und regelmäßig Sport machen. In deinem Zimmer steht doch das Fahrrad, das die Buben dir zu Weihnachten geschenkt haben. Da solltest du vor dem Mittagessen noch eine Runde drehen. Ich hab es schon richtig eingestellt, Dr. Reindl hat mir das genau erklärt. Also jetzt eine Viertelstunde aufs Radl, und einstweilen wärme ich das Mittagessen auf. Es gibt Zucchini mit Reis.

Jetzt bin ich beim Beilagenessen gelandet, dachte Eberhard

resigniert. Kein Schweinsbraten mehr, kein Schnitzel. Bald würde er aussehen wie einer von den dürren Müslis, die er jeden Morgen auf ihren Fahrrädern beobachtet hatte, wenn er an der Uni vorbeifuhr. Vorerst mußte er sich Inges Regiment beugen, er fühlte sich noch ohne Energie. Aber das mußte ja nicht so bleiben. Lustlos stieg er auf das Fahrrad und machte ein paar langsame Umdrehungen. Als er schneller trat, fühlte er einen Stich in der Brust, erschrak und radelte langsam weiter. Die Zeit dehnte sich, sehnsüchtig sah er auf seinen Lehnstuhl und die Musikanlage. Nur noch wenige Minuten, und er wäre befreit von dieser lästigen Gymnastik!

Als Inge ihn zum Essen rief, hatte er Schweißtropfen auf der Stirn. Dabei hatte er nicht einmal eine Viertelstunde auf dem Rad verbracht. Gegen Abend war noch so eine Viertelstunde eingeplant. Müde schlich er ins Wohnzimmer.

Einen Salat hab ich auch gemacht! Tomaten und Kopfsalat! Eine feine Salatsoße mit französischem Senf! Das wird dir bestimmt schmecken.

Den Senf hätte ich lieber auf einer Currywurst, dachte Eberhard, sagte aber nichts und setzte sich umständlich an den Tisch. Inge langte tief in die Schüssel und plazierte eine große Portion auf seinem Teller. Mutlos sah er auf den grünen Berg, der vor ihm lag. Dann griff er entschlossen zur Gabel und fing an, die Blätter zu falten und langsam in seinen Mund zu stopfen. Ja, das mit dem Senf stimmte. Er schloß die Augen und stellte sich vor, eine knackige Wurst zu zerbeißen. Lustlos kaute er auf den Blättern herum. Der Teller wollte gar nicht leer werden. Es war wie in seiner Kindheit, wenn er Haferbrei essen sollte. Er wälzte das Essen von links nach rechts, und dann stellte er sich vor, wie der zerkaute Salat in seinem Mund immer wärmer und unansehnlicher wurde. Ihm war übel, schon nach den ersten Bissen. Mußte er sich das gefallen lassen? Wie kam Inge dazu, derart über ihn zu bestimmen?

Tut mir leid, ich kann nichts mehr essen, mir ist schlecht, ich leg mich erst mal hin. Ich bin auch wirklich müde.

Inge stand auf und wollte mit ihm in sein Zimmer.

Nein, bitte laß mich jetzt allein! Ich kann schon noch ohne deine Hilfe die paar Schritte machen! Wenn ich ausgeschlafen habe, dann melde ich mich von selber. Und noch guten Appetit! Inge merkte die Ironie nicht, auch gut. Sie mußte jetzt die ganze Salatschüssel leeren. Auch um den Reis war es nicht schade. Er hatte vor, am Abend ins Wirtshaus zu gehen, vorher noch zum Arzt, als Tarnung. Bei dem Gedanken an einen reschen Schweinsbraten mit Knödel und einem frisch eingeschenkten Bier senkte sich langsam der Schlaf über ihn.

Inge saß ratlos über ihrem Salat. Da hatte sie sich so viel Mühe gemacht, extra noch in dem französischen Kochbuch nachgeschaut, wie man eine anregende Soße zustande brachte, und jetzt das! Wenn das jetzt so weiterging! Auf einmal schmeckte ihr der Salat auch nicht mehr. Sie hätte ihn doch wie sonst nur mit Essig und Öl und einem Schuß Sahne anmachen sollen. Wie sollte sie ihn satt kriegen, wenn er weiterhin das gesunde Essen verschmähte? Vom Reis hatte er nicht einmal gekostet. Dabei war auch dieses Gericht aus dem neuen vegetarischen Kochbuch exakt so zubereitet, wie vorgeschlagen, mit ein bißchen Margarine und viel Petersilie. Der blieb jetzt übrig, und sie konnte ihn am nächsten Tag noch einmal aufbraten, am besten mit Pilzen, die durfte er auch essen.

Sie räumte die Schüsseln weg, spülte die Teller und setzte sich aufs Sofa, um Hildegard anzurufen. Vielleicht gab es ja Neuigkeiten über die Stammtischler. Mit Eberhard konnte sie über dieses Thema überhaupt nicht reden. Er brummte nur vor sich hin, wenn sie anfing, von den Flüchtlingen zu erzählen. Eigentlich wollte er nur noch allein in seinem Zimmer hocken und Musik hören. Was mochte er sonst noch dort treiben? Seinen Schreibtisch hatte sie schon durchsucht, aber nichts gefunden. Sie konnte sich nicht vorstellen, daß man stundenlang nur dasaß und Musik hörte. So was Ödes! War das besser, als vorm Fernseher zu sitzen? Und mit ihr wollte er auch nichts zu tun haben, das war ihr nur allzu klar. Wie sollte das nur werden, wenn sie jetzt älter wurden? Jeder für sich in seinem Zimmer, und sie in der Küche beim Zubereiten von Mahlzeiten, die sie dann allein verzehren mußte? Von irgend etwas mußte Eberhard aber auch leben. Wenn er sich ausmalte, allein zum Stammtisch auszubüxen, dann täuschte er sich. Einmal war er viel zu schwach, um den Weg zu bewältigen, und dann war sie ja verantwortlich, zumindest für sein Essen. Während sie den Reis in den Kühlschrank stellte, überlegte sie sich eine Strategie. Vielleicht war Tofu die Lösung. Das sollte nach Fleisch schmecken, war aber irgendetwas Pflanzliches.

Das Telefon tutete, aber Hildegard war offenbar nicht zu Hause.

Sie setzte sich mit dem neuen Kochbuch aufs Sofa und studierte die Gerichte mit dem falschen Fleisch, dem Tofu. Und sie beschloß, gleich zum Biomarkt zu gehen und sich beraten zu lassen.

Draußen fielen ein paar Schneeflocken.

Inge zog die Stiefel und den wattierten Mantel an. Ob sie Eberhard so lange allein lassen durfte? Der Arzt hatte nichts von einer Dauerbetreuung gesagt. Außerdem war Mittagsschlafzeit. Beruhigt machte sich Inge auf in den Ort.

Eberhard hörte, wie die Haustüre geschlossen wurde. Er sah zum Fenster hinaus und beobachtete Inge, die vorsichtig auf dem Neuschnee trippelte.

Sie hat ihre Einkaufstaschen dabei und wird sicher länger wegbleiben, dachte Eberhard. Zeit, sich mal in Küche und Vorratsschrank umzusehen. Allmählich hatte er Hunger.

Im Kühlschrank wurde er fündig. Unten im Gemüsefach versteckt lag eine bereits angeschnittene Salami. Von der schnitt er sich ein ordentliches Stück ab, dann ging er auf die Suche nach einem Glas mit sauren Gurken, entdeckte es im Vorratsschrank und stellte es auf den Küchentisch. Jetzt noch eine Scheibe Bauernbrot! Dick Butter drauf! Irgendwo mußte auch noch Bier stehen. Eine Flasche Weizen im Kühlschrank! Er goß sich ein, schmierte sich das Butterbrot, belegte es mit Salami und fischte eine Gurke aus dem Glas! Das war ein Essen nach seinem Geschmack. Den farblosen Reis mitsamt dem matschigen Salat kann Inge selber essen, ich nicht! Einen großen Batzen scharfen Senf klatschte er auf das Salamibrot. Jetzt war es genauso, wie er es mochte. Heißhungrig verschlang er das erste Brot und machte sich an die Fortsetzung. Als Abschluß noch Emmentaler, anständig Pfeffer drüber wie früher auf der Dult! Er kaute jetzt langsamer, der erste Hunger war gestillt. Das Bier hatte er ausgetrunken. Zum Käse noch ein Glas Rotwein! Er entkorkte eine Flasche Lagrein, die er selber noch in Österreich gekauft hatte. Bedächtig schlürfte er, stieß ein bißchen auf, wie es sich gehörte und lehnte sich zufrieden zurück. Er überlegte, ob er das gebrauchte Geschirr verschwinden lassen sollte, entschied sich aber dagegen. In meinem eigenen Haus kann ich immer noch essen, was mir schmeckt, das muß ich nicht im Verborgenen tun! Nein, ich will mich nicht länger tyrannisieren lassen. Und wenn Inge sich auf den Kopf stellt. Diesen vegetarischen Fraß kann sie sonstwem servieren, mir nicht! Wer bin ich denn, daß ich mich verstecken muß, wenn ich esse, was mir schmeckt!

Eberhard fühlte sich gestärkt durch diese Mahlzeit, blieb in der Küche sitzen und nippte hin und wieder von seinem Wein. Er fühlte sich der kommenden Auseinandersetzung gewachsen und würde zeigen, wer hier Herr im Haus war.

28

Lisa schloß den Laden ab und ging in die Küche. Die Kartoffeln hatte sie schon vorgekocht, die Koteletts kamen ins flüssige Butterschmalz. Andi war noch bis zum Spätnachmittag in der Kita. Jetzt noch ein Bier auf den Tisch und die Semmeln.

Seppi, kommst du?

Sepp kam in einem sauberen Hemd die Treppen herauf, was Lisa als Versöhnungszeichen deutete. Es hatte einige Zeit gedauert, bis Sepp zum Essen ohne seine Metzgerschürze erschien. Das war ein Streitpunkt von Anfang an gewesen.

Hm, riecht gut!

Sepp setzte sich und goß sich ein Bier ein.

Magst auch noch einen Salat dazu, fragte Lisa. Ist schnell gemacht.

Nein, laß doch. Ich bin zufrieden, wenn genug Kartoffeln da sind. Und die Qualität der Koteletts, dafür verbürge ich mich.

Sie saßen gemeinsam vor ihrer Mahlzeit und redeten erst einmal nichts. Nach den ersten Bissen sagte Lisa:

Du wirst sehen, es ist gut für unsere Beziehung, daß ich jetzt richtig angestellt bin bei dir, mit Gehalt und Versicherungen, wie es sich gehört. Es ist ja kein Nachteil, wenn ich zufrieden bin und zuverlässig arbeite.

Sepp sah sie an.

Mit ihren dunklen Augen und den blonden Haaren, immer noch die Schönste weit und breit!

Er tätschelte ihre Hand, ohne zu antworten.

Schließlich brachte er doch noch einen Satz heraus:

Der Klügere gibt nach!

Lisa lachte.

Ja, so kannst du es auch sehen.

Noch was, setzte Sepp hinterher:

Ich hab mir's überlegt, wir stellen den Flüchtling ein, wenn es geht, als Lehrling. Toni hat mir versprochen, das zu regeln.

Lisa horchte auf.

Was? Du willst den Eritreer einstellen? Das ist ja ganz was Neues. Wie kommst du denn darauf?

Ich hab mir halt gedacht, wir sollten auch was für die Flüchtlinge tun. Uns geht's ja gut, das macht uns nicht arm, wenn wir so einen Heimatlosen beschäftigen.

Lisa sah ihn einen Augenblick nur an. Sie sagte nichts.

Sepp forschte in ihrem Gesicht. Ahnte sie etwas? Er wandte den Blick ab und widmete sich wieder seinem Kotelett.

Da werden sich deine Stammtischbrüder die Mäuler zerreißen, sagte Lisa. Aber ich find's gut. Recht hast du, daß du nicht jeden Schmarrn mitmachst, den die im Wirtshaus propagieren. Wann soll er denn anfangen, unser Lehrling?

Es liegt noch keine endgültige Genehmigung vor. Aber der Toni meint, er könne das durchsetzen. Schließlich wollen ja alle, daß die Flüchtlinge so bald wie möglich auf eigenen Füßen stehen und die Allgemeinheit nicht mehr belasten.

Sie aßen schweigend weiter, Sepp nahm sich noch einmal von den Kartoffeln.

Kann er denn Deutsch, unser neuer Lehrling?

Zum Aufwischen und Austragen wird's schon reichen. Da muß man nicht viele Worte machen.

Ich werde mal Inge oder Hildegard anrufen, die können mir da sicher mehr erzählen. Die werden sich freuen über deinen Entschluß.

Hm, meinte Sepp nur. Ich leg mich eine halbe Stunde aufs Sofa.

Lisa füllte die Spülmaschine. Dann rief sie Verena und Carmen an und bat sie, Andi von der Kita abzuholen. Vielleicht konnten sie auch heute Abend auf ihn aufpassen. Lisa wollte Sepp mit einem Kinobesuch überraschen.

Als sie Inge anrief, läutete das Telefon ziemlich lange, bevor abgenommen wurde.

Ach, Lisa, du bist's. Ich hab jetzt immer Angst, daß mir der Arzt neue Hiobsbotschaften mitteilt. Nein, du störst mich nicht. Ich war grade einkaufen.

Inge schnaufte laut.

Geht's dir nicht gut, fragte Lisa.

Ich hab mich nur aufgeregt, du wirst es nicht glauben, was sich bei uns zur Zeit tut. Stell dir vor, ich komme heim, und auf dem Tisch finde ich die Überbleibsel von Eberhards Vesper, Wurstreste, Bierglas, Weinglas, den verpackten Käse. Nicht mal weggeräumt hat er es.

Lisa sagte erst mal nichts, weil sie nichts Ungewöhnliches an so einer Brotzeit fand.

Ja, und?

Das Mittagessen hat er stehen lassen, grad mal zwei Gabeln Salat hat er gnädigst gegessen, dann wurde ihm angeblich übel und er ist in seinem Zimmer verschwunden, aufs Sofa wollte er sich legen. In Wirklichkeit hat er nur abgewartet, bis ich aus dem Haus war. Und dann hat er geschlemmt.

Sei froh, wenn er wieder Appetit hat, meinte Lisa.

Ja, Appetit! Er soll doch nichts Fettes mehr essen, und Alkohol ist überhaupt verboten. Da trinkt er frech Bier und Wein und läßt die Gläser extra stehen, damit ich mich aufrege. Dabei hab ich mir ein Kochbuch gekauft, in dem wirklich schöne vegetarische Rezepte stehen, und heute Mittag hab ich mit viel Mühe auch danach gekocht. Und er läßt alles stehen und macht sich in meiner Abwesenheit über Wurst und Käse her! Dabei hab ich teuer im Bioladen eingekauft, damit auch ja alles gesund und gut verdaulich ist und er nicht mich verantwortlich machen kann, wenn sein Herz wieder verrückt spielt.

Das kann ich mir gut vorstellen, antwortete Lisa. Wenn ich dem Sepp mit Vegetarischem käme, da würde er mit Sicherheit ins Wirtshaus fliehen.

Aber dein Sepp hatte keinen Herzinfarkt! Danach muß man seine Eßgewohnheiten umstellen, hat mir Doktor Riedl eingeschärft. Als ob ich nicht von jeher lieber fleischlos gegessen hätte! Nichts gegen eure Wurst und Schnitzel, die kaufe ich natürlich immer noch gerne. Aber eher Gelbwurst und mageres Kalbfleisch.

Wirst du ihm jetzt einen Krach machen, wenn er wieder erscheint?

Ich weiß auch nicht, sagte Inge, was ich machen soll. Aufregen darf er sich ja auch nicht.

Am besten, meinte Lisa, du sagst gar nichts, räumst das Geschirr weg und gibst ihm zum Abendessen ein bißchen Gelbwurst und ein kleines Bier, so zum Abgewöhnen. Dann denkt er, er hat dich überzeugt und ist friedlich. Hat ja keinen Sinn, sich rumzustreiten, bewachen kannst du ihn nicht, und dann wartet er ab, bis er allein daheim ist und schlägt sich den Bauch voll mit lauter ungesundem Zeugs.

Ich glaub, das mach ich. Danke für den guten Rat. Hast es wahrscheinlich auch nicht leicht mit dem Sepp, oder?

Ist besser geworden, antwortete Lisa. Ich hab ihn davon überzeugt, mich als normale Angestellte zu führen, mit Gehalt und Versicherungen. Das war ein harter Kampf, aber am Ende hat er klein beigegeben. Meine Eltern haben auch ein Wörtchen mitgeredet, besonders die Mama. Da waren die zwei Mannsbilder total baff, wie die auf einmal meine Partei ergriffen hat. Aber eigentlich habe ich dich wegen was anderem angerufen. Du gehst doch immer noch mit den Flüchtlingen einkaufen, oder?

Ja, klar. Aber jetzt war erst mal eine Woche Pause, weil der Anbema im Krankenhaus lag. Jetzt ist er wieder da, nur mit einem Armbruch, und es normalisiert sich alles. Für morgen am Nachmittag ist eine Einkaufstour geplant. Warum fragst du?

Es geht um unsern neuen Lehrling. Sepp hat von heute auf morgen beschlossen, einen von deinen Buben als Lehrling anzustellen. Die Formalitäten sind zwar noch nicht geregelt, aber anscheinend kann der Toni durchsetzen, daß die Flüchtlinge arbeiten dürfen.

Und in die Schule gehen, sagte Hildegard. Für den Anbema wär das ganz wichtig. Er soll ja später mal möglichst Abitur machen. Den halte ich für besonders intelligent. Das ist doch der mit dem Unfall?

Ja. Und es geht ihm auch schon wieder viel besser. Ein paar Leute aus dem Ort haben kleine Freßkörbe gebracht und ihm gute Besserung gewünscht. Das hat ihn sehr gefreut.

Für uns kommt der mal nicht in Frage, sondern einer von den Jüngeren.

Da kann ich den Elnaton empfehlen, ein sehr friedliches Bürscherl, nett und zuvorkommend. Aber, sag mal, dein Sepp ist ja eher nicht als besonderer Flüchtlingsfreund bekannt. Hast du da nachgeholfen?

Nein, sagte Lisa, überhaupt nicht. Ganz von allein ist er darauf gekommen, daß wir ja eigentlich auch was für die elternlosen Buben tun sollten. Und recht hat er.

Inge sagte erst mal nichts. Sie dachte über den Sinneswandel von Sepp nach.

Das finde ich wirklich eine gute Idee, sagte sie schließlich. Hoffen wir, daß sich die Formalitäten nicht zu lange hinziehen. Es ist höchste Zeit, daß die Buben endlich eine Perspektive haben.

Ja, und danke für den Vorschlag. Ich gebe gleich an meinen Dienstherrn weiter.

Lisa lachte laut über ihre eigene Formulierung.

Und Inge meinte, ja, die sogenannten Dienstherren, daß ich nicht lache. Der meinige wird auch bald von seinem Sofa aufstehen und in der Küche rumschnüffeln. Wahrscheinlich überlegt er sich schon eine paar scharfe Formulierungen, um mein Schimpfen zu bremsen. Aber da hat er sich geschnitten! Kein Wörtchen werde ich sagen!

29

Klaus schloß seinen SUV auf und machte die Heizung an. Ein paar Minuten mußte er noch warten, bis der Einführungskurs im Eisstadion zu Ende war. Die letzte Stunde hatte er sich mit ein paar Zeitschriften ins Café gesetzt und gemütlich einen Cappuccino und einen Cognac genossen. Das war ein Sonntagnachmittag nach seinem Geschmack. Nur nicht mit der Familie spazieren gehen! Ob Sommer oder Winter, das war ihm stets gegen den Strich gegangen. Da hatschten die Zwillinge vor ihnen her, machten allerlei Unsinn, bewarfen sich im Winter mit Schnee oder rupften im Sommer alle möglichen Blümchen aus, die dann die Erwachsenen heimtragen mußten.

Wie schön diese einsame Stunde mit seiner Lektüre gewesen war! Er würde vorschlagen, das jeden Sonntag zu machen. Die Kinder brauchten ja auch Übung, sollten nicht gleich wieder mit dem Training aufhören.

Eine gute Idee war das gewesen, den drei Flüchtlingsteenagern Schlittschuhe zu kaufen. Einer von ihnen, der im Krankenhaus gewesen war, konnte noch nicht mitmachen, weil er den Arm im Gips hatte. Eine blöde Geschichte, dachte Klaus. Ist ja weiter nichts passiert, beruhigte er sich. Aber trotzdem: So ein halbes Kind erst anfahren und dann im Gebüsch verstecken oder entsorgen. Was hatte sich der Autofahrer dabei gedacht. Vielleicht waren es auch zwei gewesen, wer weiß? Jedenfalls konnte sich der Junge an nichts mehr erinnern, auch nicht an den oder die Flüchtigen. Ob das stimmte? Wenn ich so allein in der Fremde wäre, würde ich mich auch hüten, jemand zu beschuldigen, dachte Klaus. Auf jeden Fall haben wir uns dankbar gezeigt und kümmern uns um die Jungen.

Es war Zeit, allmählich zum Eingang zu schauen, ob sie schon fertig waren. Seine Zwillinge hatten seit zwei Jahren Training für Fortgeschrittene. Sie tanzten schon ziemlich virtuos miteinander, drehten Pirouetten und versuchten sich in Sprüngen. Ihre Trainerin hatte sogar vorgeschlagen, sie in einem Camp während der Ferien speziell zu trainieren, aber er war dagegen. Auf keinen Fall wollte er Leistungssportlerinnen aus ihnen machen, schließlich las man ja erschreckende Berichte über gedopte Teenager und kaputte Knochen. Von ihm aus konnten sie zum Spaß schlittschuhfahren, aber sie jeden Tag mehrere Stunden aufs Eis zu schicken, das würde er nicht erlauben.

Da kamen auch schon seine beiden Töchter, umringt von den drei Jungen, alle mit roten Wangen und laut lachend.

Papa! riefen sie, dürfen wir noch ins Café? Für jeden eine heiße Schokolade, bitte!

Klaus freute sich, daß er den Nachmittag noch ein bißchen ausdehnen konnte.

Ja, aber erst die Schlittschuhe ins Auto!

Und dann saßen sie alle vor ihren dampfenden Tassen, und Klaus empfand ein Glücksgefühl, das er lange nicht gespürt hatte. Ja, jetzt waren alle glücklich, und nur, weil er ihnen eine heiße Schokolade spendierte! Auch die Jungen gingen allmählich aus sich heraus und radebrechten auf Deutsch und Englisch, was die Zwillinge zu Lachsalven animierte.

Du zwei Queen of Ice! Springen auf Eis wie Tier in Savanne! Eiserne Antilope! Wir wie Eisbären hopp, hopp!

Klaus hörte nicht genau hin. So ein Kuddelmuddel, kein Wunder, daß Verena und Carmen Tränen lachten. Aber eigentlich nicht zum Lachen. Sie sollten richtig Deutsch lernen, sonst würde das nie was mit Integration und Beruf.

Da wandte sich der Kleinste an ihn:

Ich Lehrling, ich Tiere schlachten, Wurst verkaufen.

Du hast eine Lehrstelle, fragte Klaus erstaunt.

Ja, bald. Dann viel Geld und du mit mir in Café!

Klaus lächelte.

Ja, schön wär's, dachte er, aber das stimmte sicher nicht. Sie durften ja weder lernen noch arbeiten, wenn sie noch keinen Asylbescheid hatten. Hatte sich da jemand einen Spaß gemacht und falsche Versprechungen gegeben?

Da blieb nur Sepp Heitzenbaumer als Lehrherr, sonst gab's weit und breit keinen Metzger mehr. Daß der einen Flüchtling einstellte, glaubte er nicht. Hatte er nicht vor kurzem erst einen von denen rausgeschmissen? Angeblich Eifersucht, weil Lisa ein Auge auf ihn geworfen hatte. Ziemlich unwahrscheinlich, daß sich die Metzgersgattin und junge Mutter für so einen Teenager interessierte. Die Leute ratschten und kombinierten, bis ihre Vorstellungen sich allmählich zu ihrer Wahrheit verdichteten.

So, Kinder, trinkt aus, es wird dunkel, wir fahren heim.

Klaus ging zur Kasse und bezahlte.

Zuerst brachte er die Jungen zu ihrem alten Wirtshaus.

Vergeßt eure Schlittschuhe nicht!

Als sie die kurze Strecke zu seinem Haus fuhren, überlegte er, ob das klug gewesen war. Die Jungen könnten auf den Gedanken kommen, sich mit den Schlittschuhen aufs dünne Eis auf dem See zu wagen.

Aber da waren sie schon zu Hause. Aus der Küche duftete es.

Ich habe Rouladen für uns alle gemacht, rief Ingrid.

Der Tisch war für sieben Personen gedeckt.

Kriegen wir Besuch, fragte Klaus.

Wo habt ihr denn die Buben gelassen?

Heimgefahren!

Und mir sagt keiner was, jammerte Ingrid. Es ist Sonntagabend, und die sitzen jetzt allein in ihrem alten Wirtshaus. Ich verstehe dich nicht. Wieso hast du sie nicht mitgebracht?

Du hast nichts gesagt, antwortete Klaus. Und wenn ich die Buben mitgebracht hätte und du hättest nur für uns gedeckt, da wär auch wieder die Hölle los gewesen. Wie man's macht, ist's falsch. Soll ich nochmal losfahren und sie abholen?

Ach, das ist jetzt zu spät. Kommt zum Essen!

Die Zwillinge hatten sich umgezogen und kamen in ihren Jogginganzügen heruntergepoltert.

Sie erzählten von ihren Dreiersprüngen und Pirouetten und aßen mit ungewöhnlichem Appetit, nahmen sogar Knödel und Soße.

Und wie hat's den Buben gefallen?

Die sind alle drei noch mit den Plastikeisbären rumgezockelt. Bis die richtig fahren können, das wird schon noch eine Weile dauern. Aber für nächsten Sonntag haben wir wieder ausgemacht, daß wir sie mit dem Auto abholen.

Aha, meinte Ingrid. Ich kann ja dann auch mal fahren, wenn Papa was anderes vorhat.

Nein, nein, widersprach Klaus sofort, ich mach das wirklich gerne.

Und was hast du gemacht, fragte er weiter.

Ich hab mir's richtig gut gehen lassen, hab mir ein Bad eingelassen und mit dem Roman angefangen, den mir Ilse zum Geburtstag geschenkt hat.

Also waren wir alle zufrieden, meinte Klaus abschließend und wischte den letzten Soßenrest mit einer Semmel auf.

30

Hildegard stand vor ihren Einkäufen und schlug das alte Kochbuch auf, das sie vor vielen Jahren als Hochzeitsgeschenk von ihrer Mutter erhalten hatte. Schon lange hatte sie keine Schweinelende mehr zubereitet, wie lange eigentlich? Renate liebte vegetarisches Essen und italienische Gerichte, und fürs Budget war's auch billiger. Seit Heiner tot war, hatte sie keinen richtigen Braten mehr auf den Tisch gebracht.

Aber heute Abend wollte Renate ihren Freund, den Rektor, den sie Till nannte, zum Essen mitbringen. Wenn Männer eingeladen werden, muß Fleisch auf den Tisch, das war schon immer so gewesen. Ob die jungen Männer heutzutage auch eher Vegetarier waren, wußte sie nicht. Renate hatte jedenfalls nichts verlauten lassen.

Und so machte sich Hildegard daran, die Lende zu braten, Pfifferlinge in den Bratensaft zu schnipseln und Blätterteig aufs Blech zu legen, in den sie das alles einwickeln würde. Vorher ein Salat und grüne Bohnen zum Fleisch. Vielleicht machte sie, wenn noch Zeit war, einen Schokoladenpudding als Nachspeise.

Das Fleisch war im Rohr, die Bohnen köchelten vor sich hin, der Salat war angemacht und der Tisch gedeckt.

Sie war jetzt müde vom langen Stehen. Aber bei Tisch würde sie sitzen bleiben dürfen, weil Renate die Speisen aus der Küche brachte. Das hatte sich seit einiger Zeit eingebürgert. Renate war froh, daß sie nicht kochen mußte, und Hildegard brauchte nicht aufstehen und mühsam ihre Gelenke wieder in eine andere Richtung bringen.

Sie nahm die Schürze ab und richtete ihre Haare im Spiegel. Sie war zufrieden mit ihrem Aussehen. Ich bin sechzig, dachte sie, aber kann noch so ziemlich alles machen, was im Haushalt zu tun ist. Seit einiger Zeit war sie in einer sogenannten Rükkenschule, in der man lernte, daheim weiter zu üben, um die Schmerzen zu lindern. Gleich bei den ersten Anzeichen hatte der Arzt sie dahin geschickt. Die Übungen machten ihr keine Schwierigkeiten. Helga tat ihr leid, sie verrenkte ihre Glieder unter großen Schmerzen, hinkte auch schon ein bißchen auf dem Heimweg. Sie waren ungefähr gleich alt, aber was für ein Unterschied! Theo, ihr Mann, schnauzte sie ständig an, sie solle sich zusammenreißen. Dabei durfte sie nicht jammern, gleich raunzte Theo, was er für ein Pech mit seiner Alten hatte.

Ach, die Männer, seufzte Helga, selber so wehleidig, aber ständig am Meckern über ihre Frauen.

Hildegard gab keinen Kommentar. Sie kannte den Theo, mit dem war nicht gut Kirschen essen. Von Heiner wußte sie, was der verstorbene Vater Rutzbichler alles während des Dritten Reichs angestellt hatte. Der Apfel fiel nicht weit vom Stamm, dachte sie. Man erzählte sich, daß Theo bei einer rechtsradikalen Organisation war. Aber Hildegard wollte das gar nicht so genau wissen.

Sie war schon gespannt auf den jungen Mann, der ihrer Tochter gefiel, und sie wollte ihn auch ein bißchen aushorchen, was er von den Flüchtlingen hielt und ob er bei einer Partei war.

Da ging auch schon die Haustüre und Renate stellte ihren Rektor der Mama vor. Beide zogen die Schuhe aus. Hildegard konnte nicht widerstehen, Tills Socken zu inspizieren. Keine Löcher, schon mal das!

Till überreichte ihr einen Tulpenstrauß, Renate suchte eine Vase.

Ein Frühlingsstrauß mitten im Winter!

Hildegard lächelte ihren Gast an.

Bitte, nehmen Sie doch Platz!

Renate trug den Salat auf, stellte die Semmeln auf den Tisch. Sie überbrückte das Schweigen der beiden anderen durch die lebhafte Erzählung einer Schneeballschlacht, Lehrer gegen Schüler auf dem Pausenhof.

Das hätten wir uns als Schüler nicht getraut, meinte Hildegard.

Till erwiderte lachend:

Früher mußten die Lehrer um ihre Autorität fürchten, sie waren ja auch nicht für Schneeballschlachten gekleidet, alle in Anzug und Krawatte. Das ist Gottseidank vorbei. Der Autorität hat es bisher nicht geschadet, wenn sich die Lehrer auch mal als Menschen zeigten und nicht nur als Amtspersonen. Und bei so einer Schneeballschlacht kann man ungestraft seine Aggressionen gegen die Lehrer loswerden, ohne daß man als Schüler Strafen befürchten müßte.

Eine heilsame, fast therapeutische Veranstaltung, ergänzte Renate. Und von Siegern und Verlierern war keine Rede mehr, alle waren gleich weiß vom Schnee hinterher. Und alle haben wild geschrien und gelacht, auch die Lehrer. Dabei konnten die Schüler sehen, wie ihre Erzieher ganz ähnlich wie sie selber reagierten.

Hildegard steuerte noch ein paar Geschichten aus ihrer Schulzeit bei den Klosterfrauen bei: über Anstandsunterricht und Handarbeitsstunden, über gemeinsamen Kirchgang und verordnete Exerzitien bei einem Benediktinerpater.

Und langsam wendete sich das Gespräch zu aktuellen Themen, als Hildegard von ihrer Arbeit mit den Flüchtlingen erzählte.

Übrigens, das Neueste, sagte Renate, du weißt doch, daß der Thomas, der Sohn von Helga und Theo, einen Computerladen im Ort aufgemacht hat, vor ungefähr zwei Jahren. Und genau in diesem Geschäft hab ich gestern, als ich einen neuen USB-Stick gekauft habe, einen von deinen Eritreern gesehen.

Ich wußte gar nicht, daß sie da oben im Wirtshaus Computer haben.

Er war auch gar nicht als Kunde im Laden, sondern stand hinter der Theke, zusammen mit Thomas, als der mich bedient hat. Da hab ich ihn direkt gefragt, ob er jetzt einen Lehrling hat. Nein, keinen Lehrling, nur einen Assistenten, den er anlernt. Übrigens ein ziemlich großer Teenager, bestimmt 1.80 und wahrscheinlich schon älter als sechzehn. Dann war das der Dahlek. Soviel ich weiß, hat der von Computern keine Ahnung. Und was wird der Theo dazu sagen, daß sein Sohn mit einem Flüchtling zusammen arbeitet.

Genau das hab ich mich auch gefragt, sagte Renate, und ich hab so beiläufig gesagt, was meint denn dein Vater zu deinem neuen Assistenten? Und, jetzt stellt euch das vor, der Thomas sagt doch glatt: der ist total einverstanden, er hat mir das sogar vorgeschlagen, damit ich ein bißchen Arbeit delegieren kann. Da war ich platt. Der Theo, der alte Flüchtlingshasser!

Es passieren schon seltsame Dinge in letzter Zeit, ergänzte Hildegard. Der Sepp will einen Metzgerlehrling einstellen, und, rate mal, wen er sich da ausgesucht hat! Den Elnaton! Wo er doch erst kürzlich einen von denen am Krawattl gepackt und rausgeschmissen hat. Es geschehen noch Zeichen und Wunder!

An Wunder glaube ich eher nicht, mischte sich Till ins Gespräch ein. Das muß schon einen Grund haben, daß aus Feinden Freunde werden.

Ich bin auch skeptisch, sagte Hildegard, was den plötzlichen Sinneswandel von Sepp und Theo betrifft. Übrigens war der Toni lange beim Sepp zu Besuch, als die Lisa grad wieder mal zu ihren Eltern geflüchtet ist. Mag Zufall sein, aber vielleicht hat der Toni den Sepp dazu gebracht, einen Flüchtling als Lehrling anzustellen.

Der Toni? Der lasche Kerl, der nicht mal eine Anzeige aufnehmen kann? Deswegen wollte ich mich auch noch erkundigen, ob er das überhaupt darf, so eine Anzeige einfach nicht anzunehmen wegen Geringfügigkeit. Die anonymen Briefe kann man ja auch als Drohungen lesen.

Na gut, es ist ja nichts passiert, entgegnete Hildegard. Und aus solchen Dummejungenstreichen gleich eine öffentliche Angelegenheit zu machen – da hat er wahrscheinlich abgewogen, was weniger Staub aufwirbelt.

Oder er hatte Freunde in Verdacht, kann doch auch sein. Er ist ja Stürmer beim Fußballverein und wird auch öfter mal am Stammtisch gesehen. Da wird er halt gedacht haben, laß ich die Anzeige unter den Tisch fallen und mache mich nicht unbeliebt bei den Spezln. Ist schon problematisch, wenn die Polizei so viele alte Freunde im Ort hat.

Normalerweise setzen sie Polizisten nicht in ihrem Heimatort ein, meinte Till.

Der Toni kam ja aus der Großstadt, da haben sie wahrscheinlich nicht genau nachgeschaut, als sie ihn aufs Land versetzt haben. Wieso er nicht in München geblieben ist, weiß ich auch nicht.

Normalerweise reißen sich die Beamten nicht um Stellen in der Pampa, sagte Till. Die meisten wollen in große Städte, schon wegen der geteilten Verantwortung.

Die Unterhaltung der drei kreiste um die Probleme in den kleinen Gemeinden, um ärztliche Versorgung, um Baugenehmigungen, um steigende Mieten, um Lehrermangel und bauliche Mängel im Schulhaus.

Hildegard hatte auf den Schokoladenpudding vergessen, und Renate holte eine Pralinenschachtel aus ihrem Zimmer. Ein Geschenk des Elternbeirats von der letzten Versammlung, erklärte sie. Der Wert ist unter 10 Euro, deswegen durfte ich's annehmen.

Till lehnte ab, die beiden Frauen nahmen je eine Praline.

Wir haben so eine kleine Espressomaschine, willst du einen? Ist schnell gemacht.

Renate stellte die kleine Tasse mit dem schaumigen Espresso vor Till hin.

Vielen Dank, sagte er, es war ein wirklich feines Essen.

Hildegard holte den Birnenschnaps, noch aus Heiners Beständen.

Ein kleines Stamperl?

Alle drei saßen vor ihren Schnapsgläsern und prosteten sich zu.

Als das Telefon läutete, ging Renate dran.

Ist für dich, Mama. die Inge!

Was, jetzt so spät? Hoffentlich ist mit Eberhard nichts passiert.

Sie lauschte schweigend, was Inge ihr erzählte, äußerte nur hin und wieder Laute des Erstaunens.

Na, so was!

Ach, wer hätte das gedacht!

Renate und Till hörten zu und sahen Hildegard gespannt an. Was ist denn da schon wieder passiert, daß sie dich zu nachtschlafender Zeit anruft. Eberhard?

Nein, ganz und gar nicht.

Inge wollte etwas loswerden, was sie beschäftigt hat und nicht schlafen ließ.

Jetzt erzähl halt schon!

Stellt euch vor, auch der Hias, also seine Tochter, die jetzt Chefin in der Bäckerei ist, also die beiden haben jetzt auch einen Flüchtling als Lehrling. Inge vermutet, daß die Ehefrau des Hias, die Erna, das bewirkt hat. Die wollte ja ursprünglich auch bei der Flüchtlingsbetreuung mitmachen, aber der Hias hatte ihr das verboten, daran erinnere ich mich noch.

Aha, sagte Renate, ein weiterer Fall der Bekehrung! Ich glaub's nicht! Bei Theo, Sepp und Hias ein zeitgleiches Umschwenken! Da gibt's einen Hintergrund, von dem wir nichts wissen.

Soll ich mal kombinieren, fragte Till. Freiwillig werden die drei nicht von ihren Vorurteilen gelassen haben. Erpressung? Aber womit? Ob sie vielleicht diese Drohbriefe geschrieben haben? Und Toni hat gewissermaßen eine tätige Buße von ihnen gefordert, quasi als Wiedergutmachung?

Ja, kann sein, meinte Renate. Aber bei den Briefen gab es keine Beweise, nicht mal Fingerabdrücke. Und dann ist das ja auch nur eine Bagatelle, weil nichts passiert ist. Ich denke da eine Kategorie höher.

Was könnten die drei denn verbrochen haben?

Zähl doch eins und eins zusammen, Mama! Die drei sind Stammtischbrüder, waren an dem bewußten Abend, als der Flüchtling mit dem Radl von einem Auto angefahren wurde, mit Sicherheit nicht mehr nüchtern. Die könnten es also gewesen sein, die den Jungen dann ins Gebüsch befördert haben.

Und Toni? Offiziell gibt es keine neuen Erkenntnisse, stand in der Zeitung.

Keine Ahnung, sagte Renate, ob er was rausgekriegt hat. Aber wenn, dann könnte er seine Spezln doch erpressen: Euer Engagement gegen mein Schweigen.

Man müßte schon den Charakter dieses Toni näher kennen – ob er so moralisch denkt und seine Karriere riskiert.

Er ist eigentlich nur durch die Karin in Verruf geraten. Sie hat behauptet, er hätte sie geschlagen. Niemand hat nachgeprüft, ob das stimmt oder ob sie's erfunden hat, um ihren Umzug nach München plausibel zu machen. Sie soll übrigens wieder mit einem Freund zusammenleben, hab ich gehört.

Ach, die Karin, so ein Flietscherl! Die hatte ja mit fast jedem was. Auf das, was die sagt, geb ich gar nichts. Heiner hatte sie im Unterricht, den sie übrigens mit gefälschten Unterschriften ihrer Eltern regelmäßig geschwänzt hat.

Hildegard räumte die Schnapsflasche weg, Till erhob sich, verabschiedete sich mit Handschlag und Verbeugung von den beiden Frauen, und dann war's auch schon höchste Zeit zum Schlafengehen. Der Unterricht würde am nächsten Tag um acht Uhr beginnen, und Renate ging zuerst ins Bad, bedankte sich bei ihrer Mutter fürs Essen und schlief sofort ein.

Hildegard grübelte noch eine ganze Weile über die möglichen Verwicklungen nach, bis sie endlich einschlief.

31

Ilse wachte auf, weil das Telefon läutete. Ein Blick auf die Uhr: Was, schon halb acht! Sie hatte verschlafen.

Lore war am Telefon.

Mama, hab ich dich geweckt? Ich wollte nur noch mal anrufen und mich bedanken, daß ihr so nett zu meinem Freund wart. Ist ja nicht selbstverständlich. John läßt euch grüßen.

Ach, Lore, dein Freund ist wirklich ein patenter Kerl. Hat er vor, in Deutschland zu bleiben?

Kommt drauf an, antwortete Lore. Er muß erst noch seine Habil fertig machen, und dann beginnt der Bewerbungsmarathon. Auf jeden Fall will er euch fürs nächste Wochenende zu sich einladen. Er hat ja eine Wohnung hier, mitten in der Stadt, und kochen kann er auch, das kann ich dir versichern.

Wie aufmerksam von ihm, sagte Ilse. Das werde ich gleich dem Papa erzählen.

Lore lachte am Telefon.

Dazu viel Glück!

Er wird schon mitkommen, dafür sorge ich. In letzter Zeit ist es ziemlich still geworden mit den Stammtischlern und Bauernparteilern. Mir kommt vor, sie haben Manschetten vor den möglichen Untersuchungen, was den Unfall betrifft. Für den Flüchtlingsbuben ist das glimpflich ausgegangen. Ich vermute aber, daß der Anbema, der ein intelligenter Junge ist, mehr weiß, als er sagt. Er ist mit seinem Gipsarm wieder im alten Wirtshaus. Wie Toni überall verbreitet, kann er sich an nichts mehr erinnern. Und genau das bezweifle ich.

Er wird sich halt ausrechnen, daß er mit einer Schilderung seiner Erinnerung allerhand Aufregung oder auch Aggression auslösen könnte, und deswegen hält er lieber den Mund.

Im Ort grassieren allerhand Gerüchte.

Ja, Mama, kann ich mir vorstellen. Darüber reden wir am Wochenende. Ich mache jetzt Schluß, weil ich zur Vorlesung muß. Also, mach's gut, bis Samstag!

Ilse überlegte, ob sie Hildegard noch einmal anrufen sollte, ließ es aber bleiben. Wir treffen uns ohnehin heute Nachmittag mit Inge zum weiteren Vorgehen im alten Gasthaus.

Wo steckte eigentlich Michael?

Im Schlafzimmer war er jedenfalls nicht mehr. Und nach Kaffee roch es auch nicht. Wäre auch ein halbes Wunder, wenn der mal den Filter füllen würde und Wasser nachgießen.

Resigniert ging Ilse in die Küche.

Hier war Michael auch nicht.

Sie sah in der Garderobe nach. Sein Lodenmantel fehlte. Daß er so früh am Morgen unterwegs war, ohne Frühstück!

Ilse sah im Kühlschrank nach. Sie hatte gestern vergessen, Weißwürste zu kaufen. Oh je, da würde er wieder meckern. Noch nie hatte sie verstanden, wie man als erstes am Morgen in eine heiße Weißwurst mit süßem Senf beißen mochte.

Kaffee und Marmeladenbrot, das war ihr Geschmack am Morgen. Und sonntags wurden Semmeln aufgebacken.

Ilse deckte den Tisch, überlegte einen Moment, ob sie nur für sich einen Teller hinstellen sollte, entschied sich aber dann für zwei Gedecke.

Die Haustüre ging, als sie Butter und Marmelade aus dem Kühlschrank holte.

Michael stand mit rot gefrorener Nase vor ihr, der Mantel mit Schnee überpudert.

Ja, sag, wo warst du denn in aller Herrgottsfrüh?

Schau in den Kühlschrank, dann weißt du, wo ich war. Hast ja nicht mal mehr Zeit, für deinen eigenen Haushalt vernünftig einzukaufen, mußt nur noch mit deinen Negern im Supermarkt rumspazieren. Meinst du, ich schmeck das nicht, diese farblosen Würste, die du da einkaufst? Ich war beim Sepp, der hat immer noch die besten Würste weit und breit.

Michael warf ein rotkariertes Päckchen auf den Tisch.
Wasser wirst du ja noch heiß machen können, oder?
Ilse stellte einen Topf mit Wasser auf die Schnellkochplatte.
Ja, hock dich hin, gleich kriegst du deine heiligen Würste.
Michael hängte den feuchten Mantel in die Garderobe, ging
ins Bad und kam frisch gekämmt und gescheitelt wieder.
Du spazierst immer noch im Morgenmantel rum. Wie lange
hast du wieder geschlafen?
Ich hab nur noch mit Lore telefoniert, am Samstag sind wir
bei denen zum Essen eingeladen.
Was heißt, bei denen?
Na, eigentlich in der Wohnung vom John. Lore sagt, er will
für uns kochen.
Um Gotteswillen, du hast doch hoffentlich abgesagt. So einen
afrikanischen Fraß will ich mir nicht antun. Mir reichen schon
deine Gemüsebeilagen, die du mir regelmäßig zum Fleisch auf
den Teller legst. Bin ich ein Hase, daß ich Karotten fresse?
Jetzt sei friedlich, besänftigte ihn Ilse. Ich habe nicht abgesagt,
im Gegenteil. Wir fahren da hin, ich hab's Lore versprochen.
Vielleicht mag der Hansi auch aus München kommen, den haben wir lange nicht zu Gesicht bekommen.
Der arbeitet halt. Und verdient so viel, daß er von uns nichts
mehr braucht. Im Gegensatz zum Fräulein Tochter, die aus der
Politik eine Wissenschaft macht. So ein Unsinn. Als Politiker
muß man reden können.
Du meinst, dann ist es wurscht, worüber einer faselt?
Die Leute hören eh nicht zu, wollen nur Bekanntes hören,
vielleicht mal in neuer Verpackung, also durch den Mund einer
appetitlichen Quotenfrau.
Jetzt hör aber auf! Du brauchst nicht so abfällig über Politike-
rinnen reden, schau doch mal hin, jahrelang wird Deutschland
von einer Frau regiert. Und uns geht's immer besser.
Ja, das denkst du! Woher soll das Geld kommen für die Flücht-
lingshorden, die ohne Paß nach Deutschland kommen, zu Hun-

derttausenden. Das hat sie uns eingebrockt. Sentimentales Getue! Ein Mann hätte das niemals zugelassen.

Ja, die Männer aus Österreich und Ungarn haben unsere Kanzlerin auf Knien angefleht, die Grenzen aufzumachen. Dann aber, als die Massen von Syrern bei uns ankamen, haben sie sich geweigert, auch nur einen von denen in ihr eigenes Land zu lassen. So sieht's aus mit der Solidarität der Mannsbilder.

Die denken halt an ihr eigenes Land zuerst, das finde ich genau richtig.

Und beim Kassieren der EU-Gelder, da denken sie genauso. Hör mir auf mit diesen Egoisten!

Ilse nahm die zwei Weißwürste aus dem heißen Wasser, legte sie auf den Teller und quetschte den Senf dazu.

Mahlzeit!

Michael sagte nichts mehr, er war beschäftigt mit der genauen Enthäutung seiner Würste.

Wenn du schon so früh unterwegs bist, hättest ja auch zwei Semmeln vom Bäcker mitbringen können.

Wieso, ist heute Sonntag?

Semmeln schmecken immer. Aber du denkst nur an deine blöden Würste.

Die sind nicht blöd, blöd bist du, weil du nicht mal richtig für uns einkaufen kannst, sondern lieber den Negern erzählst, wie sie einkaufen sollen. Kann es selber nicht und spielt sich als Lehrerin auf!

Kann selber nicht mal Wasser heiß machen und spielt sich als Kenner auf! Du sei still mit deinen ständigen Beleidigungen. Es gibt Haushalte, wo die Frauen überhaupt nicht mehr kochen, sondern alles bestellen. Wenn du mich weiter so beschimpfst, dann kannst du am Sonntag deinen Schweinsbraten samt Knödel und Kraut selber kochen. Oder, wenn du in die Wirtschaft gehst, viermal so viel zahlen, wie das ganze kostet.

Erpressen willst du mich? Das scheint jetzt in Mode zu kommen.

Wie meinst du das?

Beim Sepp tanzt jetzt einer von deinen Negern im Laden rum.

Wenn der mir den Aufschnitt abfieselt, dann geh ich nicht mehr hin. Der mit seinen schwarzen Pfoten tät mir die Wurschtradel ins Papier tun! Pfui Teufel, mir wird schon schlecht von der Vorstellung.

Schwarze gewaschene Pfoten sind mir lieber als dreckige weiße, so denke ich. Und jetzt iß deine Würscht und laß mich in Frieden.

Aber Michael ließ sich nicht bremsen.

Das macht einen schon nachdenklich. Ausgerechnet der Sepp, der noch vorige Woche einen von denen rausgeschmissen hat. Das macht der nicht freiwillig, so einen Schwarzen in seinen Laden zu lassen. Der wird erpreßt, so denke ich jedenfalls.

Du meinst, die Lisa hat ihn erpreßt?

Das glaub ich. Die hat ihn ja sogar dazu gebracht, ihr Gehalt und Sozialversicherung zu bezahlen. Man stelle sich das vor! Der eigene Mann! Das eigene Geschäft! Der trau ich alles zu!

Was spricht eigentlich dagegen, daß eine arbeitende Frau Geld für ihre Arbeit erhält und eine normale Versicherung? Schau dir doch die Mama vom Sepp an! Das ganze Leben lang hat sie im Familienbetrieb gearbeitet, hat daneben den Haushalt geführt und die Kinder erzogen. Und wovon lebt sie heute? Von der Gnade ihres Sohnes, der das Heim bezahlt, in dem er sie abgestellt hat. Höchste Zeit, daß ihr Mannsbilder endlich lernt, eine Frau nicht als unbezahlte Hilfskraft zu betrachten.

Aha, schrie Michael über seinen Teller hinweg, du meinst wohl mich? Hab ich nicht immer anständig für die Familie gesorgt? Mußtest du Hunger leiden? Das ist also jetzt der Dank, daß du mir Vorwürfe machst.

Ilse stand auf und räumte ihren Teller in die Spüle. Sie hatte es satt, mit ihrem Mann zu streiten. Er verstand sie nicht, weil er sie nicht verstehen wollte.

Also, sagte sie abschließend, am Samstag fahren wir nach

Augsburg, daß du's nur weißt. Und wenn du nicht mitkommst, dann fahre ich allein mit dem Zug. Mir reicht's jetzt allmählich mit deinem Geschrei. Und dein Auto brauch ich auch nicht. Du wirst schon sehen, wo du hinkommst mit deinen Ansichten von vorgestern. Mich beeindruckst du jedenfalls nicht.

Und sie ließ Michael mit seinem letzten Wurstzipfel allein.

32

Herta kam vom Einkauf im Supermarkt zurück. Vorher hatte sie einmal kurz im Gemeindearchiv nachgeschaut, ob die Vorbesitzer des Schlosses noch irgendwo registriert waren. Aber sie hatte nichts gefunden.

Beim Anstellen an der Kasse war Ingrid hinter ihr gestanden und hatte sie angesprochen. Ingrid, so erinnerte sich Herta, mit einer Begabung für Mathematik, die aber dann doch nicht aufs Gymnasium ging, sondern später als Sekretärin in der Meier'schen Tischlerei gearbeitet hatte.

Sie nahm Herta gleich in Beschlag und erzählte von den Problemen, die ihre Zwillinge in der Schule hatten.

Sie sind halt so faul, haben nur Unsinn im Kopf, und das mal zwei!

Wie steht's denn mit den Noten?

Die sind ganz ordentlich, wenngleich nicht überragend.

Es gibt Schlimmeres als Faulheit bei Schülern, sagte Herta lachend. Ihre beiden Töchter stecken voller Unternehmungsgeist, den sie im Unterricht nicht ausleben können. Und dann stellen sie wahrscheinlich in ihrer Freizeit allerhand Unsinn an.

Es klingt ziemlich normal, was Sie mir da beschreiben.

Ingrid lächelte ihre ehemalige Lehrerin an, die sie immer gemocht hatte; allerdings war sie gegen ihren Rat damals nicht aufs Gymnasium gegangen. Ihre Eltern waren ohnehin dagegen gewesen, und so hatte sie den Weg des geringsten Widerstands gewählt. Auch die Zwillinge gingen zu den Klosterfrauen und hatten, wenn sie die Schule abschlossen, nur mittlere Reife. Aber heutzutage konnte man auf verschiedenen Wegen das Abitur noch nachholen.

Ich mache mir auch Sorgen, was ihre neuen Freunde betrifft, fuhr Ingrid fort. Sie sind jetzt regelmäßig jeden Sonntag mit den

Flüchtlingsjungen unterwegs. Mein Mann fährt sie gemeinsam in die Eishalle, wo sie schon seit zwei Jahren schlittschuhfahren und wo die Jungen das jetzt auch lernen. Wir haben ihnen aus Dankbarkeit Schlittschuhe gekauft. Einer von denen hat Verena aus dem See gezogen, als sie auf dem Eis eingebrochen war.

Und jetzt haben Sie Bedenken, daß die Mädchen sich mit den Flüchtlingen anfreunden?

Ja, irgendwie schon. Wie sieht das denn aus, wenn meine Zwillinge mit den Schwarzen durchs Dorf ziehen!

Wenn ich das recht verstanden habe, antwortete Herta, dann gehen sie einmal in der Woche mit ihnen in die Eishalle, noch dazu unter Beobachtung Ihres Ehemannes. Ich sehe da weiter keine Gefahr. Wenn sie älter werden, suchen sie sich ohnehin ihre Freunde selber aus, da können die Eltern meckern, wie sie wollen, das hilft dann meist gar nichts.

Davor hab ich auch richtig Angst, wenn ich ehrlich bin. Schlechte Gesellschaft als Grund für verpfuschte Leben, das gibt's öfter als man denkt.

Was heißt da »schlechte Gesellschaft«? Ich stelle mir immer vor, ich wäre als einzige Weiße in einem afrikanischen Dorf. Da wäre ich sicher auch unter ständigem Verdacht, und das auch noch verständlicherweise, wenn man an die Kolonialgeschichte denkt.

Ja, freilich, stimmte Ingrid zu, Sie haben völlig recht. Es ist nur so, daß die Leute halt gleich blöd daherreden, wenn zum Beispiel bei uns die Jungen am Sonntag zum Mittagessen kommen.

Das Geschwätz der Leute, die nichts zu tun haben, als sich über andere zu mokieren, ja, das kenne ich auch zur Genüge. Als mein Mann gestorben war und ich für kurze Zeit einen Studenten als Untermieter hatte, da haben sie sich die Mäuler zerschlagen. Das ist, leider, auch normal und überall gleich. Deswegen dürfen Sie sich nicht beunruhigen. Im Gegenteil: Sie sollten sich freuen, daß ihre Kinder keine Vorurteile gegen die Flüchtlinge haben und wahrscheinlich ihre Eltern als Beispiele für Toleranz im Gedächtnis behalten.

Ingrid strahlte. Aus der Sicht habe ich das noch nicht betrachtet. Übrigens würde ich mich sehr freuen, wenn Sie an einem der Sonntage mit uns und den Jungen zum Mittagessen kämen. Dann könnten Sie sich die Buben gleich mal aus der Nähe anschauen.

Das ist sehr lieb von Ihnen, sagte Herta. Ich komme gerne einmal.

Wie wär's mit nächstem Sonntag? Oder haben Sie da schon etwas vor?

Gut, sagte Herta, also bis Sonntag. Soll ich eine Nachspeise mitbringen?

Ja, wunderbar! Ich freue mich!

Und so stand Herta jetzt in ihrer Küche und überlegte, ob ein Kuchen oder ein Obstsalat oder ein Vanillepudding für das Sonntagsmenu der Rübenbauers am geeignetsten wäre. Es sind noch zwei Tage Zeit, beruhigte sie sich. Da würde ihr schon noch etwas einfallen.

In Gedanken ging sie das Gespräch mit Ingrid noch einmal durch. Der wievielte Fall von freiwilliger Flüchtlingsbetreuung war das jetzt? Im Computerladen, in der Metzgerei und im Bäkergeschäft hatten sie neuerdings Flüchtlingsjungen als Lehrlinge oder Angestellte. Auf einmal wurden aus Hetzern Förderer? An einen Sinneswandel über Nacht glaubte sie nicht. Es wäre interessant, am nächsten Sonntag das mit den Rübenbauers zu besprechen. Die hatten sicher auch eine Meinung dazu.

Jetzt war sie müde. Das bißchen Einkaufen! Sie schleppte sich zum Sofa. Die Schmerzen in den Beinen nahmen zu, kein Wunder, sie war alt und hatte ein Leben voller Anstrengungen hinter sich. Sie war froh, daß sie noch so fit war, ihren Haushalt allein zu schaffen. Und für die Nachspeise am Sonntag würde sie ihre früher so berühmte Mousse au chocolat machen, die konnte sie noch auswendig.

Sie legte die Beine hoch, schloß die Augen und war auch schon eingeschlafen.

Das Schrillen des Telefons weckte sie. Es dauerte eine Weile, bis sie aufgestanden war und den Hörer abnahm.

Es war Ella, die sie für Samstag zur Lesung ihres Dialektbuchs nach Augsburg einlud.

Wir können Sie gern mit dem Auto mitnehmen, Beginn ist um 18 Uhr; das dauert eine knappe Stunde, und hinterher würden wir Sie noch gerne zu einem kleinen Abendessen im Wellenburger Schloß einladen.

Herta freute sich und sagte zu.

Wir kommen dann so gegen halb fünf bei Ihnen vorbei!

Gleich zwei Einladungen an zwei Tagen hintereinander! Das war ihr lange nicht passiert. Innerhalb von kurzer Zeit hatte sich ihr Leben verändert.

Sie dachte an ihr letztes Schuljahr, an das flaue Gefühl, das Unbehagen, das zunehmend von ihr Besitz ergriffen hatte. Damals las sie ihre alten Tagebücher wieder, und sie kam sich vor wie eine Hinterbliebene ihrer selbst. War sie das gewesen, die schlaflose Nächte verbracht hatte, weil der Schulrat eine Einzelheit in ihrer Vorbereitung bemängelt hatte?

Nach der Abschiedsansprache des Rektors hatte sie tief durchgeatmet.

Die wortreichen Lobpreisungen waren wie im Nebel an ihr vorbeigezogen. Verantwortung, Hingabe, Pflicht sausten im Kurzlebenslauf an ihr vorbei, launige Bemerkungen über ihr Engagement, ein Formulierungskaleidoskop mit altbekannten Floskeln. Am Ende glich die mikrophonverzerrte Rede einer einlullenden Symphonie. Als dann gar die Elternbeiratsvorsitzende zu einem biographischen Rundumschlag ausholte, machte sich bei den Schülern der Unterstufe Unruhe breit. Endlich kam der lang erwartete Satz vom wohlverdienten Ruhestand, sie konnte aufstehen und den Blumenstrauß entgegennehmen. Heftiger Applaus auf den Schüler-Rängen. Sie freuten sich bestimmt über die zwei ausgefallenen Stunden, die sie in der Aula verbracht hatten statt im Klassenzimmer.

So war die Verabschiedung an ihr vorbeigerauscht und hatte keine Wellen der Trauer oder des Bedauerns in ihr ausgelöst. Daheim stellte sie den Blumenstrauß in eine Vase und zog ihre Dienstkleidung aus. Das graue und das dunkelblaue Kostüm packte sie für die Reinigung ein.

Zur Feier ihrer Pension zog sie einen alten Jogginganzug von Oskar an und legte sich am hellichten Tag aufs Sofa.

Ihr neuer Lebensabschnitt hatte begonnen.

Und an einem dieser verfließenden Tage in der ungewohnten Freiheit war sie ins Gemeindearchiv gegangen, hatte herumgestöbert und war auf die Geschichte mit dem verschwundenen Mädchen gestoßen. Als sie beschloß, diesem Schicksal nachzuspüren und sich dafür eigene Lösungen auszudenken, ergriff sie eine nie zuvor gekannte Euphorie. Sie hatte gefunden, wonach sie unbewußt gesucht hatte. Schreiben, aufschreiben, was man als Problem erkannt hatte und wofür man sich ein gutes oder ein schlechtes Ende ausdachte!

33

Beschwingt von ihrer erfolgreichen Initiative, ihre ehemalige Lehrerin für den kommenden Sonntag einzuladen, lief Ingrid nach Hause. Sie verstaute ihre Einkäufe, setzte Wasser für Spaghetti auf und briet das Hackfleisch an.

Auch der Salat war schnell geputzt, und sie hatte noch Zeit, bei Helga anzurufen, um sich nach ihrer Gesundheit zu erkundigen. Beim letzten zufälligen Treffen war sie ihr blaß und mager erschienen, und sie hatte sich vorgenommen, bald bei ihr anzurufen.

Aber es war Theo, der das Telefon abnahm.

Ja?

Kann ich mal mit Helga sprechen?

Die staubsaugt gerade.

Aha. Kannst du sie bitte trotzdem ans Telefon holen?

Was gibt's denn so Wichtiges?

Ingrid verschlug es die Sprache. Was bildete der sich eigentlich ein? Mußte seine Frau erst um Erlaubnis bitten, um mal zu telefonieren?

Aha, da fällt dir nichts ein, hab ich mir gedacht. So wichtig wird's schon nicht sein.

Und Theo legte auf.

Ingrid mußte sich erst hinsetzen, um das zu verdauen. Dann aber packte sie die Wut. Der blöde Heini brach das Gespräch einfach ab, weil Helga weiter seinen Dreck wegputzen sollte. Am liebsten hätte sie gleich wieder angerufen. Aber dann stellte sie sich vor, wie Theo sie erneut frech anreden würde, und sie ließ es sein. Aber Luft mußte sie sich machen. Ob sie Klaus im Büro anrufen sollte? Der wäre sicher nicht begeistert. Anrufe nur im Ernstfall! Das war es nun wirklich nicht.

Hildegard war zwar in derselben Klasse mit ihr und Helga

gewesen, aber im engeren Sinne befreundet waren sie nicht. Nur, in diesem Fall, dachte sie, da kann ich ihr dann schon mal erzählen, wie der Theo seine Frau behandelt.

Sie wählte Hildegards Nummer. Ach, endlich, eine freundliche Stimme.

Was gibt's denn, Ingrid?

Du mußt schon entschuldigen, daß ich dich am Vormittag störe, aber mir ist da grade was passiert, also ich denke, das sollte ich dir sagen.

Was Schlimmes?

Nein, eigentlich nicht. Also, ich wollte Helga anrufen, weil sie mir letzthin krank vorkam, und da hab ich bei ihr angerufen, aber nur Theo war am Apparat, der hat mich abgewimmelt und dann einfach aufgelegt. Angeblich war Helga beim Staubsaugen, und er hatte keine Lust, sie ans Telefon zu holen. Dann wollte er noch wissen, was ich denn mit ihr besprechen wollte. So ein Stoffel!

Ja, sagte Hildegard, den kenne ich auch. Da hat die Helga echt Pech gehabt mit dem. Ein unmöglicher Macho.

Ich war so aufgeregt, daß ich dich jetzt einfach angerufen habe. Eigentlich wollte ich gleich wieder zurückrufen, aber ich hab mir vorgestellt, was ich da wohl wieder zu hören kriegte.

Beruhige dich, tröstete Hildegard sie. Der macht das immer so, geht ans Telefon, behauptet, Helga ist gerade mit irgendetwas Wichtigem beschäftigt, macht eine blöde Bemerkung und legt auf.

Daß Helga sich das gefallen läßt! Kein Wunder, daß sie so krank ausgesehen hat, als ich sie getroffen habe.

Dabei war sie aber erst letzte Woche beim Arzt. Angeblich hat er nichts gefunden, hat ihr nur ein paar, wie sie sagte, Aufheller verschrieben. Ob die allerdings gegen den Theo was helfen, bezweifle ich.

Was, sie nimmt Psychopharmaka? Die sollte lieber der Theo nehmen!

Hildegard seufzte.

Du kannst dir nicht vorstellen, was ich schon an die Helga hingeredet hab. Aber sie ist so verschüchtert, sie traut sich einfach nicht, einmal ihren Willen durchzusetzen.

Und was ist mit ihren Kindern? Kann die Julia ihr nicht beistehen?

Die ist froh, daß sie nicht mehr zu Hause wohnt. Mit ihrem Vater ist sie noch nie zurechtgekommen. Aber sie hat zur Helga gesagt, daß sie jederzeit bei ihr wohnen kann, wenn sie es mit dem Theo nicht mehr aushält.

Und der Thomas?

Den hat der Vater auch auf dem Gewissen. Keinen Mucks traut er sich gegen seinen Vater, das war schon immer so. Er ist ja auch kräftig verprügelt worden. Der macht immer, was sein Vater will. Nie würde er sich vor seine Mutter stellen, um sie zu beschützen.

So ein Feigling, empörte sich Ingrid.

Mir tut er eher leid. Der Theo hat ihn zum Feigling geprügelt, so sehe ich das.

Neuerdings arbeitet einer von den Flüchtlingsjungen bei ihm. Ich kann mir nicht vorstellen, daß dem Theo das gefällt.

Auf den ersten Blick habe ich mich auch gewundert, antwortete Hildegard. Aber dann war klar, daß der Thomas nur den Befehl seines Vaters ausführt. Von selber hätte er das nie gemacht, schon aus Angst vor seinem Papa.

Du meinst, der Theo steckt dahinter? Das paßt aber überhaupt nicht zu seinen Sprüchen, die er überall hinausposaunt. Nein, das kann ich nicht glauben.

Mir kommt das auch seltsam vor. Es laufen auch schon die abenteuerlichsten Geschichten über den plötzlichen Sinneswandel der drei Stammtischbrüder im Ort herum.

Ach ja, sagte Ingrid, beim Sepp in der Metzgerei und beim Bäcker haben sie jeweils auch einen farbigen Lehrling. Ausgerechnet der Sepp, der noch vor kurzem einen von denen aus dem Laden geschmissen hat.

Wie auf Befehl haben alle drei von heute auf morgen ihre Ansichten zum Flüchtlingsproblem geändert. Fragt sich nur, auf wessen Befehl!

Ganz und gar unvorstellbar, daß sich der Theo etwas befehlen läßt!

Kommt drauf an, meinte Hildegard.

Du meinst, von wem dieser Befehl kommt!

Genau!

Hast du jemand in Verdacht?

Hab ich schon, aber ich möchte es lieber für mich behalten. Sind ja alles nur Spekulationen. Und wenn man die verbreitet, und am Ende ist alles ganz anders, dann wäre das übelste Verleumdung.

Da hast du recht. Ich will auch gar nicht Klatsch verbreiten, wollte eigentlich nur, daß mir jemand zuhört, weil ich so wütend war. Danke, Hildegard!

Reg dich nicht auf, tröstete Hildegard, er ist ein Rüpel und zu allen gleich ungehobelt. Ja, einen schönen Tag!

Als dann die Zwillinge aus der Schule kamen und nach dem Mittagessen der tägliche Kampf um Lernen, Wiederholen und Hausaufgabenmachen begann, hatte Ingrid ihren Ärger schon wieder vergessen. Neuerdings interessierten sich Verena und Carmen für Kochrezepte und waren auf der Suche nach einem denkwürdigen Sonntagsmenu. Ingrid berichtete von der Begegnung mit ihrer früheren Lehrerin, erwähnte auch, daß man für den Sonntag keine Nachspeise machen müsse, denn Frau Glaser würde eine mitbringen.

Zur Kaffeestunde, die den ersten Teil der Hausaufgabenzeit unterbrach, kam Besuch. Es war Lisa. Die Zwillinge stürmten gleich auf sie zu, denn der kleine Andi saß im Sportwagen und krähte vor Vergnügen, als die beiden ihn begrüßten und ihn dann gemeinsam aus dem Wagen hoben.

Vorsicht, rief Ingrid besorgt, aber Lisa lachte nur.

Der ist stabil, je wilder es zugeht, desto besser gefällt es ihm.

Setz dich doch, trink eine Tasse Kaffee mit mir!

Ja gern. Ich wollte nur wissen, ob die beiden am Samstag beim Andi bleiben könnten. Wir wollten mit den Eltern essen gehen.

Kein Problem, schallte es aus dem Kinderzimmer, wo Geschrei und Lachen herübertönten.

Wie geht's Anna und Florian?

Ganz gut, Mama hat halt immer mit geschwollenen Beinen zu tun, und von Papa erfährt man nichts. Er winkt immer nur ab, wenn man ihn nach seiner Gesundheit fragt.

Wie macht sich denn euer neuer Lehrling?

Lisa sah einen Augenblick auf die Tischdecke und sagte erst mal nichts.

Na, ja.

Seid ihr unzufrieden mit ihm?

Nein, davon kann keine Rede sein. Er macht alles, was man ihm aufträgt. Aber..

Wo gibt's dann ein Problem?

Der Sepp ist das Problem. Er hat ihn zwar eingestellt, übrigens ohne mich zu informieren, aber er ist ziemlich unfreundlich und ruppig zu ihm. Ich hab ihm schon gesagt, so kann man einen Lehrling nicht behandeln. Aber er zuckt nur mit den Schultern und knurrt vor sich hin. Ich mag da nicht zuschauen, und das ist auch der Grund, weswegen ich mit den Eltern und dem Sepp drüber reden möchte bei dem Abendessen am Samstag.

Eigentlich verstehe ich es nicht, er hat sich den Flüchtlingsjungen doch selber ausgesucht. Es hat ihn ja keiner gezwungen, ausgerechnet ihn als Lehrling anzustellen.

Da bin ich mir inzwischen nicht mehr so sicher.

Wie meinst du das?

Es gibt da irgendwas im Hintergrund, was dem Sepp zu schaffen macht, und ich denke, das hängt mit unserem Lehrling zusammen. Aber ich kann bohren wie ich will, der Sepp wiegelt nur ab und meint, ich sehe Gespenster.

Vielleicht können deine Eltern mehr erreichen. Florian hält ja große Stücke auf seinen Schwiegersohn.

Ja, meinte Lisa, warten wir's ab. Ich mag jedenfalls nicht länger zuschauen.

Ich kann mich am Sonntag auch mal erkundigen, wie's dem Elnaton bei euch gefällt. Wir haben die Jungen jeden Sonntag zum Mittagessen hier, und anschließend fährt Klaus die ganze Bande zum Schlittschuhlaufen in die Halle.

Und, wie läuft das?

Bis jetzt ohne Probleme. Die Mädchen üben mit ihrer Trainerin, und die Anfänger rutschen mit den Plastik-Eisbären herum. Offenbar gefällt ihnen das, denn hinterher sind sie wie ausgewechselt und reden und radebrechen in ihrem komischen Deutsch, daß wir immer was zu lachen haben. Klaus geht mit ihnen dann jedes Mal noch ins Café, wo er Kuchen und Kakao spendiert.

Ist eigentlich wirklich gut, daß sich so viele Leute um die Jungen kümmern. Wie geht's denn dem Verletzten?

Er kommt auch mit zum Mittagessen, aber fürs Schlittschuhlaufen ist es noch zu früh. Er hat immer noch den Arm im Gips und ein Riesenpflaster auf der Stirn. Ich glaube, Hildegard hat ihre Fühler ausgestreckt und will ihn möglichst bald in einem Gymnasium anmelden. Er hat in seiner Heimat ein paar Klassen abgeschlossen, kann auch ziemlich gut Englisch und lernt in jeder freien Minute Deutsch aus einem Lehrbuch, das Hildegard in der Hinterlassenschaft von Heiner gefunden hat.

Da wären dann alle gut versorgt und untergekommen. Darauf könnten wir stolz sein, denn in anderen Gemeinden geht es nicht so christlich zu. Was man manchmal in der Zeitung liest, da schämt man sich richtig.

Es gibt halt unter den Flüchtlingen auch komische Typen.

Bei uns übrigens auch, das kann ich dir sagen.

Und Ingrid erzählte von ihrem Telefonat mit Theo.

So ein unverschämter Kerl! Dem würde ich gern mal meine Meinung sagen.

Damit hättest du sicher keinen Erfolg, meinte Ingrid. Der ist mit Gewalttätigkeit aufgewachsen, und das einzige, was ihn beeindruckt, ist halt wieder Gewalt. Da sind wir nicht die richtigen.

Wenn es stimmt, was so geredet wird, hatte der Theo schlimme Zeiten unter seinem Vater.

Und erst der Großvater! Der hat nicht nur seine Familie tyrannisiert, sondern auch alle im Ort, die er nicht leiden konnte.

Vererbung der üblen Art, bestätigte Lisa.

Nur der Thomas ist aus der Art geschlagen.

Ja, geschlagen! Den hat der Theo zum Jasager und Schlappschwanz geprügelt.

Da wundert es mich doppelt, daß der sich getraut, einen Flüchtling anzustellen.

Nein, das wundert mich nicht, denn das hat ihm sicher der Vater angeschafft.

Aber warum?

Ja, sagte Lisa, Fragen über Fragen.

Wenn man so drüber nachdenkt, meinte Ingrid, wie gleich aus drei Flüchtlingshassern auf einmal Flüchtlingsfreunde werden, dann ist dieser Sinneswandel schon seltsam.

Alle drei sind ja eingefleischte Stammtischler und haben sich bisher mit ihrer Abneigung gegen die Flüchtlingspolitik nicht zurückgehalten. Wie oft ist der Sepp hinterher heimgekommen und hat mit seinen Parolen weitergemacht. Ich finde sein ganzes Verhalten in letzter Zeit so unverständlich, daß ich es nicht auf sich beruhen lassen möchte.

Wahrscheinlich wirst du kein Glück haben, die Ursache herauszufinden, meinte Ingrid skeptisch.

Aber auf jeden Fall will ich es versuchen.

Lisa verabschiedete sich, verstaute ihren Sohn wieder im Sportwagen und machte sich auf den Heimweg.

So, kommandierte Ingrid, weitermachen mit den Hausaufgaben!

34

Melanie kam von der Versammlung des Hausfrauenvereins nach Hause, wo sie weder Manfred, ihren Mann, noch Elisabeth oder Isabella, ihre beiden Töchter, antraf.

Wo die sich wieder herumtreiben, dachte sie, ging in die Küche und nahm ein Bier aus dem Kühlschrank. Nach dem lauen Kaffee und der trockenen Linzer Torte im alten Gasthaus zum Schwanen brauchte sie jetzt etwas, um den faden Geschmack zu vertreiben. Diese Wirtschaft, in der sie sich traditionsgemäß einmal im Monat trafen, war wirklich das letzte. Aber dort gab es einen Versammlungsraum, und sie verlangten keine Miete vom Hausfrauenverein. Nicht einmal Tischtücher legten sie auf die zerkratzten Biertische. Und dann gar noch das Gesäusel der sogenannten Präsidentin! Die Hausfrau als das Herzstück der Familie! Es war mehr als lächerlich, die jahrzehntelange Arbeit der Frauen für Gotteslohn derart zu verherrlichen.

Die Eltern hatten Melanie, wie fast alle Mädchen im Ort, zu den Klosterfrauen in die Schule geschickt. Dort lernte man neben der weiblichen Demut vor allem Stricken und Häkeln. In der klinisch sauberen Schulküche wurde stundenlang Kartoffelschälen und Zwiebelschneiden geübt. Dabei hatte ihr die Oma in ein paar Minuten beigebracht, wie man ein anständiges Gulasch auf den Tisch bringt. Für Salzkartoffeln brauchte man wirklich keinen stundenlangen Unterricht: schälen, schneiden, in Salzwasser kochen, fertig.

Was für eine Zeitverschwendung, dachte Melanie. Und was hatte das alles gebracht? Die Hausfrauen konnten von ihrem Dasein als Herzstück nicht abbeißen, sie mußten den Mann, von dessen Versorgung sie abhingen, zufriedenstellen, die Kinder so erziehen, daß sie keine Schwierigkeiten machten und dann auch noch selber für einen stets heiteren Gemütszustand sorgen, von dem, wie die Klosterfrauen behaupteten, die Atmosphäre der Familie abhing.

Es hatte keinen Sinn, diesem Dienstleistungsleben nachzuspüren. Sie holte Aufschnitt aus dem Kühlschrank und schnitt sich vom Bauernbrot eine dünne Scheibe ab.

Wie gemütlich es war, einmal allein am Tisch zu sitzen! Von Manfred war ohnehin keine anregende Konversation zu erwarten, der kaute immer nur schweigend vor sich hin. Und die beiden Mädchen, die immer noch daheim wohnten, und mit ständig neuen sogenannten Verehrern am Abend verschwanden. Elisabeth und Isabella verkündeten mindestens einmal im Monat : »Ich hab ein Date!« Das war das neue Wort für Treffen oder Verabredung. Bisher hatte das bei keiner der beiden zu einer ernsthaften Beziehung geführt.

Eigentlich langweilig, dachte Melanie, das geht jetzt schon ein paar Jahre so. Wann wohl eine der beiden wenigsten einmal den Mut haben würde, sich eine eigene Wohnung zu suchen. Daheim war es für die beiden wirklich sehr bequem: Mama, kannst du mir mal die Bluse schnell bügeln? Kannst du mal dies, mal jenes! Hast ja sonst nichts zu tun, das war die Botschaft, die natürlich nicht ausgesprochen wurde.

Da muß ich mal was ändern, beschloß Melanie. Ein Herzstück ist ja keine Dienstleistungsmaschine. Ich melde mich jetzt bei der Volkshochschule an. Seit sie bei den Mädchen zugeschaut hatte, wie die durch ihre Computer Kontakt mit der ganzen Welt hatten, wollte sie das auch lernen. Ein Computerkurs! Einmal die Woche am Abend, da würde sich niemand vernachlässigt fühlen, wenn sie nicht mit ihnen vorm Fernseher saß. Gleich morgen wollte sie sich anmelden. Sie hatte noch Geld von ihren Eltern, das auf einem alten Sparbuch dahindümpelte und schon lange keine Zinsen mehr abwarf.

Und dann brauchte sie natürlich auch einen eigenen Computer. Im Laden von Thomas würde sie gleich am nächsten Tag vorbeischauen.

Sie kostete genüßlich vom Bierschaum. Das weckte Erinnerungen an ihre Kindheit und an ihren ersten Oktoberfestbesuch. Da war sie gerade erst in die Schule gekommen. Zwischen Papa und Mama spazierte sie an Buden und Bierzelten vorbei, durfte mit dem Riesenrad fahren und mit dem Kettenkarussell. Und sie durfte den dicken Bierschaum abtrinken, als sie in der Hendlbraterei einkehrten.

Wie lange war das her!

Mit ihrer Familie war sie nur ein einziges Mal auf der Wiesn gewesen. Die Eltern hatten Mühe gehabt, die zwei Mädchen festzuhalten unter dem Ansturm der Massen, die Bierzelte waren nur gegen Voranmeldung zu besuchen, die Bratwürstel zu fett und zu teuer, und als die Kinder miteinander die Riesenschaukel in Gang gebracht hatten, erbrach Isabella ihre Würstchen. Ein schändlicher Abgang folgte. In den folgenden Jahren wollte keiner von ihnen mehr aufs Oktoberfest.

Aber der Bierschaum brachte den schönen Teil ihrer Kindheit wieder ins Gedächtnis. Sie legte großzügig vom Aufschnitt auf ihr Brot und nippte immer zwischendurch vom kalten Bier.

Als sie in der Hälfte ihres Wurstbrots angekommen war, ging die Haustür. Es war Manfred, noch in seiner Montur.

Ich komme vom Huberbauer. Grad kurz vor Geschäftsschluß hat er angerufen, weil sein Clo nicht mehr funktionierte. Da mußte ich gleich hin. Was für eine Sauerei!

Manfred verschwand im Bad, Melanie hörte die Dusche rauschen. Sie holte ein Bier aus dem Kühlschrank und stellte einen zweiten Teller samt Messer und Gabel auf den Tisch. Eine Scheibe Brot schnitt sie gleich ab und legte sie auf Manfreds Teller.

Endlich erschien er in einem frischen Hemd und seinen Jogginghosen.

Ich bin vielleicht k.o.! Heute hab ich wieder mal daran gedacht, frühzeitig in Rente zu gehen. Mein Rücken tut weh. Es reicht mir ganz einfach.

Melanie war erschrocken. Manfred redete nie über körperliche Beschwerden, war auch nicht dazu zu bewegen, zur Vorsorge zu gehen. Wenn er so etwas sagte, mußte es wirklich schlimm um ihn stehen.

Sie schob ihm den Teller hin und goß ihm Bier ein.

Das haben wir doch schon öfter besprochen. Ich hab wirklich nichts dagegen, wenn du ein paar Jahre früher in Rente gehst. Wir kommen schon zurecht mit dem Geld.

Und was wird mit dem Geschäft? Wer will das denn übernehmen? Ich hab ja nicht mal einen Lehrling gefunden, der noch Installateur werden möchte. Wir sind inzwischen die einzigen weit und breit.

Am besten, wir annoncieren gleich morgen im Heimatblättchen. Das hat doch fast jeder im Ort abonniert.

Nein, auf keinen Fall! Dann reden sie nur noch davon, daß ich aufhöre und in Rente gehe. Ich bin für eine überregionale Zeitung.

Da mußt du halt auch dran denken, wer aus der Großstadt aufs Land ziehen will. Ich kann's mir nicht vorstellen.

Manfred seufzte nur.

Aber, fuhr Melanie fort, wir können's ja mal probieren. Ich will mich übrigens in der Volkshochschule für einen Computerkurs anmelden.

Manfred nickte. Das hätte ich auch gerne mal gemacht, sagte er. Dann könnte ich die Abrechnungen selber machen und wäre nicht mehr auf die Sandra angewiesen. Die braucht eh immer unglaublich lange, bis sie alles beieinander hat.

Weißt du was? Wenn ich das gelernt habe, dann kann ich das ja machen, und wir können auf die Sandra verzichten.

Ja, sagte Manfred zwischen zwei Bissen, das wär eine gute Idee. Da blieben die Finanzen auch in der Familie.

Aber Sandra ist doch vertrauenswürdig, oder?

Ja, hoffentlich. Ich hab sie letzthin mit dem Thomas herum-
spazieren sehen.

Mit dem langweiligen Sohn vom Theo?

Genau mit dem. Und sie haben verliebt ausgesehen.

Dabei ist die Sandra doch ein hübsches Mädchen, sogar mit
Realschulabschluß. Daß die sich ausgerechnet den Thomas ausgesucht hat!

Vielleicht ist er gar nicht so langweilig, wie er uns erscheint,
meinte Manfred. Denk doch an mich!

Melanie nahm seine Hand.

Nein, ein Langweiler warst du bestimmt nicht!

Übrigens, jetzt, wo es so viele Flüchtlinge gibt und sie sogar bei
uns als Lehrlinge arbeiten, da hab ich dran gedacht, mich unter
denen mal umzuschauen nach einem Nachfolger.

Es gibt ja noch den einen, der im Krankenhaus war. Der hockt
allein im alten Wirtshaus und wartet darauf, daß sein Gips abgenommen wird. Bei dem könntest du doch schon einmal vor-
fühlen, ob er Lust und Begabung fürs Installationsgewerbe hat.

Ich kann auch mal Hildegard vorher anrufen, die kennt ja alle.
Oder Ingrid, die sie jeden Sonntag zum Mittagessen einlädt.

Gute Idee.

Dann wären alle im Ort untergekommen. Ich fände das schon
eine Leistung, wenn man bedenkt, wie andere Dörfer mit ihren
Flüchtlingen umgehen.

Das stimmt, sagte Manfred, obwohl, so geheuer ist mir das
eigentlich nicht.

Wegen der Flüchtlinge, die dann ewig bei uns bleiben?

Nein, wegen der Leute, die sich plötzlich so sozial geben, nachdem sie jahrelang gegen Einwanderung und Verfremdung ge-
lästert haben. Am Sonntag schreien sie noch rum, daß auch
unsere Eritreer endlich abhauen sollen, und am Montag stellen
sie dann die Flüchtlinge als Mitarbeiter oder Lehrlinge ein. Das
ist schon komisch, wer versteht das.

Melanie schwieg.

So genau hab ich mir das noch nicht überlegt. Aber recht hast du, diese Leute ändern ihre Ansichten bestimmt nicht über Nacht.

Ausgerechnet drei Stammtischbrüder, die ständig laut krakeelen, wenn man mal beim Heiner in Ruhe sein Bier trinken möchte. Ich geh da seit Wochen nicht mehr hin, weil ich ihre Parolen schon auswendig kann.

Stell dir vor, auch der Sepp, den man noch beobachtet hat, wie er einen von denen eigenhändig aus seinem Laden geschmissen hat! Und jetzt stellt er ihn als Lehrling ein!

Vielleicht hat ihn die Lisa überzeugt. Sie hat auch durchgesetzt, daß der Sepp ihr jetzt ein Gehalt bezahlt.

Woher weißt du das denn?

Vom Zuhören im Supermarkt. Manche tratschen dort so laut, daß man alles mitkriegt. Der Lisa unterstellen sie sogar, daß sie mit dem Teenager anbandeln wollte und der Sepp aus Eifersucht so grob wurde. Obwohl, ich trau das der Lisa nicht zu.

Kommt mir auch vor, das ist nichts als bösartiges Gerede. Aber als Erklärung für den Umschwung beim Sepp taugt es nicht.

Außerdem ist da ja auch noch der Theo, der bekannte Flüchtlingshasser, und Hias, von dem weiter keine Parolen bekannt sind, weil er immer nur nickt zu dem, was seine Saufbrüder von sich geben.

Das ist mir auch ein Rätsel, stimmte Melanie zu. Aber wenn wir jetzt ein insgesamt fremdenfreundlicher Ort geworden sind, soll's mir recht sein.

35

Herta zog den schwarzen Mantel aus, nahm den dunklen Filzhut ab und beförderte die Lederhandschuhe in die Schublade. Ein heißes Fußbad! Sie spürte ihre Beine nicht mehr, so kalt war ihr. Ihr schwarzes Kleid zog sie im Bad aus, befreite sich von den engsitzenden Strumpfhosen und schlüpfte in einen ihrer dunkelblauen Hausanzüge, die sie im Winter daheim trug.

Jetzt noch heißes Wasser in die kleine Plastikwanne, den Frottee-überzogenen Badestuhl heranziehen und die Füße endlich in das warme Wasser.

Ihr kam vor, sie hatte einen Ausflug in die Arktis hinter sich, hier mitten in Oberbayern. Ein dunkler Vormittag, nur die Ahnung einer weißen Helligkeit überm See. Die Sonne würde sich den ganzen Tag nicht zeigen, so dick lagerte der Nebel über dem ganzen Ort.

Um zehn Uhr morgens eine Beerdigung anzusetzen, bei dem Wetter! Es hatte schon in der Nacht angefangen zu schneien, und so früh am Morgen waren die Gehsteige noch eisig und kaum geräumt. Sie war in ihren Pelzschuhen mehr geschlittert als gegangen. Die Kirche war fast leer, der helle Sarg stand dicht vor dem Altar.

Ihr Bekannter, so mußte sie ihn wohl nennen, der alte Studienrat aus der Seniorenresidenz, war gestorben. In der ersten Kirchenbank saß ein Paar mittleren Alters, in der zweiten Reihe kauerten zwei Angestellte des Altenheims.

Herta hatte sich in die dritte Reihe gesetzt. In der Kirche war es noch kälter als draußen. Als der Pfarrer mit nur einem Meßdiener endlich erschien, las er nur die dürftigen Lebenslaufdaten des Verstorbenen vor, ging gleich über zu den Fürbitten und Gebeten, so, als gäbe es über den Toten nichts zu sagen, jedenfalls nichts, was ins Klischee der posthumen Lobpreisungen paßte.

Vier schwarz gekleidete Männer trugen den Sarg in den verschneiten Friedhof hinaus, ein ziemliches Stück hinter die alten Grabstellen, wo es noch eine weite, leere Fläche gab für alle die, deren Vorfahren nicht hier beerdigt worden waren. Am offenen Grab murmelte der Pfarrer Gebete, schwenkte das Weihrauchfaß und gab den beiden Verwandten die Hand, bevor er schnell wieder verschwand. Auch Herta ging zu dem unbekannten Ehepaar, kondolierte und wartete auf ein paar Worte der beiden. Sie wollten aber nicht wissen, in welchem Verhältnis die unbekannte ältere Dame zu ihrem Onkel oder Großonkel stand. Schweigend schlichen sie durch den kaum geräumten Weg hinunter zu ihrem Auto. Herta stand noch eine Weile allein vor dem Grab, aber sie konnte sich nicht entschließen, mit der kleinen Schaufel Erde auf den Sarg zu werfen. Sie war müde, ihr war kalt, und sie schämte sich, keine wirkliche Trauer über den Toten zu empfinden.

Durch einen fauchenden Schneesturm war sie fast blind nach Hause gerannt. Nur schnell in die Wärme! Die Erinnerung an die Winter ihrer Kindheit, an die qualmende Ofenheizung, die zwei Paar Socken, den grünen Landserpullover, den die Tante einem Soldaten abgekauft hatte, nein, nicht gekauft, getauscht für zwei Päckchen gehorteter Zigaretten. In vielen Winternächten war sie aufgewacht und empfand die Erstarrung in Schnee und Eis, wie sie sich über ihr Leben legte und sie selbst zum Eisklotz werden ließ. Am Tag dann das innere Verstummen, die Schneewüste um sie herum. Aus Sicht der Erwachsenen war sie ganz einfach nur ein stilles Kind, folgsam und brav, ein Vorbild für die wilden und aufmüpfigen Kinder, die vom Krieg und von den Bomben und vom Hunger oder gar der Vertreibung aus der Heimat nichts erfahren hatten. Die Erwachsenen betrachteten das arme Flüchtlingskind, wie sie auch die Berge betrachteten: Von ferne schön anzuschauen, sogar im Sommer mit weißen Schneefeldern leuchtend. Aber wenn man näher gekommen wäre, dann hätte man die tiefen Furchen, die harten

Einschnitte, den kalten, grauen Fels bemerkt. Genauso verbarg sich ihre Schroffheit hinter einem schüchternen Lächeln. Das genügte für einen Einser in Betragen.

Die Narben der Enttäuschung, die Höhlen der Verzweiflung, die aufgerissenen Wunden von schmerzenden Verletzungen blieben verschlossen unter ihrem höflichen Betragen. Ging es damit nicht wie mit allen Begriffen und Tatsachen um Schuld und Leid, gerade bei der Beurteilung der Flüchtlinge aus dem Osten, der Heimatvertriebenen und Staatenlosen. Die Schuld der Deutschen überschattete das Mitleid mit den Obdachlosen, eine Schuld, die wie Mehltau über der Nachkriegsgeneration hing und auch die kleinen Triumphe des Wiederaufbaus relativierte.

War das ein gerechter Ausgleich, wenn man den jetzigen Flüchtlingen eine Mitschuld gab an der Misere in ihrem Land? Den Eltern Mißachtung ihrer Pflichten vorwarf, den jungen Männern gar Fahnenflucht? Für die meisten Deutschen war das Kriegsgeschehen in Syrien oder Afghanistan ein undurchdringliches Knäuel von Terrorismus, Clanwirtschaft und schwachem Staat. Die Lust, sich damit genauer auseinanderzusetzen, sank von Jahr zu Jahr. Haben wir, so klagten die meisten, nicht selber genug Probleme, müssen wir uns auch noch die aus fernen Ländern aufhalsen? Es schien, als wäre das Mitleid der Nation aufgebraucht, als wäre für die neuen Flüchtlinge nicht mehr viel davon übrig.

Herta fühlte sich davon betroffen. War sie nicht auch schon abgestumpft und desinteressiert gewesen? Mußte erst in ihrer Nähe ein Verbrechen geschehen, um sie aufzuscheuchen aus ihrer Gleichgültigkeit?

Sie hatte sich eingeigelt, um die Kälte zu überstehen. Jetzt, wo das Alter seine erbärmliche Fratze zeigte, mit Schmerzen und mit Einsamkeit, kam die Erinnerung an die Hungerwinter ihrer Kindheit wieder. Sollte sie nicht, statt auf der Spur eines historischen Lebens, eher ihr eigenes Leben erforschen und beschreiben? Und war das nicht die erste und wichtigste Aufgabe eines reflektierten Lebens?

Ihre spärlich beschriebenen Tagebücher gaben davon wenig Kunde. Darin schien es eher so, als würden die Tagesprobleme sie verschlingen. Für das Nachdenken über ihre Gefühle und Beweggründe hatte sie sich keine Zeit genommen. Die Tage waren dahingeeilt, und sie war froh gewesen, einigermaßen Schritt zu halten mit den anwachsenden Aufgaben. Fast in jedem Schuljahr gab es neue Verordnungen und Bestimmungen, und alle waren mit zusätzlichen Arbeitsstunden verbunden.

Inzwischen war das Wasser nur noch lauwarm. Herta gab sich einen Ruck, trocknete ihre Füße ab und zog die selbstgestrickten Schafwollsocken an.

Jetzt noch einen Tee mit Rum!

Danach inspizierte sie ihren Vorratsschrank und beschloß, am Sonntag eine rote Grütze aus ihren tiefgefrorenen Himbeeren zu kochen. Dazu eine Schüssel mit Schlagsahne.

Aber erst war die Lesung in Augsburg dran.

Dafür brauchte es keine lange Vorbereitung. Aber sie würde erst einmal in dem Buch lesen, das Ella ihr mitgebracht hatte. Wenn sie richtig verstanden hatte, war das der Gegenstand der Lesung.

Sie wickelte sich in eine Decke ein, legte sich aufs Sofa und fing an zu lesen. Es dauerte eine Weile, bis sie auf das Klopfen an ihrem Fenster reagierte. Helga, dick in einen schwarzen Schal eingehüllt, stand da und schaute zu ihr herein.

Die Türglocke war eingefroren! Wie fast jedes Jahr.

Herta stand mühsam auf und öffnete die Haustür.

36

Helga eilte vom Fenster zur Eingangstür, rutschte aus und wäre Herta fast in die Arme gefallen. Dabei glitt der Schal zur Seite, und Herta sah ihr ins Gesicht. Sie erschrak.

Und sie vergaß darauf, ihre erwachsenen ehemaligen Schüler zu siezen, wie sie sich das angewöhnt hatte.

Ja, um Gotteswillen, Helga, wie siehst du denn aus? Komm rein, zieh den Mantel aus und setz dich aufs Sofa. Am besten, ich rufe einen Arzt.

Helga stand bewegungslos vor dem Sofa.

Nein, kein Arzt, es geht schon wieder.

Herta sah jetzt im Licht der Lampe genauer hin. Helga hatte ein geschwollenes linkes Auge, dunkel umrahmt, ihre Nase blutete und wirkte wie schief aufgesetzt, ihre Haare standen merkwürdig zerzaust zu Berge.

Ich mach dir einen Tee, und dann erzählst du mir, was passiert ist.

Entschuldigung, daß ich Sie so störe.

Jetzt hör mal auf, dich zu entschuldigen. Sehr vernünftig, daß du zu mir gekommen bist.

Ich hab versucht zu telefonieren, aber er hat mir den Hörer aus der Hand gerissen. Da bin ich weggelaufen.

Herta brachte eine dampfende Tasse Tee und stellte sie vor Helga.

Nimm mal einen Schluck zum Aufwärmen. Und dann beraten wir, was zu machen ist. Mit deiner Nase muß dringend etwas unternommen werden. Und auch das Auge sieht nicht gut aus. Wie ist es denn dazu gekommen?

Ich weiß nicht mehr genau. Theo hat sich furchtbar über den Thomas aufgeregt und über den Neuen im Geschäft, den

Flüchtling. Angeblich will ihn der Thomas nicht länger in seinem Geschäft haben, weil er nichts von Computern versteht und nur faul in der Gegend rumsteht. Da hab ich nur gesagt, ja, das verstehe ich. Daraufhin ist der Theo ausgerastet und hat rumgebrüllt, daß er immer noch das Haupt der Familie ist und der Thomas zu machen hat, was er ihm aufträgt, und daß er sich das nicht länger gefallen läßt, wie keiner mehr auf ihn hört. Und weil ich halt grad da stand, hat er mich verprügelt und mir dann auch noch ins Gesicht geschlagen. Ich wollte zum Telefon, aber er hat es gleich aus der Wand gerissen und weiter getobt. Ich bin einfach nur raus aus dem Haus und wußte im ersten Moment nicht, wohin.

Sehr gut, daß du zu mir gekommen bist. Du kannst auch hier übernachten, wenn du heute nicht nach Hause willst.

Ich will da eigentlich überhaupt nicht mehr hin. Es ist jetzt einfach zu viel, er tobt nur noch und schlägt auf mich ein, früher war es schon auch schlimm, wie er mich ständig attackiert und die Kinder wegen jedem Dreck verprügelt hat. Ich kann einfach nicht mehr. Dabei schau ich ein paarmal am Tag nach seiner Mutter, verstehe mich auch gut mit der Polin, die sie pflegt, aber nach all den Jahren glaube ich nicht mehr, daß es besser wird mit ihm. Früher dachte ich, daß er halt im Beruf Ärger hat und sich Luft machen muß. Aber seit er in Rente ist, hockt er den ganzen Tag daheim und denkt sich Strafen für mich und die Kinder aus. Jedes Wort, das ich sage, kritisiert er und nimmt es zum Anlaß, mich dafür, wie er sagt, zu bestrafen. Er zitiert dann immer eine Stelle aus der Bibel, wie er nur Gottes Befehl befolgt, wenn er mich schlägt.

Daß du das so viele Jahre ausgehalten hast!

Ich hab halt an die Kinder gedacht, die ein Zuhause brauchten. Aber Julia ist gleich nach ihrem Abschlußzeugnis ausgezogen und will mich ständig überreden, auch wegzugehen. Aber ich habe ja keine Berufsausbildung, hab den Theo viel zu früh geheiratet. War halt dumm und naiv, hab den Klosterfrauen geglaubt, die immer von der Ehe als einem heiligen Sakrament erzählt haben.

So wie es aussieht, muß der Theo in jedem Fall für deinen Unterhalt sorgen. Und auch deswegen müssen wir uns von einem Arzt bestätigen lassen, dass dein Mann dich schlägt und mißhandelt. Ich rufe jetzt den Dr. Reindl an, den kenne ich, er ist mein Hausarzt und kommt sofort, wenn ich es dringlich mache.

Ich weiß nicht ... stotterte Helga

Aber ich weiß! Und mit dieser Quälerei hat es jetzt ein Ende.

Herta erzählte dem Arzt am Telefon kurz, was passiert war und legte dann auf.

Er kommt in einer halben Stunde, momentan ist er noch auf Hausbesuch. Du legst dich jetzt mal ein bißchen flach, trinkst den Tee und beruhigst dich. Für alles gibt es eine Lösung, glaub mir.

Herta holte eine Decke und legte sie über Helga.

Und du überlegst dir, was du dem Arzt alles erzählst. Er schreibt das auf und legt es zu deinem Krankheitsbericht. Falls es zu einem Rechtsstreit kommt, wird er mit Sicherheit als Zeuge aussagen.

Als Dr. Reindl kam, seine große Tasche abstellte und sich zu Helga ans Sofa setzte, verließ Herta das Zimmer. Es dauerte mindestens eine halbe Stunde, bis der Arzt an Hertas Arbeitszimmer klopfte.

Und, wie sieht es aus, fragte Herta.

Nicht gut. Ich werde gleich einen Krankenwagen bestellen. Das Auge muß versorgt und die Nase wahrscheinlich operiert werden, mal von den anderen Verletzungen zu schweigen. Das ist ein Fall für die Polizei, nicht nur fürs Krankenhaus. Ich werde alles Nötige unternehmen, darin habe ich Übung, leider ist das nicht mein erster Fall häuslicher Gewalt.

Dr. Reindl setzte sich an den Tisch und trank den Tee, den Herta ihm servierte.

Beide waren in Gedanken und schwiegen, bis der Krankenwagen vorm Haus hielt und ein Sanitäter läutete. Helga wurde auf eine Trage gelegt, Dr. Reindl unterhielt sich mit dem Fahrer und dann verabschiedete sich auch er und stieg in sein Auto. Herta brauchte eine Weile, bis sie wieder ruhig dasaß und ihren Tee austrank. Wie viele Fälle mochte es geben, die nie ans Licht kamen, weil die Frauen zu viel Angst hatten.

Sie erinnerte sich an Theo, den sie nur im ersten Schuljahr unterrichtet hatte. Ein stämmiger, eher kleiner Kerl, der schon im Schulhof in Raufereien verwickelt war. Halt ein echter Bub, sagte sein Vater bei der Elternsprechstunde, er muß sich die Hörner abstoßen. Damals hatte Herta versucht, den Eltern klar zu machen, daß sie prinzipiell nichts gegen die üblichen Raufereien hatte, aber nicht zusehen mochte, wenn Theo es auf Schwächere abgesehen hatte.

Wen soll er denn schlagen, wenn es nur noch Schwächlinge gibt, hatte der Vater gelacht.

Sie war froh, als sich ihre Kollegen mit dem größeren Theo abplagen mußten.

Wieder dachte sie, wie sich Charaktereigenschaften schon bei kleinen Kindern zeigten, die dann später umso deutlicher hervortraten. Es war ja schon ein halbes Wunder, daß Thomas sich dem Vater widersetzt hatte.

Aber nicht seinen Sohn hatte er verprügelt, sondern seine Frau, die zufällig in der Nähe war.

Herta überlegte, ob sie Hildegard oder Inge anrufen sollte. Sie waren ja Klassenkameradinnen von Helga gewesen und wußten sicher, was für ein Martyrium Helga hinter sich hatte. Aber sie entschied sich dagegen, wollte nicht Überbringerin geheimer Nachrichten sein. Aber die Tochter wollte sie verständigen. Sie suchte im Telefonbuch nach der Nummer und hinterließ eine kurze Nachricht auf dem Anrufbeantworter.

Hier spricht Herta Glaser. Bitte rufen Sie mich möglichst bald zurück.

Sie brauchte nicht lange auf den Rückruf zu warten.

Hier ist Julia. Frau Glaser, ist etwas passiert?

Herta erzählte kurz, was Helga widerfahren war und in welchem Krankenhaus sie jetzt war.

Julia schwieg eine Weile, und auch Herta ließ ihr Zeit, die Nachrichten zu verdauen.

Höchste Zeit, daß wir endlich etwas unternehmen, fing Julia mit zitternder Stimme an. Wenn ich Mamas Sachen hole, nehme ich meinen Freund mit, der ist Kickboxer und fürchtet sich nicht vor meinem Vater. Fürs erste bleibt Mama dann bei mir. Wir haben ja noch das Austragshäusl von Oma und Opa, in dem wir übern Winter das Obst lagern. Das könnten wir für Mama renovieren.

Aber, gab Herta zu bedenken, vielleicht wird deine Mutter ja in ihrem Haus bleiben und der Vater muß ausziehen. Auf jeden Fall hat er einen Prozeß zu erwarten, wenn Dr. Reindl als Zeuge auftritt.

Da möchte ich nicht dabei sein, wenn mein Vater das erfährt.

Mußt du auch nicht. Morgen früh schaust du erst mal nach deiner Mutter. Ich vermute, sie hat mindestens eine Operation vor sich.

Haben Sie vielen Dank, Frau Glaser, sagte Julia zum Abschied.

37

Während Ilse und Michael mit einem Bildband über den Pfaffenwinkel auf dem Rücksitz auf dem Weg zum Mittagessen bei John und Lore nach Augsburg waren, während Herta die Zutaten zu der roten Grütze für das Sonntagsmenu bei Ingrid und Klaus auf ihrer Arbeitsplatte herrichtete, während Ella und Max in ihrem Arbeitszimmer sich auf die abendliche Lesung vorbereiteten, während Melanie sich im Sekretariat der Volkshochschule für einen Computerkurs anmeldete, während Hias und Erna ihrer Tochter Antonia halfen, den Kundenansturm nach warmen Semmeln zu bewältigen, während der Huberbauer seinen süßen Haferbrei mümmelte, während Inge und Eberhard gemeinsam zu einem Frühstück im Café Langer aufbrachen, während Erwin bei der Bäckerei Drammer um Croissants für sich und seine Mutter anstand, während Florian und Anna sich um ihren Enkel Andreas kümmerten, während Hildegard Omnibus-Reise-Prospekte für Südtirol studierte, machte sich Toni auf den Weg zu Theo.

Er ließ sich Zeit und dachte darüber nach, wie er vorgehen würde.

Sepp und Theo hatten jeder ein Bier vor sich und brüteten schweigend in der leeren Stube.

Du mußt der Lisa endlich ihr Maul stopfen, brüllte Theo auf einmal. Müssen wir jetzt nach der Pfeife der Weiber tanzen?

Na, gut, aber wenn sie recht hat?

Dann schlag sie so lange, bis sie zugibt, daß sie unrecht hat. Das hilft immer.

Geh, red keinen Schmarrn. Ich schlag doch keine Frauen.

Ich schon!

Und jetzt hast du sie sogar aus dem Haus vertrieben, du Depp, mußt jetzt selber kochen und putzen, sagte Sepp schadenfroh.

Die kommt schon wieder angekrochen, wo soll sie denn hin? Alles läuft auf meinen Namen, wie sich's gehört. Da müßte sie unter der Brücke schlafen, wenn sie mich verläßt. Das überlegt die sich dreimal, das sag ich dir.

Was ist jetzt eigentlich mit deinem Flüchtling, den der Thomas bei sich im Laden hat? Ich hab so was läuten hören, dass ...

Egal, was die Leute reden, der Thomas macht, was ich ihm sag. Und der Flüchtling bleibt in seinem Laden, wär ja gelacht, wenn jetzt die Söhne machten, was ihnen grad mal einfällt. Mit mir nicht, das sag ich dir! Außerdem, die Leute reden über dich genauso, weil du den Neger herumkommandierst und beschimpfst, daß man es sogar im Laden hört.

Er regt mich halt auf, weil er nichts kapiert, antwortete Sepp und nahm einen Schluck. Dauernd steht er mir im Weg rum, der Depp.

Ist echt ein Kreuz, was der Toni uns da zumutet. Von allen Seiten müssen wir uns bedroht fühlen, eingezwängt und erpreßt.

Er hat sich halt eine Lösung ausgedacht, wo uns nichts passiert.

Ja, und ihm selber auch nicht! Schließlich fällt es ja in erster Linie auf ihn zurück, daß er uns nicht gemeldet hat. Wie nennt man das, Verschweigen einer Straftat, oder so ähnlich.

Wegen uns hat er sich strafbar gemacht, sieh das mal aus der Warte. Er hat sich total anständig verhalten. Dem Toni ist nichts vorzuwerfen, bestimmt nicht.

Und jetzt erpreßt er uns mit seiner Wehleidigkeit. Ist er eigentlich unser Beichtvater, daß er uns eine Buße aufgeben darf? Daß er sich rausnimmt, den Moralapostel zu spielen und wir seine Figuren auf dem Schachbrett sind?

Was heißt da Schachbrett, so ein Quatsch. Der meint es ernst, der spielt doch nicht. Er hat sich eine Lösung ausgedacht, wo keinem was passiert.

Und wo wir uns mit dem fremden Gsocks rumplagen müssen. Für die Streitereien in den Familien ist er auch verantwortlich.

Im Grunde ist er schuld, daß der Thomas auf einmal so aufsässig wird.

Vielleicht auch, daß du deine Frau verprügelst? Auch die Schuld vom Toni? Daß ich nicht lache.

Das Lachen wird dir schon noch vergehen, so wie du dich von der eigenen Frau herumkommandieren läßt. Die und ihr schwarzer Liebhaber lachen sich ins Fäustchen, so sehe ich das. Bist schon ein rechter Depp, blickst nicht durch, was die mit dir machen!

Sepp stand auf.

Halt dein Maul, bevor ich dir's stopf! Und wenn du noch einmal behauptest, die Lisa wär mir untreu, noch dazu mit so einem Bürscherl wie dem Flüchtling, dann kannst was erleben.

Auch Theo erhob sich.

Was kann ich denn erleben? Hab schon genug erlebt! Die Weiber halten einen immer zum Narren, die können gar nicht anders. Bloß du hast keine Ahnung, bist die Unschuld vom Lande.

Theo lachte, daß er sich verschluckte. Er hustete immer noch, als die Haustürglocke ging.

Wirst schon sehen, jetzt kommt die Helga auf Knien gerutscht. Aber als er die Türe öffnete, hielt er seinen Mund.

Toni kam schweigend ins Zimmer, wo Sepp hinter seinem Stuhl stand, rot vor Zorn.

Du kommst grad recht, sagte er zu Toni.

Ja, wir streiten wegen dir, ergänzte Theo.

Das denkst du! Ich rege mich auf, weil du so ein gemeiner Schuft bist, mich beschimpfst und die Lisa beleidigst.

Also, was ist los, fragte Toni.

Es geht um die Flüchtlinge, sagte Sepp. Thomas will den seinen nicht mehr behalten, und mich regt der depperte Lehrling jede Sekunde auf, weil er nichts kapiert und mir dauernd im Weg rumsteht.

Du mit deiner sogenannten Lösung! Nichts ist gelöst, alles wird nur immer schwieriger, und du schaust zu, als ob dich das alles nicht angeht. Aber es ist deine Erpressung, unter der wir leiden, und deine Schuld, wenn kein Frieden einkehrt, ergänzte Theo.

Toni setzte sich.

Magst auch ein Bier?

Nein, danke.

Theo ging zum Kühlschrank und holte eine Flasche.

Ach was, trink halt auch was, da sieht die Welt gleich anders aus.

Du meinst, so wie ihr sie seht? Da erst recht danke, so sehe ich das nämlich ganz und gar nicht. Nur zur Erinnerung: Ihr habt den Jungen angefahren, habt ihn ins Gebüsch geworfen und habt Fahrerflucht begangen. Jeder andere Polizist hätte euch angezeigt, ihr wärt vor Gericht gelandet und vielleicht sogar im Gefängnis. Was ich mir ausgedacht habe, mag vielleicht nicht mit den Gesetzen im Einklang sein, dafür schadet es aber niemandem, im Gegenteil: Ihr habt einen billigen Mitarbeiter und müßt nicht ins Gefängnis, und den Flüchtlingsbuben ist auch geholfen, weil sie eine Lehre machen können.

Theo füllte ihm unterdessen sein Glas.

Aber wir wollen uns von dir nicht befehlen lassen, wen wir anstellen und was wir zu tun haben. Schließlich haben wir dich genau so in der Hand wie du uns. Wenn das publik wird, daß du uns begünstigt hast oder wie das heißt, dann bist du dran, und deine Pension kannst du auch vergessen. Vielleicht kommst du dann eher ins Gefängnis als wir.

Sepp meldete sich zu Wort:

Theo, sei still, du weißt ja nicht, was du redest. Wir sollten dem Toni dankbar sein. Er hat ganz recht, ohne ihn säßen wir vielleicht schon hinter Gittern. Mit den Flüchtlingen werden wir schon irgendwie zurecht kommen, deswegen müssen wir doch nicht gleich auf dem Toni rumhacken, der hat es nur gut gemeint.

Während der Anschuldigungen saß Toni schweigend am

Tisch, der Bierschaum sank in sich zusammen, aber er trank nicht.

Dann stand er plötzlich auf.

Vielen Dank, sagte er, daß ihr mir die Augen geöffnet habt. Ich sehe klar, wie ich eure Freundschaft zu bewerten habe. Keine Sorge, ihr braucht mich nicht anzeigen. Das mache ich selber.

Und mit schnellen Schritten ging er zur Tür und warf sie mit Krach hinter sich zu.

Was bist du für ein gemeines Schwein, schrie Sepp. Das hast du jetzt davon, daß du dem Toni solche Vorwürfe gemacht hast. Wenn er sich nämlich selber anzeigt, dann sind wir genau so dran.

Theo setzte eine laute Lache auf. Das glaubst du doch selber nicht, daß der sich um Arbeitsplatz und Pension bringt. Alles leere Drohungen, damit wir machen, was er sagt.

Hast ihn nicht gesehen? Wie er bleich wurde? Wie er mit den Zähnen geknirscht hat? Wie er grußlos die Tür zugehauen hat. Der macht, was er sagt. Und wir sind die Lackierten.

Ich glaub gar nichts, bevor ich's nicht sehe. Der mit seiner christlichen Barmherzigkeit! Ja, Amen, sag ich, alles nur Getue. Und du, paß auf, was du redest, ich geb dir alles zurück, daß du mit deinen Schweinsohren schlackerst. Und zurück nehme ich gar nichts. Daß die Lisa in deinen Lehrling verknallt ist, sieht doch jeder. Und wenn ich dich anzeige, dann ist's vorbei mit deinem Geschäft, dann gehört bald alles der Lisa und dem Schwarzen und du kannst aus dem Gefängnis zuschauen, wie sie sich ein schönes Leben machen.

Theo lachte laut auf, nahm nicht wahr, wie Sepp plötzlich hinter ihm stand, seinen Stuhl umwarf und dem auf dem Boden liegenden Theo einen scharfen Tritt mit dem Schuh verpaßte.

Da kannst du jetzt liegen bleiben, bis du schwarz wirst, schrie Sepp und raste zum Ausgang.

38

Vorsichtig trug Herta die Glasschüssel mit der roten Grütze im Korb zur Garage. Der Schnee war fest gefroren, aber sie paßte trotzdem auf, als sie ihr Auto langsam auf die Straße lenkte. Sie freute sich auf das Mittagessen mit Ingrid und Max, und vor allem mit den Zwillingen und ihren neuen Freunden.

Verena und Carmen versuchten, aus dem festgefrorenen Schnee eine Figur aufzubauen; dazu hatten sie einzelne Quadrate mit dem Küchenmesser abgeteilt und schachtelartig aufgeschichtet. Herta bewunderte die moderne Plastik aus den weißen Würfeln und machte den Vorschlag, Wasser drüber zu schütten, um der Figur mehr Standfestigkeit zu verleihen, wenn erst alles mit einer Eisschicht bedeckt war und die Bestandteile zusammenhielt.

Die Haustür war offen, und auf die Rufe der Zwillinge erschien Ingrid und nahm die Schüssel mit der Nachspeise in Empfang. Ich stelle sie auf den Terrassentisch, da bleibt sie kälter als im Kühlschrank.

Sie nahm Herta den Mantel ab und führte sie ins Wohnzimmer, wo der große Tisch festlich gedeckt war und ein Silberleuchter mit drei weißen Kerzen in der Mitte stand.

Klaus kommt gleich, sagte Ingrid, er holt die Buben mit dem Auto. Zur Zeit ist's derart rutschig, daß man wirklich aufpassen muß, besonders, wenn man den Arm schon gebrochen hat.

Kommt der kranke Junge auch?

So krank ist der nicht mehr, sagte Ingrid, er hat nur noch den Arm in der Schlinge und soll noch nicht mit aufs Eis, bis alles geheilt ist. Bei dem Jungen geht das sicher schnell. Du wirst sehen, wie er von meinen beiden bemuttert wird, sie schneiden ihm das Fleisch und würden ihn wahrscheinlich am liebsten füttern, wie sie das mit dem kleinen Andi machen. Übrigens ist

Andis Mutter wieder zu ihren Eltern gezogen. Angeblich ist es mit dem Sepp nicht auszuhalten.

Er soll sie ja mal verprügelt haben.

Da sieht man, wie schnell solche Gerüchte hier die Runde machen. Ich weiß nur, daß er ihr einmal eine Ohrfeige verpaßt hat. Daraufhin ist sie das erste Mal zu ihren Eltern.

Was mag da passiert sein?

Ich kann mir's so ungefähr denken, erklärte Ingrid. Sie haben doch einen der Flüchtlingsjungen als Lehrling aufgenommen, ausgerechnet den, der den ersten Streit zwischen Sepp und Lisa veranlaßt hatte. Und irgend jemand hat behauptet, daß der Junge ein Auge auf die Lisa geworfen hat oder sie auf ihn, jedenfalls hat das den Sepp derart erbost, daß er wüst auf Lisa und den Jungen eingebrüllt hat, wahrscheinlich mit entsprechenden Schimpfwörtern, so daß Lisa wieder mal Koffer und Andi gepackt hat und zu ihren Eltern ist.

Ich kann mir nicht vorstellen ... fing Herta an.

Ach, das ist doch alles Quatsch, bestätigte Ingrid. An dieser Beschuldigung ist mit Sicherheit nichts dran. Die Nerven vom Sepp liegen halt blank.

Der glaubt doch nicht dran, daß seine Frau was mit so einem Teenager anfängt, oder?

Das ist, denke ich, nur der Tropfen, der das Faß zum Überlaufen gebracht hat. Der Grund liegt tiefer. Aber ich will niemanden beschuldigen ohne Beweise. Es ist nur so, daß man in letzter Zeit so allerhand gehört hat, im Zusammenhang mit dem Unfall. Das macht einen schon nachdenklich.

Mit dem Unfall vor ein paar Wochen?

Nein, nicht direkt, sagte Ingrid. Aber auffällig ist schon, daß auf einmal gleich in drei Betrieben Flüchtlingsjungen unterkommen, und zwar auch bei den Chefs, die sich lautstark als Gegner der Flüchtlingspolitik erklärt haben. Sie haben sogar davon geredet, sich einer Klage gegen die Kanzlerin anzuschließen. In ihren Augen hat sie Deutschland verraten.

Ach, die alte Leier, sagte Herta.

Woran man sieht, wo wir hier leben. Da gibt's einige, die von vorgestern sind – oder sogar von noch früher. Die hocken hier alle in den Häusern ihrer Eltern und Großeltern, haben Arbeit und satt zu essen und regen sich über ein paar Teenager auf, die ihnen angeblich die Butter vom Brot stehlen.

Was mich daran am meisten stört, ist das Vergessen, ergänzte Herta. Leute, die als Flüchtlinge nach dem Krieg hier eine neue Heimat suchten und zum Großteil auch gefunden haben, also genau diese Leute wettern heute gegen Überfremdung; dabei sind sie ja selber als Fremde und Obdachsuchende hier aufgetaucht. Sie sollten dankbar sein.

Mit der Dankbarkeit ist das so eine Sache, lächelte Ingrid. Das hieße halt auch, daß man jemandem verpflichtet wäre. Und hinterher wollen es alle immer aus eigener Anstrengung geschafft haben, wenn sie Beruf und Arbeit und ein eigenes Haus haben.

Draußen hupte es.

Klaus und die Jungen stiegen aus dem Auto und wurden von den Zwillingen laut begrüßt. Die Schneeskulptur war mit einer dünnen Eisschicht bedeckt und glänzte im Sonnenschein.

Ingrid ging zur Türe und begrüßte ihre Gäste mit Handschlag.

Alle zogen ihre Schuhe aus, wurden Herta vorgestellt und setzten sich auf ihre Stammplätze. Verena zündete die Kerzen an, und Carmen trug die Suppenschüssel aus der Küche.

Ingrid stellte den Brötchenteller ab und wünschte allseits guten Appetit.

Einen Augenblick war es ganz still.

Dann stand Dahlek, der älteste und größte der Jungen, auf und klopfte an sein Glas.

Ich bedanke mich für die Einladung und wünsche guten Appetit!

Alle klatschten.

Herta wandte sich an ihn:

Das war ja schon fast akzentfrei gesprochen. Kompliment!

Er hat auch lange dafür geübt, lachte Anbema.

Da hat er Nachhilfestunden bei dir genommen, sagte Verena. Du bist ja inzwischen der Musterschüler.

Ich hatte auch am meisten Zeit zum Lernen, war ja immer daheim, während die anderen in ihren Betrieben arbeiteten.

Wie läuft's denn so, fragte Klaus.

Also in meiner Bäckerei, alles super, versicherte Elnaton. Erna ist wie die Mutter, stopft mich mit Kuchen voll. Ich habe schon dicken Bauch.

Er klopfte sich auf den Pullover, der aber weit davon entfernt war, über seinem Bauch zu spannen.

Und wie steht's in der Metzgerei?

Ist gut, so die sparsame Auskunft von Melhane.

Meinst du das Essen?

Ja, jeden Tag Fleisch oder heiße Wurst, sehr gut. Lisa nett.

Und Sepp?

Melhane löffelte schweigend seine Suppe.

Paßt scho! sagte er zwischen zwei Löffeln.

Alle lachten.

Paßt scho, paßt immer, wenn man nicht weiter reden will, das hat er schon begriffen. Wir können uns vorstellen, was du sagen willst, meinte Ingrid.

Und du, Dahlek? Bist schon Computerfachmann?

Carmen lächelte ihn an.

Schwer! Keine Ahnung! Thomas böse.

Wie? Gibt er dir denn keine Anweisungen? Oder zeigt dir, was du machen sollst, fragte Klaus.

Nix. Gar nix.

Und was machst du dann den ganzen Tag im Laden? Irgendwas wird er dir doch zu arbeiten geben, oder?

Ingrid stand auf und sammelte die Suppenteller ein.

Ich stehe, ich sitze. Dann Brezn holen.

Und wer kocht zu Mittag?

Nur Brezn, auch Thomas nur Brezn.

Der wird halt am Abend bei seiner Mama essen. Aber du solltest schon auch was Warmes im Bauch haben, meinte Ingrid. Man kann dich doch nicht mit einer Brezn abspeisen.

Thomas sagt, du faul, nix Essen.

Also, so geht's nicht, empörte sich Herta.

Einem Lehrling muß ja gezeigt werden, was er tun soll. Wie der Name schon sagt, soll er was lernen. Wenn er den ganzen Tag nur in der Gegend rumsteht, wird das in Ewigkeit nichts mit einer richtigen Ausbildung. Vielleicht sollten Sie die Firma wechseln. Viele Handwerksbetriebe suchen Lehrlinge, das weiß ich.

Aber ich muß bleiben. Papa im Laden, schreit mit Thomas. Papa will mich behalten, Thomas nicht. Papa schlägt Thomas ins Gesicht. Thomas schmeißt Papa raus aus Laden. Ich stehe da, keine Ahnung.

Das glaube ich dir gerne, sagt Klaus, daß du nicht dahinter blickst. Das tut Thomas sicher auch nicht. Wieso soll er einen Lehrling ausbilden, wenn er gar keinen will und auch keinen braucht. Aber der Vater, dieser Flüchtlingshasser, besteht darauf. Werde einer schlau aus diesem Schlamassel.

Kombinieren ist nicht verboten, meinte Herta. Dieser plötzliche Sinneswandel bei Sepp, Theo und Hias! Alle drei Stammtischler! Alle drei heftige Kritiker von Merkels Flüchtlingspolitik. Und dann stellen sie ausgerechnet drei Flüchtlingsbuben ein, haben quasi über Nacht gemeinsam ihre Ansichten geändert. Das glaube, wer will, ich nicht!

Ja, meinte Klaus, da sind Sie nicht allein mit Ihrer Skepsis. Man munkelt so allerhand, es ist Klatsch in der bösartigen Version, viele haben alte Rechnungen offen, besonders mit dem Theo, dem alten Nazi.

Gestern war wieder Remmidemmi bei ihm daheim, die arme Helga, sagte Ingrid.

Auf einer großen Platte trug sie den Braten aus der Küche, Carmen und Verena setzten die Schüsseln mit Kartoffeln und Sauerkraut daneben.

So, jetzt nehmt euch erst mal, sonst wird alles kalt!
Alle langten kräftig zu, Herta stieß mit Klaus und Ingrid an, und sie nippten vom Rotwein.

Ach, so gut hat's mir lange nicht geschmeckt, seufzte Herta und lehnte sich zurück. Über so einem guten Essen kann man alles Schreckliche vergessen.

Was haben Sie denn Schreckliches erlebt, fragte Ingrid.

Ich wollte eigentlich nicht davon anfangen, niemand den Appetit verderben. Aber es läßt mich nicht los, ich muß andauernd daran denken.

Vielleicht wird es leichter, wenn man davon erzählt, meinte Klaus.

Ja, sicher. Aber andererseits will ich keinen Klatsch verbreiten.

Nun, Sie werden es ja doch spätestens morgen aus der Zeitung erfahren. Da kann ich es genau so gut jetzt schon erzählen. Es geht um Helga.

Hat sie gestern wieder allerhand abgekriegt?

Das kann man wohl sagen. Sie kam in der Nacht zu mir, ich hab den Arzt gerufen und der dann den Sanka. Sie sah wirklich übel zugerichtet aus.

Diesem Theo müßte man endlich mal das Handwerk legen, ereiferte sich Ingrid, er tyrannisiert Helga vom ersten Tag ihrer Ehe an. Mal von den Kindern zu schweigen. Aber es traut sich eben niemand an ihn heran, obwohl er allmählich allerhand Dreck am Stecken hat.

Höchste Zeit, wenn mal endlich etwas gegen ihn unternommen wird. Julia will ja schon lange, daß ihre Mutter endlich auszieht, meinte Klaus.

Da würde sich Theo sofort scheiden lassen, mit allen Konsequenzen. Helga gehört vom gemeinsamen Haushalt so gut wie nichts. Alles läuft über den sogenannten Haushaltsvorstand, entgegnete Ingrid.

Den Ausdruck gibt's doch gar nicht mehr, sagte Verena, die aufmerksam zugehört hatte. Ist abgeschafft! Wir haben Gleichberechtigung!

Ja, aufm Papier, entgegnete Ingrid. Aber schau dich um, wie hier immer noch die Männer das Sagen haben, wie sie im Wirtshaus damit angeben.

Damit kommen sie aber nicht weit, dann laufen ihnen die Frauen davon, wie Lisa, die wieder bei ihren Eltern lebt. Da kann der Sepp jetzt schauen, wie er eine Bedienung im Laden so schnell her kriegt. Mei, ist der blöd! – so die Ansicht von Carmen.

Die Jungen gaben keine Kommentare, entweder weil sie nicht genau verstanden hatten, worüber man redete, oder weil sie vorsichtig waren und nichts gegen ihre Lehrherren sagen mochten.

Wenn keiner mehr was mag, dann hole ich mal die Nachspeise, beendete Ingrid die Diskussion.

Und dann war erst mal Stille, das berühmte Dessert-Schweigen, wo jeder den Geschmack der Johannis-und Himbeeren möglichst lange im Gaumen behalten wollte.

Bis auf den letzten Rest wurde Hertas Schüssel ausgekratzt. Ingrid bedankte sich am Ende ganz offiziell bei Herta.

Das Rezept hätte ich gerne. Eine wunderbare rote Grütze!

Kein Geheimnis, lächelte Herta, ich schreib's gleich morgen auf und schicke es Ihnen.

So, sagte Klaus abschließend, jetzt wird's Zeit, daß ihr eure Schlittschuhe einpackt. In einer halben Stunde fahren wir los.

Die Erwachsenen tranken noch Espresso, dann stieg die Jugend ins Auto, auch Anbema, der mit Klaus in der Cafeteria sitzen würde, um in den Zeitschriften zu lesen, die dort auslagen.

Auch Herta verabschiedete sich, fuhr vorsichtig heim und hielt Mittagsschlaf, bis das Telefon sie aus einem undeutlichen Traum riß.

39

Ein trüber Montagmorgen.

Beim Bäcker Hias war die erste Schicht vorbei. Chef und Lehrling legten sich erst mal auf die beiden Sofas im Wohnzimmer. Antonia werkelte schon im Laden und schichtete Semmeln, Croissants und Brot in die Regale. Erna, ihre Mutter, stand an der Kaffeemaschine.

Gleich richte ich euch das erste Frühstück, rief Erna in den Laden. Hast noch eine halbe Stunde, bis wir aufmachen.

Ich hole die Zeitung für Papa, rief Antonia, und setzte sich danach an den reich gedeckten Frühstückstisch.

Die Männer werden auch Hunger haben, meinte Erna. Ich hab extra noch Schinken gekauft. Lange genug hab ich beim Sepp warten müssen. Man hat gesehen, wie er herumrast im Laden und nichts zuwege bringt, während die Kundschaft ungeduldig wird.

Ist die Lisa krank, fragte Antonia.

Das glaub ich nicht. Im Laden haben sie geflüstert, daß sie zu ihren Eltern gezogen ist. Angeblich hat der Sepp sie verprügelt.

Ganz schön blöd von ihm, meinte Antonia, jetzt hat er den Salat. Der Lehrling kann wohl noch nicht bedienen, er ist ja erst kurze Zeit bei ihm.

Den würde er auch bestimmt nicht auf die Kunden loslassen, meinte Erna, du weißt ja, wie die alle reden. Von wegen schwarze Hände, und wasch dich erst mal, bis du meine heilige Wurst anfaßt.

Du läßt ja den Jungen auch nicht in den Laden, entgegnete Antonia.

Das wird schon noch, wenn er besser deutsch kann. So allmählich muß man die Leute dran gewöhnen, daß die Schwarzen auch normale Menschen sind.

Da hast ja was vor, grinste Antonia. Bei den Bierdimpfln!
Dann rief sie Hias und den Lehrling zum Frühstück, legte die Zeitung neben den Teller und stand auf, weil sie in ein paar Minuten den Laden öffnen würde.
Sie hörte gerade noch, wie Hias schrie, und ein Teller am Boden zerschellte.
Das gibt's doch nicht, dieser Trottel, jetzt kommt was auf uns zu.
Aber Antonia schloß den Laden auf, achtete nicht auf den Wutanfall ihres Vaters und wartete auf die ersten Kunden.

Auch im Hause Rübenbauer saß man zeitig am Frühstückstisch. Verena und Carmen schichteten noch Bücher in ihre Schultaschen, Ingrid beaufsichtigte die zwei Spiegeleier, die Klaus jeden Morgen essen wollte, und Kaffeeduft erfüllte das Eßzimmer.
Holst du mir noch die Zeitung, Ingrid?
Ja, gleich. So, die Eier sind fertig.
Ingrid kippte sie auf den Teller von Klaus, stellte die Pfanne in die Spüle und ging zum Briefkasten. Nur das Heimatblatt steckte im Schlitz, und während Ingrid wieder ins Haus ging, las sie die Überschrift auf der ersten Seite und erstarrte.

Herta Glaser hätte zwar länger schlafen können, aber die alte Gewohnheit ließ sie frühzeitig erwachen. Sie zog ihren Morgenmantel über und warf den Wasserkocher an. Den duftenden Earl Grey bröselte sie in die Kanne und brühte ihren Lieblingstee auf. Dann zündete sie eine rote Kerze an, die noch vom Adventskranz übrig war. Sie deckte mit ihrem Lieblingsgeschirr, in dessen dünnen Tassen der Tee besonders golden aufschien. Sie versenkte ein Weißbrot im Toaster, schlüpfte in ihre Fellstiefel und holte die Zeitung aus dem Eisenbehälter, der am Gartenzaun befestigt war.
Ohne einen Blick darauf zu werfen, eilte sie frierend ins Haus zurück und zog ihre Hausschuhe wieder an.

Dann setzte sie sich an den Frühstückstisch, der im Kerzenschein traulich wirkte.

Als sie allerdings den Lokalteil aufschlug, war es mit der friedlichen Kerzenstimmung vorbei.

Um Gotteswillen, das ist ja furchtbar!

Ihr Tee wurde kalt über der Lektüre.

Ilse und Michael hatten am Vortag aus ihrer Lieblingsbäckerei in Augsburg zwei Schokoladencroissants fürs Frühstück mitgebracht. Der gefürchtete Abend mit Lore und ihrem schwarzen Freund war dann doch noch friedlich verlaufen. Johns Kochkünste – er hatte ein scharfes Curry zubereitet – wurden gelobt, Michael trank sein Weißbier dazu und fiel weiter nicht auf durch unpassendes politisches Geschwätz.

Ilse ging in Gedanken noch einmal den gestrigen Abend durch und war zufrieden. Ihr Michael war doch ein umgänglicher Mensch, der, wenn er nicht gerade am Stammtisch seine Freunde unterhalten wollte, auch mal vernünftig zuhören konnte. John hatte von seiner Familie erzählt, von seiner Schulzeit in Ghana und den ersten Semestern in Cape Coast, von seinen fünf Geschwistern, die alle in England studierten, und von seinen Eltern, die noch in diesem Jahr zu Besuch nach Deutschland kommen wollten.

Und was sagte Michael? Wenn Ihre Eltern kommen, dann können Sie uns gerne besuchen. Unsere Landschaft hat allerhand zu bieten.

Erst dachte Ilse, sie hätte nicht recht gehört.

Aber dann griff John nach Michaels Hand und sagte laut und deutlich:

Über diese Einladung werden sich meine Eltern besonders freuen, und ich auch. Danke!

Lore hatte glücklich gelächelt.

Warum konnte das nicht immer so sein?

Ilse holte Salami und Marmelade aus dem Kühlschrank und

warf zwei Eier ins kochende Wasser. Da erschien auch schon Michael mit seiner grantigen Morgenmiene und setzte sich wortlos an den Tisch.

Geh, sei lieb und hol mir die Zeitung herein!

Ja, lieb bin ich, antwortete Ilse und ging zum Briefkasten. Die Zeitung legte sie zusammengefaltet neben Michael.

Mit der friedlichen Stimmung war es allerdings vorbei, als er die »Nachrichten aus dem Umland« aufgeblättert hatte.

Ilse ließ vor Schreck ein warmes Ei auf den Küchenboden fallen, als Michael losbrüllte:

Gibt's jetzt nur noch Vollidioten bei uns hier?

Hildegard schaute auf den Wecker. Höchste Zeit, Renate zu wekken, damit sie noch rechtzeitig zur ersten Stunde kam. Aber Renate hatte längst das Bad besetzt und rief ihrer Mutter zu:

Bin schon fertig!

Auch der Frühstückstisch war bereits gedeckt, denn am Abend hatte Hildegard Teller und Tassen aufgestellt. Der Kaffee brodelte in der Maschine, das geröstete Toastbrot duftete, und Renate setzte sich an den Tisch.

Kannst du noch die Zeitung holen, sei so nett, rief Hildegard.

Und Renate ging zur Gartentür und holte das Regionalblättchen aus der Eisenrolle. Es war immer noch kalt, und sie paßte auf, um nicht auszurutschen.

Was gibt's denn Neues, fragte Hildegard, als sie aus dem Bad kam. Renate faltete die Zeitung auseinander und erschrak, als sie die fett gedruckte Überschrift las.

Lies mir wenigstens die Schlagzeilen vor, bat Hildegard, meine Brille liegt noch oben auf dem Nachtkastl.

Das kannst du auch ohne Brille lesen, antwortete Renate und legte die erste Seite neben Hildegards Gedeck.

Nachdem Hildegard die Überschrift gelesen hatte, stieß sie vor Aufregung die Kaffeetasse um.

Unglaublich! In welcher Bananenrepublik leben wir hier?

Lisa wurde vom hungrigen Andreas geweckt, der laut sein Fläschchen forderte. Sie wärmte die Milch auf, hatte ihren Sohn auf dem Arm und deckte den Tisch. Ihre Eltern rumorten schon im Bad, und Lisa dachte, daß sie eigentlich ausschlafen könnten, jetzt, wo beide in Rente waren. Aber nach wie vor hielt es sie am Morgen nicht im Bett, und sie standen zur selben Zeit auf wie früher, als sie noch die Tischlerei betrieben.

Anna kam als erste die Treppe herunter und lachte, als sie Andreas mit seinem Fläschchen sah, das er schon selber halten konnte.

Dir schmeckt's, das sieht man, sagte sie fröhlich.

Lisa brachte Kaffee und Brot, dann auch noch Marmelade und Schinken auf den Tisch.

Du, Lisa, fing Anna an, meinst nicht, du solltest mal mit dem Sepp reden. So kann's ja nicht weiter gehen. Ich hab gehört, wie dein Mann im Laden rotiert und die Kunden warten. Auf die Dauer geht das nicht gut, ihr werdet allmählich die Kunden verlieren. Es ist ja auch dein Geschäft.

Ach, Mama, ich überlege auch schon die ganze Zeit, was ich machen soll. Der Sepp ist halt in letzter Zeit so verändert, daß ich ihn bald nicht mehr wiedererkenne. Er schimpft, er schreit, er nörgelt rum, hat kein liebes Wort mehr für seinen Sohn, und am Feierabend geht er nicht mal mehr zum Stammtisch, sondern schläft überm Fernseher ein.

Weißt du, was ihn so verändert hat?

Ich kombiniere herum, und dann denke ich, es ist der Lehrling, der ihn so wütend macht. Auf dem reitet er den ganzen Tag rum, daß es nicht mehr zum Aushalten ist. Und wenn ich den Jungen in Schutz nehme, hagelt es Beschimpfungen für mich.

Sie setzte sich an den Tisch und hörte, wie ihr Vater die Treppe herunterkam.

Hm, riecht gut, sagte er als Begrüßung. Gieß mir gleich Kaffee ein!

Anna füllte seine Tasse, Florian nahm einen großen Schluck.

Habt ihr die Zeitung reingeholt? Ich geh gleich mal raus, muß mir aber einen Schal umbinden. Saukalt ist's, in der Speisekammer frieren die Fenster zu.

Als Florian wieder in der Wärme saß und sein Brot dick mit Butter bestrich, glättete er die Zeitung und las die Schlagzeile. Was steht denn drin, daß du's uns nicht vorliest, fragte Lisa. Am besten, ihr lest es gar nicht erst, sonst trifft euch der Schlag.

Theo wachte auf und registrierte, daß das Bettzeug neben ihm unberührt da lag. Was fällt der denn neuerdings ein! Über Nacht wegzubleiben! Das ist ein Scheidungsgrund, das wird sie mir büßen! Er tappte ins Wohnzimmer, das leer und kalt war. Sogar selber einheizen muß ich! Eine Unverschämtheit. Diese Weiber, höchste Zeit, daß ich durchgreife. Das kann ich mir nicht bieten lassen. Das ist Vernachlässigung der häuslichen Pflichten. Dafür wird sie mir bezahlen. Nicht mal Kaffee ist da, so eine Sauerei. Ich will jetzt endlich meinen Kaffee, brüllte er, nahm einen Teller aus dem Regal und feuerte ihn auf den Steinboden.

Theo zog sich den Anorak über und schlüpfte in seine Stiefel. Er stülpte seine Strickmütze über und machte sich auf den Weg ins Café Dengele, setzte sich an einen der hinteren Tische und orderte ein großes Frühstück. Er griff zur Heimatzeitung, die aufgeschlagen am Nebentisch lag.

Als er die Überschrift gelesen hatte, sprang er auf und schrie der Bedienung zu: Dein Frühstück kannst du behalten, und stürmte hinaus.

Sepp saß allein vor einer Tasse Kaffee, die er aus dem Automaten geholt hatte. Brot und Wurst lagen vor ihm auf einem Teller, aber er mochte nichts essen. Ihm graute schon jetzt vor diesem Tag, an dem er wieder zwischen Kühlhaus und Laden hin und her rennen würde und die Kundschaft im Laden ungeduldig mit den Füßen scharrte.

Da ging die Hausklingel.

Ob es Lisa war, die endlich heimkam?

Aber ein wüst schimpfender Theo stand vor ihm, in der Hand die beiden Zeitungen, die er gerade aus dem Postkasten genommen haben mochte.

Was machst du denn so früh ... wollte Sepp anfangen, aber Theo wischte ihn zur Seite, stürmte ins Wohnzimmer, wo er die Zeitungen auf dem Tisch ausbreitete.

Da, lies selber!

Nach den ersten Zeilen verschwammen die Buchstaben vor seinen Augen, er setzte sich hin und hielt die Hände vors Gesicht.

Ella und Max hatten nach der Lesung noch ein bißchen mit Kollegen gefeiert und waren erst nach Mitternacht zu Hause angekommen. Sie hatten an diesem Montag länger als sonst geschlafen und deckten den Frühstückstisch, als die aufmerksamen Zwillinge längst in der zweiten Stunde Englisch paukten.

Während Ella Joghurt und Müsli auf den Tisch stellte und die Kaffeemaschine anwarf, holte Max die Zeitungen. Sie hatten neben der überregionalen noch das Lokalblättchen abonniert.

Bereits als Max seine Schuhe wechselte, rief er in die Küche: Heute wirst du staunen, was in den Zeitungen steht!

Und er las zuerst den Aufmacher der Heimatzeitung vor:

Polizist als Beichtvater.

Ein ungewöhnlicher Fall von Tatverschleierung, Freunderl-wirtschaft und mißglückter Wiedergutmachung.

Der Polizist Anton H. hat durch Selbstanzeige eine Straftat öffentlich gemacht, die den Bewohnern von O. wochenlang Rätsel aufgab. Wie er glaubhaft berichtete, hatten sich drei angetrunkene Stammtischler der Fahrerflucht schuldig gemacht, als sie einen Flüchtling aus Eritrea, der mit dem Fahrrad unterwegs war, umfuhren und ihn kurzerhand ins Gebüsch warfen.(Inzwischen ist der junge Mann bis auf einen gebrochenen Arm wieder wohlauf.) Der Ortspolizist kam seinen

Stammtischbrüdern bald auf die Schliche und löste sein Dilemma auf
die katholische Tour: Er verlangte als »Buße«, daß die drei Überführten
je einen Flüchtling als Lehrling anstellen sollten. Als Gegenleistung
würde er auf eine Anzeige verzichten. Mit der Zeit aber ermüdete die
Wiedergutmachungsbereitschaft der drei Stammtischbrüder, und sie
wollten die Flüchtlings-Lehrlinge nicht weiter beschäftigen. Daraufhin
sah sich der barmherzige Polizist zur Selbstanzeige gezwungen. Gegen
die drei Delinquenten ist bereits Strafanzeige gestellt. Der Polizist ist
vorerst vom Dienst freigestellt.

Ella hatte vergessen, ihren Kaffee zu trinken.

Das wird die Leute kräftig aufmischen, sagte sie und kippte den kalten Kaffee ins Spülbecken.

Schau dir selber an, was die andere Zeitung im Lokalteil berichtet:

Unter der Überschrift **Schuld und Sühne auf Oberbayerisch** stand kleiner gedruckt:

Robin Hood, alias Anton H., hat durch Selbstanzeige eine Straftat
öffentlich gemacht, deren Folgen er in einer selbständig ausgedachten
Verschleierungsaktion abschwächen wollte. Die angetrunkenen Stamm-
tischler Theo R., Matthias D. und Josef H., die in der Nacht vom 7.I. auf
den 8.I. das Fahrrad des Eritreers A. angefahren und den jungen Mann
ins Gebüsch geworfen hatten, wurden bald nach ihrer Tat vom Ortspoli-
zisten überführt, aber nicht angezeigt. Unter der Bedingung, daß die drei
Wiedergutmachung leisten und je einen der Flüchtlinge als Lehrlinge in
ihrer Firma beschäftigen sollten, versprach Anton H., von einer Anzeige
abzusehen. Aber nach einer gewissen Zeit hatten die drei Delinquenten
keine Lust mehr auf die Buße und wollten die Flüchtlingsbuben los wer-
den. Daraufhin sah sich Anton H. zu einer Selbstanzeige gezwungen, die
ihn jetzt wahrscheinlich seinen Job kosten wird, falls nicht der Richter
Barmherzigkeit walten läßt. Den dreien, die das Unfallopfer hatten lie-
gen lassen, drohen erhebliche Strafen. Wir berichten weiter.

Ella und Max sahen sich an, wollten schon loslachen, aber Ella meinte:

Der Toni kann einem leid tun.

Ja, stimmte Max zu, aber nicht nur der. Wenns da oben jemanden gäbe, der zuschaute, wie wir miteinander umgehen: Weinen müsste er über uns.

Und Ella: Vielleicht ersäuft er uns oder er lässt uns verdursten.

Mir scheint, er hat schon angefangen damit.